Dorothée Heck
Die stillen Wasser von Amberley

Dorothée Heck

# Die stillen Wasser von Amberley

SCM
Hänssler

SCM

Stiftung Christliche Medien



FSC
www.fsc.org
MIX
Papier aus verantwortungsvollen Quellen
FSC® C006701


SCM Hänssler im SCM-Verlag GmbH & Co. KG · 71088 Holzgerlingen
Internet: www.scm-haenssler.de; E-Mail: info@scm-haenssler.de

Umschlaggestaltung: Jan Henkel, www.janhenkel.com
Titelbild: shutterstock.com
Satz: Satz & Medien Wieser, Stolberg
Druck und Bindung: CPI – Ebner & Spiegel, Ulm
Gedruckt in Deutschland
ISBN 978-3-7751-5510-6
Bestell-Nr. 395.510

*Für meinen Mann Andreas*
*und für meine Kinder*
*Johanna, Elischa und Noah*

# Prolog

Die plappernden hellen Stimmen wurden über den See ans Ufer getragen. Sie waren schon von Weitem zu hören, noch bevor die Kinder zu sehen waren.

*Ein tiefer Zug, und die Zigarette wurde in die Erde gedrückt zu den anderen. Früher oder später hatte jemand vorbeikommen müssen. Naheliegend, dass es die Kinder sein würden. Ahnungslos und unverdorben. Dies war bedauerlich, aber nicht zu ändern.*

Rebekkas Hand kribbelte vom langen Ziehen und sie schwitzte. Im Gehen wechselte sie die Seite. Gleich war das Gefährt leichter. Die Bewegung hielt sie warm, doch es war nicht mehr zu leugnen: Das rot gefärbte Laub klammerte sich nur noch mit Mühe an die Eichenbäume und erinnerte Rebekka daran, dass die Stunde der letzten goldenen Herbsttage geschlagen hatte. Alles wirkte gedämpft. Tau hatte sich wie eine Decke über die Wiesen gelegt, als wolle er sie leise in den Winterschlaf lullen. Bald würden die zwitschernden und summenden grünen Hügel von Amberley verstummen.

Rebekka schob die bedrückenden Gedanken beiseite und erlaubte ihnen nicht, der Leichtigkeit der hellen Tage ein verfrühtes Ende zu bereiten. Sie würde die letzten Strahlen der Oktobersonne in sich aufsaugen und so lange wie möglich festhalten, um die kommenden Monate davon zu zehren. Rebekka schloss für einen Moment die Augen, spürte einen Windhauch ihre Wangen streifen und atmete tief ein.

*Jetzt kam es darauf an, ruhig zu bleiben. Und unsichtbar. Keine hastigen Bewegungen, keine unbedachten Schritte auf morsche Äste. Nur noch ein Augenblick. Nur noch einmal durch das Dickicht spähen, verborgen wie hinter einem Schlüsselloch, die Nase ganz nah an den dornigen Zweigen. Hin- und hergerissen zwischen dem, was die Augen fesselte, und dem Verstand, der mahnte, endlich zu verschwinden.*

»Becky«, wurde Rebekka jäh aus ihren Gedanken gerissen. »Becky, dürfen wir heute noch einmal schwimmen gehen?« Das kleine Mädchen fasste sie an der Hand und sah sie unter ihrem weißen Häubchen mit großen Augen erwartungsvoll an.

Rebekka schüttelte bedauernd den Kopf.

»Bitte, bitte, dann wenigstens mit den Füßen«, versuchte die Kleine zu verhandeln.

»Tut mir leid, Sarah! Dafür ist es nicht mehr warm genug.«

»Aber die Sonne scheint, und fühl mal, wie warm meine Hand ist. Ich schwitze schon fast«, startete die Fünfjährige einen weiteren Überredungsversuch.

Rebekka lächelte sie liebevoll an. Sie konnte das Kind gut verstehen. Ihr ganzes fast zweiundzwanzigjähriges Leben hatte sie hier verbracht und es wie Sarah Sommer für Sommer genossen, im türkisfarbenen Wasser des Sees zu baden. Manchmal hatte ihr Vater gerade von draußen Holznachschub geholt, wenn Rebekka mit den anderen Kindern unten am Gatter der angrenzenden großen Wiese vorbeigelaufen war. Er hatte seine Tochter immer inmitten all der bunt geblümten Kleider, weißen Schürzen und langen Zöpfe entdeckt und ihr fröhlich zugewinkt. Rebekka blickte versonnen zu Boden.

»Becky!« Ungeduldig zog Sarah an ihrer Hand. »Sag schon, dürfen wir?«

Rebekka ging in die Hocke und fasste das Mädchen sanft an den Schultern. »Hör zu, Sarah, es geht wirklich nicht. Aber wir machen etwas anderes: Ich habe die Lupenbecher dabei und …«

»Ja, ja!«, riefen die Kinder voller Begeisterung. »Insekten sammeln, Insekten sammeln.«

Rebekka lachte. »Genau. Und die untersuchen wir dann mit unseren Vergrößerungsgläsern.«

»Aber hinterher lassen wir sie wieder frei«, meldete sich der fast sechsjährige Philipp besorgt zu Wort.

»Na klar! Wir wollen nur etwas über die kleinen Tierchen lernen und uns ganz genau anschauen, wie Gott sie gemacht hat. Dann entlassen wir sie wieder in die Freiheit«, beruhigte Rebekka ihn.

Philipp nickte zufrieden.

»So, und nun kommt, Kinder! Wir haben noch viel vor heute.« Sie erhob sich, nahm nun Louise bei der Hand, umfasste den Knauf des Ziehwagens, und die kleine Gruppe setzte sich wieder in Bewegung.

Es war nicht mehr weit. Hinter dem Hügel lag der See. Von da aus musste man nur noch wenige Meter auf dem schmaler werdenden Schotterweg entlanglaufen, um dann an der großen Eiche zum alten Bauernhaus abzubiegen. Dort standen Holzbänke und -tische bereit, die zum Picknicken einluden, während man den herrlichen Blick über den See und die weitläufigen Ländereien von Ámberley genießen konnte. Rebekka konnte es kaum erwarten.

»Legen Regenwürmer wirklich Eier?«, fragte Tim, der Älteste ihrer Vorschulgruppe, nun interessiert.

»Haben wir doch in dem großen Buch gesehen«, antwortete Philipp vorwurfsvoll.

»Das stimmt«, schaltete sich Rebekka ein. »Aber vorstellen kann man sich das trotzdem nicht so richtig, oder? Vielleicht finden wir heute welche. Ich bin gespannt, wer so gute Augen hat. Wir könnten die Eier mitnehmen und im Kindergarten unter dem Mikroskop anschauen.«

Sie waren nun am höchsten Punkt des Weges angekommen.

»Becky, meine Nase läuft.«

Rebekka blieb stehen und kramte ein Taschentuch aus ihrer Umhängetasche hervor, um der kleinen Mary die Nase zu putzen, während die anderen Kinder weitergingen.

»Becky, schau mal, ist der Mann tot?«

»Timothy, du weißt genau, dass ich solche Scherze nicht mag! Noch mal schnäuzen, Mary, ganz fest!«

»Nein, wirklich. Schau doch, Rebekka!«

Rebekka wirbelte herum und riss die Augen auf. Ein Schauer lief ihr über den Rücken. »Kommt her, Kinder!«, befahl sie den Kleinen, die dastanden und den leblosen Körper am Wasser anstarrten.

»Ist der wirklich tot?«, fragte jemand.

»Wo denn? Ich sehe nichts«, maulte Mary, die vom Wagen geklettert war und sich zwischen den anderen Platz verschaffte.

»Mausetot«, war sich Philipp sicher. »So wie der daliegt.«

»Kommt schon!«, fuhr Rebekka dazwischen. Mit hastigen Schritten und ausgebreiteten Armen versuchte sie den Kindern den Blick zu versperren und sie den Weg zurückzutreiben. Nur widerstrebend ließen sie sich bewegen, sodass Rebekka schließlich die Geduld verlor. »Sofort zurück, alle! Macht schon!«

Die Kleinen wandten sich zum Gehen, während sie weiter neugierig die Hälse reckten und versuchten einen letzten Blick an Rebekka vorbei zu erhaschen. Sie bemühte sich, genau das mit ihrem Körper so gut es ging zu verhindern und gleichzeitig die Jüngsten wieder in den Wagen zu verfrachten.

»Schnell, lauft! Wir müssen Hilfe holen«, scheuchte Rebekka die Größeren, obwohl sie ahnte, dass für den Mann jede Hilfe zu spät kam. Aber was sollte sie tun? Sie musste die Kinder von hier wegbringen.

»O Gott, hilf mir!«, betete sie im Stillen und setzte den Wagen wieder in Bewegung. Wer war der Mann und was war passiert? Ob die Kinder jemals dieses Bild vergessen konnten? Dieser leblose, seltsam verdrehte Körper.

Die Gedanken wirbelten durch ihren Kopf. Sie musste ruhig bleiben.

»Rebekka, ist der Mann wirklich tot?«, fragte Sarah erneut.

»Ich weiß nicht«, antwortete Rebekka vage. »Los, wir müssen weiter.«

»Vielleicht hatte er einen Unfall«, vermutete Philipp.

»Ja, vielleicht«, murmelte Rebekka.

»Und wenn es kein Unfall war?«, wandte Tim ein. »Vielleicht hat ihn jemand abgemurkst.«

»Sei still, Timothy!«, fuhr Rebekka ihn schärfer als beabsichtigt an. Nervös warf sie einen Blick über die Schulter.

»Was ist abgemurkst?«, fragte Sarah.

»Jemanden töten.«

»Tim, Schluss jetzt!«, zischte Rebekka. Sie schwitzte und lockerte das Kopftuch, ohne ihre Schritte zu verlangsamen. Sie hätte den Ponywagen nehmen sollen!

»Ich kann nicht mehr! Es sticht in meiner Seite«, fing Louise an zu klagen und blieb stehen.

»Nur noch ein bisschen, Schatz, bitte! Im Wagen ist kein Platz mehr«, redete Rebekka ihr gut zu.

»Nein, ich kann nicht mehr!«, schluchzte das Kind und wollte sich hinsetzen.

»Warte, ich trage dich ein Stück.« Rebekka hob das weinende Mädchen hoch und setzte es auf ihre Hüfte.

»Ich habe Angst.«

Rebekka versuchte die kleine Mary zu beruhigen, während sie sich wieder in Bewegung setzten.

»Meine Füße tun so weh. Wenn du Louise trägst, will ich auch nicht weiterlaufen. Das ist unfair«, jammerte Sarah.

Rebekka stöhnte. Da erkannte sie von Weitem die Pferdekutsche, mit der die Männer auf dem Weg zu den Feldern waren. Erleichtert seufzte sie und schickte ein schnelles Dankgebet zum Himmel. Sie setzte hastig das Kind ab und fuchtelte mit den Armen: »Thomas, John! Kommt schnell!«, schrie sie, so laut sie konnte, und bedeutete ihnen, sich zu beeilen.

# 1

Julia sah auf die Uhr und fluchte leise. Sie klappte ihr Notebook zu, schnappte sich ihre Tasche und lief zum Fahrstuhl.

»Julia, hast du einen Moment?«, hörte sie Volkers Stimme hinter sich.

»Tut mir leid. Ich bin schon spät dran«, rief sie, wandte sich um und hob entschuldigend die Arme.

»Es geht ganz schnell.«

Sie blickte ihren Chef eindringlich an und schüttelte den Kopf. »Volker, wirklich, ich muss Ben abholen.«

»Na schön. Aber morgen und übermorgen bin ich den ganzen Tag unterwegs, und du bist ab Donnerstag zwei Wochen weg. Bevor du fliegst, sollten wir noch besprechen, wie wir deine Reportage …«

»Ich komme nachher noch mal rein, in Ordnung?«, unterbrach sie ihn, um nicht noch mehr Zeit zu verlieren.

»Aber nicht später als drei. Um halb vier sitze ich mit den Leuten vom Bauausschuss zusammen.«

Julia nickte und bemühte sich, souverän zu klingen. »Ich bin pünktlich.«

Sie hatte keine Ahnung, wie sie es schaffen sollte, in knapp drei Stunden wieder in der Redaktion zu sein.

Als sich die Fahrstuhltür geschlossen hatte, machte sie ihrem Ärger Luft. Sie kramte ihr Handy aus der Tasche und stieß die Glastür zur Straße auf. Anrufbeantworter, so ein Mist!

Ihre Absätze hallten durch die Unterführung. Sie nahm immer zwei Stufen auf einmal, drückte oben die Fernbedienung und rannte an die Stelle, wo die Blinker aufleuchteten.

Julia riss die Autotür auf. Sie ließ sich auf den Sitz fallen, steckte den Zündschlüssel ins Schloss und legte den Rückwärtsgang ein. Mit Schwung fuhr sie vom Parkplatz und schaffte es, bei Gelb über die Ampel zu kommen, doch schon bei der nächsten musste sie warten.

Während sie sich durch die Heidelberger Innenstadt quälte, warf sie nervöse Blicke auf die Uhr und trommelte ungeduldig mit den Fingern aufs Lenkrad.

Am Kindergarten wurde sie mit vorwurfsvollen Worten empfangen: »Frau Maybach, Sie wissen, dass wir heute um zwölf Uhr schließen. Das haben wir lange genug im Voraus angekündigt und …«

»Sie haben recht, Frau Mack, es tut mir leid.« Vielleicht nahm ihr eine schnelle Entschuldigung den Wind aus den Segeln.

»Wissen Sie, auch wir haben Termine, und da kann es einfach nicht angehen, wenn immer wieder dieselben … es ist schließlich nicht das erste Mal!«

»Ich weiß. Glauben Sie mir, ich tue, was ich kann.«

»Das bestreitet niemand. Und gerade für unsere Alleinerziehenden haben wir in besonderem Maße Verständnis.«

Julia spürte, wie ihr das Blut in den Kopf schoss. Wie das klang: »Unsere Alleinerziehenden«! Als ob sie bedürftig wäre oder bemitleidenswert. Bemitleidenswert vielleicht deshalb, weil sie sich so etwas anhören musste.

»Hören Sie, es war wirklich nicht meine Absicht, zu spät zu kommen, und ich entschuldige mich dafür. Wo ist Ben?« Julia reckte den Hals, um in den Gruppenraum zu schauen, aber Frau Mack blieb im Türrahmen stehen.

»Ja, darüber sollten wir auch reden.«

Julia schwante Schlimmes. Wahrscheinlich hatte er wieder etwas angestellt, aber sie hatte heute weder Zeit noch Lust, sich mit gut gemeinten Erziehungstipps zu befassen. »Ich dachte, Sie hätten es eilig zu schließen«, sagte sie schnippisch und schob sich an der Erzieherin vorbei. »Ben?«

»Er ist im Waschraum, wo er damit beschäftigt ist, die Spiegel zu reinigen, die er mit Zahnpasta vollgeschmiert hat.«

Julia zog die Augenbrauen hoch und seufzte. Wenigstens hatte er niemanden verletzt.

Aber Frau Mack war noch nicht fertig. »Heute Morgen hat er sich mit Fabian an der Rutsche gestritten und ihn in den Finger gebissen.«

Julia stöhnte. Sie eilte zum Waschraum.

»Frau Maybach, so kann das nicht weitergehen. Wir sollten überlegen, ob wir nicht professionelle Hilfe hinzuziehen.«

Julia drehte sich um und zog missbilligend die Augenbrauen hoch. »Einen Psychiater meinen Sie?« Sie sprach weiter, ohne die Antwort abzuwarten. »Ich weiß, dass es für Ben momentan nicht leicht ist. Aber das geht vorbei. Er wird sich an die neue Situation gewöhnen.«

»Ein Psychologe könnte Ben bestimmt helfen oder Ihnen hilfreiche Anregungen geben, wie man am besten mit ihm umgeht. Für Kinder ist es eine traumatische Erfahrung, wenn Eltern sich trennen.« Wieder dieser mitleidige Blick.

»Das tun heute viele.«

»Natürlich. Ich will Sie auch gar nicht verurteilen.«

Julias Schläfen pochten und sie verkniff sich eine bissige Antwort.

»Sehen Sie«, fuhr die Erzieherin fort, »Ben fällt es schwer, sich an Regeln zu halten. Er hat kein Interesse am gemeinsamen Spiel, ist meistens lieber für sich alleine und verhält sich anderen gegenüber immer wieder aggressiv.«

»Ben hat auch andere Seiten.«

»Natürlich hat er die. Aber nächstes Jahr kommt Ben in die Schule. Dort muss er sich einfügen. Wir sollten etwas tun.«

»Ich lasse mir etwas einfallen«, sagte Julia mehr zu sich selbst, während sie zu Boden blickte.

»Manchmal müssen wir Hilfe in Anspruch nehmen. Denken Sie darüber nach«, hörte sie Frau Mack mit sanfter Stimme sagen.

»Ich möchte jetzt zu meinem Sohn.« Julia drehte sich um und war mit schnellen Schritten an der Tür zum Waschraum, die halb offen stand.

»Mama!« Ben strahlte, ließ den Lappen fallen und warf sich in ihre Arme.

Julia ging in die Hocke. »Hallo, mein Süßer«, begrüßte sie ihn und drückte ihm einen Kuss auf das weiche Haar, das noch eine Spur heller war als das seiner Schwester. Ben schlang seine kleinen Arme fester um sie und flüsterte: »Können wir gehen, Mama?«

»Ja, mein Schatz, gehen wir nach Hause.« Sie erhob sich und trug Ben zur Garderobe. Er streifte seine Spiderman-Hausschuhe von den Füßen und Julia zog ihm die Sandalen an. Aus den Augenwinkeln bemerkte sie Frau Mack, die sich vom Büro her näherte.

»Ich habe hier mal eine Liste mit Psychologen ausgedruckt, Frau Maybach.«

»Bitte nicht jetzt, Frau Mack. Ich werde darüber nachdenken«, sagte Julia leise, ohne sie anzuschauen.

»Warten Sie nicht zu lange. Damit ist niemandem geholfen.«

»Ich sagte, ich denke darüber nach«, sagte Julia scharf, nahm Bens Rucksack vom Haken und beeilte sich, nach draußen zu kommen.

»Gehen wir heute schwimmen?«, fragte Ben fröhlich, während Julia ihn anschnallte.

»Heute kann ich leider nicht.«

»Das sagst du immer.«

»Es tut mir leid, aber ich muss nachher noch mal in die Redaktion.«

»Aber du hast es versprochen. Du hast gesagt, wenn der Kindergarten früh zumacht, gehen wir ins Schwimmbad.«

Julia stieg ein und ließ den Wagen an. »Zuerst einmal möchte ich wissen, was heute los war. Warum hast du dich mit Fabian gestritten?« Sie warf Ben im Rückspiegel einen kurzen Blick zu.

Er schaute trotzig aus dem Fenster. »Ich war zuerst an der Rutsche und Fabian wollte mich nicht durchlassen. Er hat mir einfach den Weg verstellt.«

»Und deswegen hast du ihn gebissen?«

»Er hat mich zuerst getreten. Und er hat Niklas zum Geburtstag eingeladen und Bastian, obwohl er ihn gar nicht leiden kann.«

»Und das hat dich geärgert, ja? Das ist trotzdem kein Grund, ihn zu beißen. Beißen ist etwas ganz Schlimmes, Ben. Darüber haben wir doch schon gesprochen.«

»Aber wenn er mich tritt.«

»Treten ist auch nicht schön. Wenn dich jemand tritt, gehst du zu deiner Erzieherin und sagst es ihr. Dann bekommt Fabian Ärger und nicht du. Aber beißen geht gar nicht, Ben.«

»Immer bin ich schuld. Nie kriegen die anderen Ärger.«

»Hast du deswegen die Spiegel im Waschraum verschmiert?«

Keine Antwort.

»Ben, ich rede mit dir.«

»Du hast versprochen, dass wir schwimmen gehen!«

»Zuerst klären wir das.«

»Blablabla. Zuerst klären wir das«, äffte er sie nach. »Gleich kriegst du Ärger.«

»Ben, hör auf, so frech zu sein!«, fuhr sie ihn scharf an. »Wenn du dich so benimmst, gehen wir bestimmt nicht schwimmen«, hörte sie sich sagen.

Ben fing an zu weinen und Julia kam sich erbärmlich vor.

Punkt drei Uhr stand Julia vor Volkers Büro. Die Redaktionssekretärin schaute sie mit dem Hörer in der Hand erstaunt an und legte auf. »Gerade wollte ich dich anrufen, Julia. Die Leute vom Bauausschuss sind früher gekommen. Sie haben sich in der Zeit vertan, und Volker meinte, wenn sie schon einmal da sind …«

Julia stöhnte. »Das ist jetzt nicht dein Ernst, oder?«

Verenas Schulterzucken und ein betretener Blick verrieten ihr, dass sie sich völlig umsonst abgehetzt hatte. Julia kochte innerlich, während sie an ihren Platz ging. Sie knallte ihre Tasche auf den Tisch. Manu und Lars, mit denen sie sich ein Büro teilte, hoben irritiert die Köpfe und fragten, welche Laus ihr über die Leber gelaufen sei. Julia winkte nur ab und ließ sich auf ihren Stuhl fallen. Sie drehte sich zum Fenster und starrte auf das Wohngebäude gegenüber. Sie atmete tief durch. Es hatte keinen Sinn, sich aufzuregen. Wer nicht selbst betroffen war, hatte nun einmal keine Ahnung, welchen täglichen Spagat es bedeutete, Kinder und Job unter einen Hut zu bringen. Julia beschloss, die Zeit so gut es ging zu nutzen, und fuhr ihren Rechner hoch.

Nur noch drei Tage. Am Donnerstag würde sie nach Südengland fliegen. Dort durfte sie sich eine kleine Auszeit gönnen und das Nützliche mit dem Angenehmen verbinden. Sie hoffte, dass es eine angenehme, in jedem Fall eine interessante Erfahrung werden würde, die Glaubensgemeinschaft in Amberley kennenzulernen. Dreihundert Menschen, die ihren Besitz teilten und Gewalt strikt ablehnten. Vor einiger Zeit waren die *Amish People* in den USA in die Schlagzeilen geraten, weil Mitglieder einer Gemeinschaft in Ohio ihren Glaubensbrüdern zur Strafe die Bärte abrasiert hatten. Seither war das Interesse an isoliert lebenden Religionsgemeinschaften und ihren alternativen Lebensformen auch in Deutschland neu erwacht. Mehrere Zeitungen hatten Hintergrundberichte über die abgeschiedene Welt der *Amish* gebracht. Diese Gruppe war den meisten über Dreißigjährigen seit dem Film »Der einzige Zeuge« irgendwie ein Begriff. Zahlreiche Zuschriften interessierter Leser hatten auch Julias Redaktion erreicht, und als Volker ihr vorgeschlagen hatte, weiter in diese Richtung zu recherchieren, hatte sie sofort Ja gesagt und war prompt auf den Bruderhof in Amberley gestoßen.

Julia überprüfte ihre Mails. Keine neuen Nachrichten aus Amberley. Julia dachte daran, wie erstaunt sie über den professionellen Internetauftritt gewesen war, als sie vor ein paar Wochen angefangen hatte, sich mit den Neuhutterern zu beschäftigen. Schon am nächsten Tag hatte sie auf ihre Mailanfrage eine Antwort erhalten, verbunden mit der Einladung, den Bruderhof in Amberley, East Sussex, zu besuchen. Genauer gesagt war es ein Angebot, für einige Zeit dort mitzuleben und mitzuarbeiten.

Julia war gespannt, was auf sie zukommen würde. Sie sah sich schon bei der Feldarbeit schwitzen, Wäsche am Fluss scheuern und in riesigen Töpfen rühren, denn die Bruderhöfer teilten fast alle Mahlzeiten. Die Kinder waren jedenfalls gut versorgt. Morgen war der letzte Schultag, und die Sommerferien begannen. Die nächsten zwei Wochen würden sie mit ihrem Vater verbringen und bestimmt alle Baggerseen, Schwimmbäder und Vergnügungsparks in der Umgebung unsicher machen.

*Sie haben neue Mails erhalten.* Julia klickte den Hinweis auf dem Bildschirm weg und stutzte. Eine Rundmail an alle von Volker. Er hatte eine spontane Redaktionssitzung anberaumt. Damit verschob sich ihr Termin noch weiter nach hinten.

»Das kann nichts Gutes bedeuten«, unkte Manu.

Julia zuckte die Schultern. Zumindest bedeutete es, dass die Besprechung mit dem Bauausschuss zu Ende war.

Volker eröffnete den Mitarbeitern ohne Umschweife, dass das Redaktionsgebäude entgegen aller anderslautenden Zusagen abgerissen werden müsse. Dass der Bauausschuss zu dem Schluss gekommen war, das Gebäude sei nicht mehr zu retten, war für die meisten ein Schock, und es herrschte erst einmal betretenes Schweigen.

Julia sah sich verstohlen um. Den bedrückten Mienen der Kollegen nach zu urteilen, hätte man meinen können, sie würden gerade alle ihren Job verlieren. Dabei war es nur ein Gebäude. Wenigstens war die Sache nun entschieden.

Spekulationen hatte es lange gegeben, mit einigen Schönheitsreparaturen und kleinen Renovierungen sei es nicht getan. Doch nach intensiven Überlegungen, etlichen Begehungen, noch mehr Sitzungen und einem umfangreichen Gutachten hatte die Planung, wann welche Wände und Böden renoviert werden sollten, bereits so konkrete Formen angenommen, dass mit einer Radikallösung keiner mehr gerechnet hatte.

*Und wenn schon*, dachte Julia. Sie hörte nur noch mit halbem Ohr hin, als Volker die Hintergründe erläuterte.

»Man hat festgestellt, dass es aufgrund der veralteten Sanitäranlagen nicht möglich ist, das Gebäude zu erhalten. Die Wasserleitungen haben an einigen Stellen feinste Haarrisse, die langsam, aber stetig dazu geführt haben, dass sich Feuchtigkeit in den Böden abgesetzt hat«, gab Volker wieder, was ihm eine Stunde vorher von einem Sachverständigen der Baubehörde erklärt worden war.

»Und wieso hat das bisher keiner bemerkt?«, fragte Gerd, der Älteste in der Runde, vorwurfsvoll. Von allen Seiten war beipflichtendes Gemurmel zu hören.

Gelangweilt beobachtete Julia, wie Volker mit den Schultern zuckte. »Mir ist schleierhaft, wie das übersehen werden konnte. Kurz bevor die Renovierungsarbeiten begonnen werden sollten, hat man zur Sicherheit Messungen an Stellen vorgenommen, die vorher offensichtlich keine Relevanz hatten. Fakt ist jedenfalls, das Gebäude ist so marode, dass wir in spätestens zwei Wochen hier raus sein müssen«, ließ er die Bombe platzen.

Ein Raunen ging durch den Raum. Dann redeten alle durcheinander.

Julia schlug die Beine übereinander und seufzte. Die Aufregung würde sich in ein paar Tagen gelegt haben und alle würden zur Tagesordnung übergehen. Warum also nicht gleich akzeptieren, was unvermeidlich war? Und mit Umzügen hatte sie Erfahrung. Paul und sie waren in den letzten zehn Jahren drei Mal umgezogen, immer beruflich bedingt. Sie warf einen Blick auf die Uhr und fragte sich, wie lange sich die Debatte noch hinziehen würde.

Volker hob beschwichtigend die Arme und versuchte sich Gehör zu verschaffen. »Leute, ich bin nur der Überbringer der schlechten Nachricht.«

»Aber zwei Wochen … das ist wohl ein schlechter Scherz!«, übernahm Gerd wieder die Rolle des Wortführers. »Erst wird monatelang debattiert, ob wir mehr Feuerschutztüren brauchen, ob wir die Decken zur Schalldämpfung isolieren oder nur kleine Schallwände zwischen die Schreibtische montieren und ob der neue Teppich taubengrau oder doch lieber marineblau werden soll – und jetzt soll das Gebäude so baufällig sein, dass wir kaum Zeit haben, unsere Sachen zu packen. Wo sollen wir überhaupt hin? Hat sich darüber schon jemand Gedanken gemacht?«

»Wir werden erst einmal Büroräume im Industriegebiet anmieten«, kam die Antwort.

Die Aussicht, das Redaktionsgebäude in der Innenstadt gegen ein steriles Bürogebäude weit außerhalb im Industriegebiet einzutauschen, stieß erwartungsgemäß auf Protest. Volker zeigte sich unbeeindruckt, doch verlor er langsam die Geduld. »Ob es uns nun passt oder nicht: In spätestens zwei Wochen ist hier für uns Schicht im Schacht. Das heißt, uns bleibt nicht viel Zeit, und wir sollten sie auf keinen Fall mit aussichtslosen Debatten vergeuden. Vergesst nicht, wir haben eine Zeitung zu machen, und es ist unseren Lesern völlig egal, ob wir gerade in schlechter Stimmung sind, weil unser angestammtes Redaktionsgebäude zur Bruchbude erklärt wurde.«

Endlich hatte er ein Machtwort gesprochen! Julia lehnte sich zurück und schaltete innerlich ab. Sie verstand nicht, wie sich manche ihrer Kollegen so hineinsteigern konnten. Ihr kam der Umzug ins Industriegebiet sogar gelegen, da sie sich den Weg durch die Innenstadt sparte.

Sie hatte ganz andere Sorgen. Für Ben musste sie sich dringend etwas überlegen, und Lilly hatte in der Schule in allen Hauptfächern stark nachgelassen. Bis auf Musik und Sport schien sie sich für nichts mehr zu interessieren. Nur ihre guten Leistungen aus dem ersten Halbjahr hatten sie gerettet und dafür gesorgt, dass sie mit einigermaßen passablen Noten in die siebte Klasse versetzt werden würde. Julia kaute auf ihrem Stift herum. So konnte das nicht weitergehen.

Volker schien zum Ende zu kommen. »Also, Verena wird sich um alles kümmern, damit der Umzug reibungslos und schnell vonstattengeht: Umzugsfirma beauftragen, IT-Spezialisten und Fernmeldetechniker organisieren – der ganze Kram. Büroräume inspizieren, die Einteilung vornehmen, wer wo sitzt – natürlich in Abstimmung mit mir, versteht sich – und so weiter.« Er klatschte in die Hände und machte eine zupackende Geste. »Und ihr könnt langsam anfangen zu packen.«

Die anderen verließen den Raum und Julia schob sich an den Kollegen vorbei nach vorne.

»Für dich heißt es natürlich schnell packen«, sagte Volker und deutete auf den Stuhl gegenüber.

Julia wollte entgegnen, dass sie das am Sonntag machen würde, wenn die Kinder weg wären, doch dann ging ihr auf, dass er gar nicht ihren Englandaufenthalt, sondern den Umzug meinte. Im Geiste überschlug sie ihre Chancen, sich morgen Zeit dafür freizuschaufeln. Nein, das konnte sie sich abschminken. Sie schloss resigniert die Augen, während sie sich setzte. Das bedeutete zwangsläufig, dass sie das heute Abend noch erledigen musste. Irgendwie musste es gehen, und jammern half nichts. Irgendwie ging es immer.

Während Julia den Schlüssel ins Haustürschloss steckte, fiel ihr siedend heiß ein, dass sie Lillys Abschlusskonzert vergessen hatte. Ben saß im Wohnzimmer vor dem Fernseher, nachdem er eine Viertelstunde zuvor von Julias Freundin Christine abgeliefert worden war.

»Hallo Schatz. Wo ist Lilly?«, begrüßte sie ihren Sohn. »Ben?«

»Keine Ahnung«, antwortete er, ohne den Blick von seinem Zeichentrickfilm zu wenden.

Julia lief die Treppe hoch und klopfte an Lillys Zimmertür. Sie drückte die Klinke, doch sie war verschlossen. »Lilly, es tut mir leid. Bitte mach die Tür auf!«

Julia wartete einen Moment und lauschte, doch drinnen bewegte sich nichts. Sie klopfte erneut. »Lilly, bitte! Lass uns miteinander reden!«

Der Schlüssel wurde im Schloss gedreht. Julia trat einen Schritt zurück, doch die Tür blieb zu. Zögernd trat sie ein. Lilly stand mit dem Rücken zu ihr zwischen Schreibtisch und Bett am Fenster und hatte die Arme verschränkt. Julias Herz krampfte sich zusammen, während sie die zarte Gestalt ihrer zwölfjährigen Tochter betrachtete.

»Du wolltest reden«, hörte sie sie leise sagen.

»Schatz, es tut mir leid«, begann Julia und schüttelte hilflos den Kopf, weil sie wusste, dass sie dieselben Gründe nennen würde, die immer herhalten mussten. »Ich konnte einfach nicht weg. Volker hatte ganz kurzfristig eine Besprechung angesetzt und da konnte ich nicht einfach …«

»Du hättest anrufen können.«

»Das wollte ich ja, aber du kannst dir nicht vorstellen …«

»Du hast es vergessen.« Lilly drehte sich um und sah ihrer Mutter ins Gesicht. In ihrem Blick lag Resignation, und das war schlimmer als die Wut, mit der Julia gerechnet hatte. Bei all dem Trubel in der

Redaktion hatte sie tatsächlich nicht mehr an das Konzert gedacht, das Lillys Orchester zum Abschluss des Schuljahres veranstaltete. So oder so wäre sie vermutlich nicht rechtzeitig weggekommen.

»Du hast recht, ich habe es vergessen«, gab sie zu und Lilly senkte den Blick. »Es tut mir sehr leid, Lilly. Ich wäre gern dabei gewesen.«

Eine ganze Weile sagte keiner etwas. Julia hätte ihre Tochter am liebsten in den Arm genommen, aber sie traute sich nicht, sie zu berühren.

»Papa war da«, sagte Lilly schließlich.

Julia zog die Augenbrauen zusammen. »Wieso war Papa da? Ich dachte, er kann nicht.«

»Er hat mich gestern auf dem Handy angerufen, dass er doch kann.«

»Und wieso sagst du mir das nicht?«

Lilly gab keine Antwort.

Julias gedrückte Stimmung schlug in Ärger um. »Wieso sagt Papa mir das nicht? Ich renne den ganzen Tag von einem Termin zum nächsten. Für alles bin ich zuständig und muss an tausend Sachen denken. Und wenn dein Vater mir mal einen Termin abnehmen könnte, hält er es nicht für nötig, mich zu informieren.«

»Papa redet nie so über dich.«

»Papa hat auch überhaupt keinen Grund dazu. Er …« Julia brach ab und biss sich auf die Zunge.

»Ich wollte, dass ihr beide kommt, Mama.«

Lilly sagte es so leise, dass es kaum zu hören war. Sie schlug die Augen nieder und Julia sah, wie ihr eine Träne über die Wange rollte.

»Ach, Lilly.« Seufzend zog sie ihre Tochter an sich. Den Blick in die Ferne gerichtet, küsste sie ihre Stirn und schloss die Arme fest um sie.

Der Dienstag war so voll, dass Julia schon vor dem Abendessen am liebsten nur noch ins Bett gefallen wäre, was ungewöhnlich war für sie. Abends lief sie normalerweise zur Höchstform auf, wovon sie in ihrem Job sehr profitierte. Sobald die Kinder im Bett waren, klappte sie ihr Notebook auf und holte nach, was sie tagsüber nicht geschafft hatte. In letzter Zeit hatte sie fast wie früher zahlreiche Termine bei Abendveranstaltungen wahrgenommen. Auf Großeltern in der Nähe konnte sie nicht zurückgreifen und mit Paul zu planen, war schon vor ihrer Trennung schwierig gewesen. Aber sie hatte sich ein recht stabiles Netz aufgebaut, worauf sie ein bisschen stolz war.

Fiel der Babysitter aus, waren da noch Christine, auf die meistens Verlass war, oder Karen, die Mama von Bens Kindergartenfreund Anton. Auch Mia und Rolf, die nur zwei Häuser weiter wohnten, halfen gelegentlich aus. Natürlich bedeutete das für Julia, im Gegenzug ebenfalls einzuspringen, wenn Not am Mann war. Eine Hand wusch die andere. Ihr Zeitplan war straff, ständig musste kurzfristig umdisponiert werden, aber irgendwie ging es.

Dass ihr Lillys Konzert in all dem Stress durchgerutscht war, ärgerte sie. Natürlich tat es ihr in erster Linie für Lilly leid, die sie enttäuscht hatte. Aber dass Paul am Ende besser dastand als sie, wurmte sie. Schließlich war sie diejenige, die zu Hause alles am Laufen hielt.

Julia seufzte und stellte die Teller zusammen. Sie hatte mit den Kindern zusammen Hawaiitoast gemacht, um Lilly wieder versöhnlich zu stimmen. Lilly liebte Ananas in jeder Form und sie genoss es, etwas mit ihrer Mutter gemeinsam zu tun. Richtig gelöst war sie gewesen und hatte mit großem Appetit gegessen, bevor sie nach oben verschwunden war, um zu packen.

Julia räumte die Spülmaschine ein. Sie bat Ben, sich umzuziehen, und versprach, ihm eine Gutenachtgeschichte vorzulesen, sobald sie die Küche aufgeräumt hätte. Als sie fertig war, saß Ben mit einem Piratenbuch im Bett und machte ihr Platz. Julia legte sich zu ihm und nahm ihn in den Arm. Sie gähnte, noch bevor die erste Seite zu Ende war, und hatte Mühe, die Augen aufzuhalten. Ben rüttelte ungeduldig an ihrer Schulter, weil sie immer wieder einnickte.

Das Klingeln war zuerst weit weg. Julia konnte es nicht zuordnen und fragte sich, warum es nicht endlich aufhörte. Dann kam sie zu sich und war plötzlich hellwach. Das Licht brannte und Ben lag halb auf ihr. Das Telefon klingelte immer noch. Ihr Blick fiel auf den Wecker. Dreiundzwanzig Uhr. Wer rief um Himmels willen um diese Zeit noch an? Vorsichtig, um ihn nicht zu wecken, zog sie ihren Arm unter Bens warmem Körper hervor. Das Telefon verstummte, bevor der Anrufbeantworter ansprang. Der Kleine drehte sich auf die andere Seite und rollte sich zusammen. Julia deckte ihn zu und löschte das Licht. Als sie die Tür anlehnte, klingelte es wieder.

Es war Paul. »Ich hoffe, ich habe dich nicht geweckt.«

Julia strich sich durch ihr Haar, während sie in die Küche ging. »Doch, hast du.«

»Das tut mir leid.«

Sie goss sich ein Glas Mineralwasser ein. »Muss es nicht. Ich habe noch jede Menge zu erledigen, und die Koffer der Kinder sind auch noch nicht fertig gepackt für morgen. Also, was gibt es so Wichtiges?« Sie trank einen Schluck und setzte sich.

Paul räusperte sich. »Ehrlich gesagt, rufe ich deswegen an.« Er klang kleinlaut.

Julia stellte ihr Glas geräuschvoll auf den Tisch. »Jetzt sag bitte nicht, dass dir etwas dazwischengekommen ist.«

Als Paul nicht gleich antwortete, wusste sie, dass sie richtig lag. Er eröffnete ihr, dass ihm tatsächlich ein wichtiger Fall dazwischengeraten sei, der ihn zwang, seinen Urlaub zu verschieben.

Sie kräuselte die Lippen und schüttelte den Kopf. Eigentlich unfassbar, was er da sagte, doch wieso überraschte es sie nicht? Sie wusste, worauf es hinauslaufen würde, doch sie versuchte es trotzdem. In ruhigem Ton fragte sie: »Und wie gedenkst du das Problem zu lösen? Du weißt, ich bin ab übermorgen in England und du bist die nächsten vierzehn Tage für die Kinder zuständig. Das hast du mir zugesagt.«

»Ich dachte, vielleicht könntest du die Kinder mitnehmen?«

Julia stieß einen spöttischen Laut aus. »Das ist deine Lösung? Ich soll die Kinder mitnehmen? Falls du es nicht mitbekommen hast, ich bin zum Arbeiten dort und nicht, um Urlaub zu machen. Du bist derjenige, der ab morgen Urlaub hat, eingereicht vor mehr als zwei Monaten.«

»Es tut mir leid. Ich weiß selbst, dass das keine optimale Lösung ist, aber ich fürchte, uns bleibt keine andere Wahl. Deine Eltern sind auf Kreuzfahrt und …«

»Lass bloß meine Eltern aus dem Spiel. Es ist ihr gutes Recht, Urlaub zu machen!«

»So habe ich das nicht gemeint. Ich wollte nur sagen, dass wir die Kinder nicht zu deinen Eltern bringen können. Und sonst fällt mir ehrlich gesagt niemand ein, der sie für zwei Wochen nehmen könnte.«

Julia wusste, dass er recht hatte. So kurzfristig würden sie niemanden finden. Ihre Freundin Christine war die Einzige, der sie die Kinder länger als zwei Tage zumuten konnte, und die fuhr nächste Woche mit ihrer Familie in den Urlaub. Julias Brüder wohnten weit weg, hatten selbst keine Kinder und kamen als Babysitter ohnehin nicht infrage. Paul hatte keine Geschwister, und seine Eltern waren schon lange tot. Sie waren bei einem Autounfall ums Leben gekommen, noch bevor Julia und Paul sich kennengelernt hatten. »Ich sehe immer noch nicht ein, wieso ich dein Problem zu meinem machen soll. Es sind deine zwei Wochen«, sagte sie trotzig.

Pauls Tonfall wurde eindringlich. »Bitte, Julia. Es ist sehr wichtig für mich. Könntest du wenigstens fragen?«

Julia blies hörbar Luft aus. Warum war seine Arbeit wichtiger als ihre?

»Das Gute daran wäre«, fuhr Paul fort, »dass ich die Kinder vielleicht trotzdem sehen könnte.«

Wie war das nun wieder gemeint?

»Ich würde morgen Mittag nach England fliegen. Wir ermitteln in einem Mordfall, und das Opfer kommt aus Speyer.«

Darum ging es also. Kein Wunder, dass sie Paul dafür wollten. Und kein Wunder, dass Paul den Fall übernehmen wollte. Er hatte während seiner Schulzeit zwei Jahre mit seinen Eltern in der Nähe von London gelebt. Und er hatte ein dreimonatiges Praktikum beim *CID*, der Abteilung für Kriminalfälle von Scotland Yard, absolviert. Davon schwärmte er immer noch, obwohl es über fünfzehn Jahre her war. »Und dein Fall ist quasi um die Ecke von Amberley?«, fragte sie spöttisch.

»Nicht ganz. Von Portsmouth aus sind es keine zwei Stunden.«

»Und wenn sie Nein sagen?«

»Würdest du bitte fragen?«

# 2

Die Nacht war kurz gewesen. Julia hatte nur wenige Stunden geschlafen. In aller Frühe war sie aufgestanden, hatte Lilly geweckt und den noch schlafenden Ben zum Taxi getragen. Die letzten vierundzwanzig Stunden war sie damit beschäftigt gewesen, zu packen und die folgenden zwei Wochen umzuorganisieren. Im Grunde war sie es gewohnt. Sie machte Pläne, die Paul kurzfristig umwarf, und sie war diejenige, die schauen musste, wie sie wieder alles unter einen Hut bekam. Zumindest daran hatte sich nichts geändert.

Julia nahm dankbar den Kaffee entgegen, den ihr die Stewardess reichte. Ben drückte sich am Fenster die Nase platt und Lilly, die zwischen ihnen saß, war in eine Zeitschrift vertieft oder tat zumindest so. Seit zwei Tagen hatten sie nur das Nötigste miteinander gesprochen.

Julia rührte nachdenklich in ihrem Kaffee. Vielleicht hätte sie Paul einfach hängen lassen sollen. Wie oft hatte sie das schon gedacht? Wenn nur nicht am Ende die Kinder darunter zu leiden hätten.

Früher hätte sie wahrscheinlich alles abgesagt. Eine Vor-Ort-Recherche mit den Kindern – unmöglich. Aber diese Zeiten waren vorbei. Die jetzige Lösung war zwar nicht optimal, aber immerhin kreativ. Sicher bekam sie auf diese Art noch tiefere Einblicke in das Leben auf dem Bruderhof und möglicherweise einen ganz anderen Zugang zu den Menschen dort. Ein Anruf bei den Bruderhöfern hatte genügt, und die Sache war geregelt. Die freuten sich sogar auf die Kinder.

Lilly blätterte geräuschvoll eine Seite um. Sie zog die Schuhe aus und drehte sich so, dass sie Julia fast den Rücken zuwandte. Dass sie enttäuscht war, konnte Julia nachvollziehen, auch wenn es am allerwenigsten ihre Schuld war. Das Problem war, dass Lilly ihr neuerdings gern an allem die Schuld gab. Sie warf ihr vor, ihren Papa im Stich gelassen zu haben.

Genau genommen hatte sie sogar recht damit. Wenn es nach Paul gegangen wäre, würden sie wahrscheinlich noch alle gemeinsam unter einem Dach leben. Aber so einfach waren die Dinge nun einmal nicht. Das würde auch Lilly mit der Zeit verstehen. Zumindest hoffte Julia das.

Genau wie sie hoffte, dass Lilly sich mit den Gegebenheiten während der folgenden zwei Wochen irgendwie arrangierte. Paul hatte gestern nur kurz mit ihr und Ben telefonieren können, weil er zum Flughafen musste.

Zuerst hatte Lilly getobt, dann hatte sie erklärt, dass sie auf gar keinen Fall mitkäme, und als sie gemerkt hatte, dass es nichts nützte, sich aufzulehnen, hatte sie sich damit begnügt, zu schmollen und ihrer Mutter wütende Blicke zuzuwerfen.

Julia hatte weder Zeit noch die Nerven gehabt, sich weiter mit ihr auseinanderzusetzen. Sie sah nicht ein, warum sie nun auch in Bezug auf Lillys Laune ausbaden sollte, was Paul ihr eingebrockt hatte. »Beschwer dich bei Papa und nicht bei mir«, hatte sie irgendwann zu Lilly gesagt. Sie rutschte tiefer in ihrem Sitz, streckte die Beine in den Gang und schloss bis kurz vor der Landung die Augen.

Julia wuchtete den letzten Koffer vom Gepäckband. Dann machten sie sich auf den Weg zum Mietwagenschalter. Die Formalitäten waren schnell erledigt, das Auto hatte sie bereits von zu Hause aus gebucht.

Das Wetter war herrlich. Julia blinzelte in die Sonne. Keine einzige Wolke am Himmel. Sie warf ihre dünne Strickjacke in den Kofferraum und setzte die Sonnenbrille auf. *Links fahren*, ermahnte Julia sich und fädelte in den Verkehr ein. Sie nahmen die Autobahn M 25 Richtung Südwesten.

»Und was sollen wir dort bitte schön den ganzen Tag machen?« Es war das Erste, was Lilly sagte, seit sie eingecheckt hatten, sah man von ein paar einsilbigen und kaum verständlichen Antworten ab, die sie mit ausdrucksloser Miene gemurmelt hatte.

Julia wusste es selbst nicht genau. »Das wird sich schon finden.«

»Aha.«

»Wie wäre es mit … neue Leute kennenlernen?«

»Hinterwäldler meinst du wohl, die rumlaufen wie im letzten Jahrhundert. Nein danke – ohne mich!«

»Du musst sie ja nicht mögen. Aber du würdest davon profitieren.«

»Bitte?«

»Du könntest dein Englisch verbessern zum Beispiel.«

»Na toll! In den Ferien!«

»Warum denn nicht in den Ferien?« *Wo du es doch bedauerlicherweise während der Schulzeit nicht getan hast*, fügte sie in Gedanken hinzu.

»Weil Ferien zum Erholen da sind. Zum Spaßhaben. Zum Nicht-an-die-Schule-Denken.«

»Na dann …« Es hatte keinen Sinn zu diskutieren. Egal, was sie sagte, Lilly war einfach sauer, dass der Urlaub mit ihrem Vater so kurzfristig ins Wasser gefallen war.

Julia warf ihrer Tochter einen kurzen Blick zu. Lilly lehnte mit ihrer Stirn so an der Scheibe, dass sie ihr Gesicht nicht sehen konnte. Das Maximum an Distanz in dem kleinen Auto.

Julia konnte ihr die schlechte Laune nicht verübeln. Statt zwei Wochen Spaß haben mit Papa gab es nun Englisch lernen bei »Unsere kleine Farm«.

Sie wechselten kurz auf die M 26, verließen dann die Autobahn und bogen auf die Landstraße in Richtung Sevenoaks/Hastings ab. Sie passierten einige *Roundabouts*, und nach dem siebten Kreisverkehr wurde die Straße schmaler, sodass zwei Autos gerade aneinander vorbeipassten. Die Straße war gesäumt von weiß blühenden, hohen Hecken, die sich durch die hügelige Landschaft schlängelten. *Jetzt im Sommer haben sie etwas Wildes, Unbezähmbares an sich,* dachte Julia. *Als würden sie sich nach jedem Schnitt mit ihren jungen Trieben noch trotziger gen Himmel recken.*

»Wie lange dauert es noch?«, ertönte Bens helle Stimme vom Rücksitz. »Mir ist so warm.«

Julia warf einen Blick auf das Navigationssystem. Sie war erleichtert, dass sie es fast geschafft hatten. »Nicht mehr lange. Wir müssten eigentlich gleich da sein.«

Sie öffnete das Fenster ein wenig. »Schaut mal, da vorne das Schild. Ich glaube, das muss es sein.« Sie kniff die Augen zusammen, »Robertsbridge, Amberley«, las sie vor, sobald sie den Schriftzug entziffern konnte.

Die Hecken endeten und wurden von Laubbäumen abgelöst. Sie folgten der Beschilderung und nahmen die Abzweigung durch ein Wäldchen auf einen asphaltierten Privatweg, bis die Bäume verschwanden und den Blick auf saftige Wiesen und bestellte Felder freigaben. In der Ferne, etwas erhöht, waren Häuser zu erkennen. Die Straße wand sich die hügelige Landschaft entlang, bis sie hinter einer Kurve ein ovales Schild aus massivem dunklem Holz erreichten. Es war mit einer schweren Eisenkette an zwei Pfosten befestigt und markierte offenbar den Beginn des Dorfes. *Welcome to Amberley* stand dort in schön geschwungenen Lettern.

»Sind wir da, Mama?«

»Sieht ganz so aus.«

Auf der rechten Seite befand sich eine Lagerhalle mit einigen parkenden Autos davor. Es folgte eine Kurve und nach etwa zwanzig Metern mit leichtem Anstieg noch eine Kurve. Die eigentliche Straße endete hier.

Sie kamen vor einer Schranke mit einem Pförtnerhaus zum Stehen. Ein junger Bursche im Holzfällerhemd streckte den Kopf zum Fenster heraus. Julia nannte ihren Namen, worauf er ihr freundlich zunickte und die Schranke öffnete. Unsicher, wie es weitergehen sollte, ließ sie den Wagen langsam den Weg entlangrollen. Im Rückspiegel sah sie, wie der junge Mann aus der Tür trat und mit schnellen Schritten am Auto war. Er bedeutete ihr, ihm zu folgen, und lotste sie an mehreren Backsteinhäusern vorbei zu einem großen Haus, wovor sie parken sollte.

Auf der rechten Seite erstreckte sich eine große Rasenfläche, umgeben von breiten Wegen, bis zu weiteren Gebäuden, die meisten von ihnen aus dunkelrotem Backstein mit weißen Sprossenfenstern und grünen Türen und Dachgiebeln. Holzbänke mit Tischen dazwischen und mehrere Schaukeln waren an den Seiten des Rasens verteilt.

»Mama, die haben sogar was für Kinder«, rief Ben aufgeregt. »Darf ich mit dem Roller dort fahren?«

»Vielleicht später, mein Schatz. Lass uns erst mal richtig ankommen«, vertröstete sie ihn.

Als sie ausstiegen, sah Julia sich suchend nach ihrem Einweiser um. »Wo ist er hin?«

»Keine Ahnung«, antwortete Lilly. »Vielleicht mit seinen schicken Hosenträgern in sein Pförtnerhäuschen zurück. Was weiß ich.«

Julia überhörte die Spitze. »Was meint ihr – sollen wir schon mal unsere Koffer ausladen?«

»Du weißt doch gar nicht, ob wir wirklich hier wohnen werden«, entgegnete Lilly. »Schau mal, da kommt jemand. Einmal Dirndl hochgeschlossen mit weißen Socken und Turnschuhen.«

Julia wandte sich um. Eine Frau in Huttterertracht mit hell getupftem Kopftuch kam quer über den Rasen zu ihnen. Im Gehen band sie sich ihre Schürze ab und winkte ihnen zu.

»Reiß dich bitte zusammen!«, raunte Julia ihrer Tochter zu und winkte zurück.

»Herzlich willkommen auf dem Bruderhof!«

Julia blickte in ein Paar sehr hellblaue Augen und erwiderte den festen Händedruck. Die Frau, die sie mit einem offenen Lächeln und charmantem Akzent auf Deutsch begrüßte, war einen halben Kopf kleiner als sie. Jetzt, wo sie direkt vor ihr stand, bemerkte Julia, dass ihr kariertes Kleid aus zwei Teilen bestand: einem weiten Rock und einem ärmellosen Oberteil, und darunter trug sie eine kurzärmelige weiße Bluse mit rundem Kragen.

»Ich heiße Rachel«, sagte sie. »Wir freuen uns darauf, euch kennenzulernen.«

Das Haus hatte vier Stockwerke und bestand aus mehreren Wohnungen. Die Aufteilung war auf den ersten Blick verwirrend. Im Erdgeschoss wohnte Rachel mit ihrer Familie. Julia und die Kinder waren in einem Zimmer im ersten Obergeschoss untergebracht.

Zwei Stockbetten, ein Bücherregal, ein breiter Schrank und ein Tisch mit vier Stühlen. *Jugendherbergs-Feeling*, dachte Julia. Einziger

Luxus, wenn man so weit gehen wollte, waren ein Wasserkocher auf einem Tablett, eine hübsche Teebox, vier Tassen, Löffel, Milch und Zucker.

»Das Bad befindet sich schräg gegenüber«, erklärte Rachel und deutete über den Flur.

Julia nickte. »Wo sind denn die anderen …« Sie suchte nach dem passenden Wort. »… Bewohner? Es ist so still.«

Rachel lachte. »Das wird sich nachher ändern. Im Moment sind alle bei der Arbeit, die Kinder in der Schule oder in ihren Gruppen. Spätestens beim Essen werdet ihr sie alle sehen.«

»Und wann …«

»Um zwölf Uhr fünfzehn gibt es Mittagessen. Die Glocke ruft uns. Ihr werdet es hören.« Sie schloss die Tür, damit sie die Betten beziehen und auspacken konnten.

Die Kinder wollten beide oben schlafen, und so nahm Julia das Bett unter Ben. Anschließend durfte Ben endlich schaukeln. Als er genug hatte, machten sie eine kleine Besichtigungstour über den großen Hof.

Sie blieben vor zwei Gebäuden mit großen Fenstern stehen, die deutlich niedriger als alle anderen und durch ein Flachdach miteinander verbunden waren. »Das muss der Essenssaal sein«, sagte Julia.

»Und damit wird zum Essen geläutet.« Ben deutete zum Glockenturm hinüber, der sich seitlich des Eingangs befand. Der Turm war ganz aus Holz gebaut und bis auf das kleine Dach über der schlichten, einzelnen Glocke komplett offen.

Ben ging weiter und Julia und Lilly folgten ihm. Der Weg führte an einem runden Beet vorbei, wild mit Lavendel und Rosen bewachsen, und beschrieb einen Kreis um eine Grünfläche mit einem Baum in der Mitte. Mehrere Wege verzweigten sich von hier aus. Auf der rechten Seite befand sich ein weiteres dunkelrotes Backsteinhaus, nicht sehr hoch gebaut, und daneben ein helleres mit einem Rundbogen über der Eingangstür. Bunte Blumenreihen, einige efeubewachsene Mauern, manche rosenberankt. »Vielleicht die Schule«, überlegte Julia laut.

Ihr Blick blieb an der kreisförmigen hellen Steinbank hängen, die sich mit ein paar Metern in gleichmäßigem Abstand um den Baum gruppierte. Sie war an einer Seite geöffnet und bot reichlich Platz und Sitzgelegenheit für einige Dutzend Menschen. Ein kleinerer Ring aus flacheren Steinen umschloss den Baum und begrenzte ein rundes Blumenbeet.

»Stonehenge lässt grüßen!«

»Lilly, bitte.«

»Ist doch wahr. Mystische Steinkreise, wohin das Auge blickt.«

»Kannst du auch mal etwas Positives sagen – irgendwas?«

»Wieso? Stonehenge ist doch positiv. Ich wünschte, wir würden uns Stonehenge anschauen wie Millionen anderer Touristen auch anstatt dieser Pseudoausgabe hier.«

»Das machen wir vielleicht noch. Wir sind gerade erst angekommen. Und ich weiß wirklich nicht, was du hast. Das wirkt doch sehr einladend.«

»Genau!« Lilly verdrehte die Augen.

Zu weiteren Kommentaren bekam sie keine Gelegenheit, denn in diesem Moment ertönte die Glocke. Die Tür flog auf und Kinder stürmten aus dem Schulhaus ins Freie. Mädchen mit Häubchen, über jeder Schulter einen ordentlich geflochtenen langen Zopf. Weiße Kragen, lachende Gesichter und Hände, die ihnen fröhlich zuwinkten.

Aus allen Richtungen schienen plötzlich Menschen zu strömen. Die Frauen mit ihren langen Röcken und zipfeligen Kopftüchern. Ein paar Ältere, die nicht mehr so gut zu Fuß waren, hatten sich untergehakt. Junge schoben Alte im Rollstuhl.

Von einem großen Gebäude, das auf der anderen Seite lag, näherte sich eine Gruppe Männer. Weiße Bärte, Milchgesichter, dunkle Bärte und helle karierte Hemden, blaue Hemden und vor allem Hosenträger. Dazwischen wieder Kinder. Kleine Kinder, die sie ungeduldig an der Hand vorwärtszogen.

»Ach du Schreck, das werden ja immer mehr«, murmelte Lilly und es klang besorgt.

Eine Menge Hände wurden geschüttelt, bis sie den Essenssaal betraten. Er war hell und lichtdurchflutet, dank der breiten Fensterfront gegenüber. Auf der linken Seite führten ein paar Stufen zu einer Bühne hinauf. An den Wänden hingen farbenfrohe große Gemälde.

*Lauter Heile-Welt-Motive*, dachte Julia. Darauf wackere Naturburschen und blumenbekränzte Mädchen, die mit seligem Lächeln und Laternen in der Hand durch blühende Wiesen wanderten.

Sie folgten dem Strom nach rechts in den Mittelgang. Er trennte die langen Tischreihen, von denen viele schon mit einer bunten Menschenmischung besetzt waren. Die Flügeltüren zur Küche waren weit geöffnet. Julia wunderte sich über die drei Uhren darüber. Aus der Ferne konnte sie nur erkennen, dass alle drei verschiedene Uhrzeiten anzeigten.

Plötzlich stand Rachel neben ihr. »Kommt hier entlang.« Sie zog sie an einen Tisch, und Julia war dankbar, dass sie sich nicht selbst einen Platz suchen mussten. »Das ist Brian, mein Mann«, stellte sie erst ihn und dann die übrigen Tischnachbarn vor, die fast alle einigermaßen gut deutsch zu sprechen schienen.

Dann knackte es im Lautsprecher und es wurde schlagartig still. Über Mikrofon wurden die Gäste begrüßt und willkommen geheißen.

Julia bemerkte, wie unwohl Lilly sich fühlte, als zweihundertfünfzig Köpfe sich nach ihnen umdrehten. Nervös spielte sie mit ihren Haaren und wickelte sich einzelne Strähnen fest um den Finger. Dann wurde aus vielen Kehlen ein vierstimmiges Dankgebet angestimmt. Es diente offenbar nicht nur zur Ehre Gottes, sondern auch der Ehre der Gäste, denn es wurde auf Deutsch gesungen. Julia überlegte, ob es eine gute Idee gewesen war, die Kinder mit zu nehmen.

Junge Männer trugen Platten und Schüsseln auf. Es gab Reis mit einer Fleischsoße und Pilzen.

»Schieb sie einfach an den Rand«, raunte Julia ihrer Tochter zu, die überraschenderweise, ohne sich zu beschweren, ihrer Aufforderung folgte. Wahrscheinlich wollte sie die Aufmerksamkeit nicht noch einmal auf sich ziehen.

Julia war auf Small Talk bei Tisch eingestellt. Sich gegenseitig ein wenig abklopfen. Was machst du? Wo kommt ihr her? Doch für Unterhaltungen blieb keine Zeit. Als sie Ben und sich Salat aufgetan hatte und die Schüssel weiterreichte, übernahm die Stimme am Mikrofon wieder. Bei leisem Geklapper von Besteck und Geschirr wurde ein Brief vorgelesen. Wie sich herausstellte, war es eine Art Missionsbericht aus Bolivien.

Carl, ein dem Bruderhof in Freundschaft verbundener kanadischstämmiger Arzt, schrieb von seinem Alltag in La Paz. Dort arbeitete er in einem Krankenhaus, das sich mithilfe von Spenden um die Ärmsten der Bevölkerung kümmerte, die sonst keine Chance auf medizinische Versorgung hätten. Er erzählte von Straßenkindern, die gezwungen waren, sich allein ohne Familie durchzuschlagen. Von Menschen, die versuchten, irgendwie zu überleben.

*Gewiss werden bei den Älteren eigene Erinnerungen an die Zeit in Südamerika wach,* dachte Julia und ließ ihren Blick über die Gesichter um sie herum streifen. An manch tief gefurchten Falten, die sich während des Kauens bewegten, blieb sie hängen.

Sie hatte recherchiert, dass die Bruderhöfer während des Zweiten Weltkriegs in das an den Süden Boliviens angrenzende Paraguay emigriert waren, das einzige Land, das die überzeugten Pazifisten und Kriegsdienstverweigerer hatte aufnehmen wollen. Unter äußerst harten Lebensbedingungen und großen Entbehrungen, die die Anfangszeit geprägt hatten, waren sie bis in die frühen Sechzigerjahre dort geblieben. Seit ein paar Jahren hatten sie wieder eine Niederlassung dort.

Der Brief war gut und unterhaltsam geschrieben, urteilte die Journalistin in Julia nach kurzer Analyse. Er zeichnete ein anschauliches Bild der bedrückenden Umstände und war dennoch gut gewürzt mit kleinen Anekdoten und lustigen Begebenheiten, die die Zuhörer zum Schmunzeln brachten.

Die richtige Würze hätte auch hier gut getan, stellte Julia fest, als sie sich anstandshalber ein weiteres Salatblatt in den Mund schob. Das Dressing schien ausschließlich aus Wasser zu bestehen. Lillys und

Bens Salat war noch fast unberührt. Die anderen schien der fade Geschmack nicht zu stören. Nahezu alle Teller waren schon leer.

Für den Fall, dass die Besucher aus Deutschland nicht alles verstanden, hatte man ihnen eine junge Frau namens Louise zur Seite gestellt. Sie hatte ihren Arm auf Bens Stuhllehne gelegt und übersetzte leise.

Der Nachtisch bestand aus Rhabarberkompott in flüssiger Sahne und wurde von den Bruderhöfern genauso schnell verspeist wie zuvor der Hauptgang. Julia sah sich verstohlen um. Man konnte nicht sagen, dass ihre Tischnachbarn das Essen hinunterschlangen, doch ehe man es sich versah, waren die Schüsseln ausgekratzt. Noch ein Lied zum Abschluss, und die Zusammenkunft löste sich auf.

Louise schob ihren Stuhl an den Tisch. »Wir sehen uns um fünfzehn Uhr an der Schule, Ben. Du bist in meiner Gruppe«, verabschiedete sie sich. Sie drehte sich noch einmal um. »Und bring Badesachen mit.«

Die Vorschulgruppe der Fünfjährigen bestand aus sechs Kindern, die mit Louise und einer weiteren Betreuerin, die Ruth hieß, zum hofeigenen See spazieren wollten.

Ben war sehr aufgeregt und konnte es kaum abwarten. Julia überlegte, ob sie ihn alleine mitschicken sollte. Zwar hatte er im Frühjahr einen Schwimmkurs besucht, doch richtig schwimmen konnte er noch nicht.

Louise beruhigte sie: »Keine Sorge, wir haben einen ausgewiesenen Nichtschwimmerbereich und auch einen Bademeister. Und Ruth und ich passen auf, dass keinem etwas passiert und wir alle heil wiederbringen.«

Julia warf einen schrägen Blick auf Ruth, die höchstens fünfzehn sein konnte und wie gut die Hälfte der Kinder barfuß war. Ob Ben sie als Autorität akzeptieren würde, war mehr als fraglich, doch schließlich willigte Julia ein. Sie drückte den Kleinen an sich, ermahnte ihn eindringlich, auf Louise und Ruth zu hören, und sah der munteren Truppe hinterher, wie sie sich mit ihrem Bollerwagen in Bewegung setzte. Ben drehte sich um und winkte, und Julia stand noch ein Weilchen da, bis die Kinder hinter einer Baumgruppe verschwanden.

Lilly dagegen wich ihr nicht von der Seite. Im Beisein der anderen war sie schweigsam und beobachtete alles mit ausdrucksloser Miene. Wer sie nicht kannte, konnte denken, sie sei ausgesprochen schüchtern. Doch Julia ahnte, wie sehr es in ihrem Inneren brodelte. Kaum waren sie nach dem Mittagessen in ihrem Zimmer angelangt, war es mit der Zurückhaltung vorbei gewesen. Lilly hatte die Tür zugemacht und es war, als hätte man ein Ventil aus ihrem aufgestauten Ärger gezogen. »Das ist ja noch viel schlimmer, als ich es mir vorgestellt habe.« Erbost hatte sie ihre Mutter angefunkelt. »Wie konntest du uns nur hierher bringen? Die sind alle durchgeknallt. Dass sie herumrennen mit ihren langen Röcken und Kopftüchern und diesen hässlichen Brillen, meinetwegen, aber dass sie diese Lieder singen und beim Essen nicht geredet wird. Und der Salat ist das reinste Hasenfutter!« Zumindest in diesem letzten Punkt musste Julia ihr recht geben.

Die Einladung, sich den Kindern ihrer Altersgruppe anzuschließen, hatte Lilly mit einem stummen Kopfschütteln beantwortet. Als man noch einmal nachfragte, wurde sie energisch. »Ich bleibe bei meiner Mutter«, sagte sie entschieden und verschränkte die Arme. Julia versuchte gar nicht erst, sie zu überreden. Lilly war genauso dickköpfig wie sie selbst. Und schließlich waren sie erst vor ein paar Stunden angekommen. Sie wollte ihrer Tochter Zeit geben, sich an den Gedanken zu gewöhnen, dass sie die nächsten zwei Wochen hier verbringen würden. Für morgen würde sich sicher eine Lösung finden. Julia war in der Wäscherei eingeteilt und notfalls musste Lilly eben auch dort mitarbeiten oder in der Ecke sitzen und schmollen.

Brian und Rachel waren für die Zeit ihres Aufenthalts ihre Hauseltern, an die sie sich mit allen Belangen wenden konnten. Rachel wollte sie heute Nachmittag herumführen und ihr die verschiedenen Einrichtungen des Bruderhofs zeigen. Sie begrüßte die beiden. »Du willst mitkommen, Lilly? Also, den Essenssaal habt ihr schon gesehen. Dann lasst uns in die Küche gehen.«

Dass beim Mittagessen ausschließlich junge Männer das Essen aufgetragen und die Tische abgeräumt hatten, war für Julia überraschend gewesen. Sie hatte eher mit einer klassischen Rollenverteilung gerechnet und sprach Rachel darauf an.

»Stimmt, das machen bei uns die Männer«, antwortete Rachel. »Die *Austeilers* erledigen auch den Abwasch des Geschirrs nach den gemeinsamen Hauptmahlzeiten. Für das Reinigen der Töpfe, Bleche und Pfannen und für die Zubereitung des Essens sind dagegen die Frauen zuständig.«

Also zwar nicht ganz klassisch, aber doch mit klarer Rollenverteilung der Geschlechter. Sie gingen nicht wie am Mittag durch den Speisesaal, sondern betraten die Küche durch einen Eingang an der Seite. Gleich neben der Tür standen rechts einige Servierwagen, noch bestückt mit schmutzigem Geschirr und leeren Thermoskannen der *Snacktime*, daneben eine Spülmaschine, wie sie in der Gastronomie verwendet wurde. Alles sah nach Großküche aus. Viel Edelstahl, in der Mitte eine riesige Arbeitsfläche, um die sich ein Dutzend Frauen gruppiert hatte, die schon das Abendessen vorbereiteten. Jede hatte eine Schürze umgebunden und putzte irgendein Gemüse.

»Mittags und abends wird bei uns warm gegessen.«

»Immer alle gemeinsam?«, wollte Julia wissen.

»Ja, bis auf die ganz Kleinen. Die essen mit ihren Betreuerinnen drüben im Kinderhaus. Manchen älteren und kranken *Geschwistriget* ist es auch nicht möglich, dabei zu sein. Aber über die Mikrofonanlage können sie hören, was der Leiter des Essens sagt. Sie können zuhören, wenn wie heute Mittag ein Brief vorgelesen wird oder wie wir singen. Viele singen dort mit, wo sie sind. Sie sind auf diese Weise mit uns verbunden.«

Julia nickte. Die auf den ersten Blick befremdlich anmutende Mikrofonanlage wurde ihr ein bisschen sympathischer.

»Und was ist mit dem Frühstück?«, wollte Lilly wissen.

»Gefrühstückt wird in den Familien. Ihr werdet für die Dauer eures Aufenthalts bei uns frühstücken. Unsere Kinder freuen sich schon ganz besonders auf euch.«

Sie durften einen Blick in die gut sortierte Vorratskammer im Keller werfen. Hintereinander stiegen sie die Treppe hinunter, wo es gleich angenehm kühl wurde.

Die Vorratskammer war eher eine kleine Vorratshalle. An drei Wänden des Raumes und in der Mitte standen Regale aus Holz, alle Bretter waren fein säuberlich beschriftet. Es gab reihenweise Obst und Gemüse in Dosen. Birnen, Pfirsiche, Mandarinen, Mais, Bohnen, Tomaten und Erbsen. Daneben Gläser voller Kirschen, Gurken, Honig und Marmelade und gleich säckeweise Reis und Nudeln, Kartoffeln, Mehl, Salz und Zucker. An einer Wand waren Kisten mit Äpfeln gestapelt.

Julia war beeindruckt. Tag für Tag eine dreihundertköpfige Gemeinschaft zu versorgen, bedeutete akribische Planung, einen enormen logistischen Aufwand und Arbeitskraft von einem Haufen Leute. Das wurde spätestens hier klar.

Sie traten ins Freie. Rachel beschattete mit einer Hand ihre Augen und deutete mit der anderen zur Holzwerkstatt. »Den *Shop* kann Brian euch in den nächsten Tagen zeigen. Und die *Laundry* wirst du morgen bei der Arbeit kennenlernen, Julia. Ich schlage vor, dass wir als Nächstes zum Babyhaus und dann zum Kinderhaus gehen.«

Unterwegs erfuhren sie, dass die Kinder ab dem Alter von sechs Wochen bis zum ersten Geburtstag tagsüber im Babyhaus betreut wurden. *Da würde so manche Feministin vor Freude in die Hände klatschen*, befand Julia im Stillen. Laut fragte sie: »Ist das nicht sehr früh?«

Sie dachte an die erste Zeit mit Lilly und Ben, als sie noch ganz klein gewesen waren. Schön war diese Zeit gewesen und intensiv. Wahnsinnig intensiv. Überall hatte sie die beiden mit sich herumgeschleppt, wie eine Kängurumama. Sie seufzte. Paul hatte diesen Ausdruck immer verwendet. Sie waren sich sehr nah gewesen damals. Schnell schob sie die wehmütigen Erinnerungen beiseite und rief sich ins Gedächtnis, wie anstrengend die Zeit auch gewesen war. Wahnsinnig anstrengend.

Doch diese allerersten Wochen und Monate hätte sie um nichts auf der Welt missen wollen.

»Wir wissen sie in guten Händen bei Schwestern, die sie versorgen und sich liebevoll um sie kümmern. So sind sie von Anfang an unter Gleichaltrigen. Und die Mütter können ihre Arbeit tun, jede an ihrem Platz.«

*Ist ihr Platz nicht eher bei ihren Babys?,* fragte sich Julia und wunderte sich gleichzeitig über sich selbst. Irgendwie absurd, normalerweise war sie diejenige, die um Selbstbestimmung kämpfte. Die sich rechtfertigen musste, weil sie meinte, dass Kinder kein Grund waren, auf ihren Job und das, was ihr Spaß machte, zu verzichten. Es war nun einmal nicht jede Frau zum Heimchen am Herd geboren.

»Die Mütter sind nicht weit weg«, fuhr Rachel fort. »So können die Babys jederzeit gestillt werden. In der Mittagspause kommen die Kinder nach Hause, und ab dem Nachmittag sind sie daheim mit ihren Geschwistern.«

Julia hatte nicht richtig zugehört. »Ich muss gestehen«, sagte sie, »so viel Selbstverwirklichung hätte ich euch gar nicht zugetraut.«

Rachel zog die Brauen zusammen und sah Julia verständnislos an. »Selbstverwirklichung?«

Julia zuckte die Schultern. »Etwa nicht? Wie nennt ihr es?«

Rachel legte den Kopf schief, als sei sie nicht sicher, ob Julia sie tatsächlich so missverstehen konnte. Dann antwortete sie in ihrer besonnenen Art: »Selbstverwirklichung ist keineswegs das, was wir anstreben, Julia. Ganz im Gegenteil: Es geht um Gemeinschaft. Um echte Gemeinschaft. Um dienen. Und Unterordnung. Jeder ist Teil eines größeren Ganzen, nicht der Mittelpunkt.«

Der Raum, in dem die Babybetten standen, war in warmen Tönen gehalten. Terrakottafarbene Wände, gelbe Vorhänge und bunte Bilder strahlten eine angenehme Atmosphäre aus. Die Betten – über jedem stand der Name eines Kindes – waren leer. »Bei dem Wetter sind alle draußen«, erklärte Rachel.

Nebenan gab es Tische, wie sie Julia noch nie gesehen hatte. V-förmig und so geschwungen, dass außen acht Kleinkinder Platz hatten, und mit einer Einbuchtung in der Mitte. Von dort aus konnte die Betreuerin bequem alle Kinder erreichen. Julia fragte, woher man solche Tische bekomme, und erfuhr, dass sie in der Holzwerkstatt hergestellt wurden.

Auch bei der Gestaltung der Kinderräume, sowohl im Kinderhaus als auch in der Schule, hatte man sich große Mühe gegeben. Sie waren allesamt farbenfroh und lichtdurchflutet, gut sortiert und mit durchdachten Möbeln ausgestattet. Tische, Stühle, Regale und Staffeleien waren aus hellem, glatt geschliffenem Holz, ebenso ein Großteil der Spielzeuge. Schaukelpferde und Steckenpferde, Kugelbahnen und Bauklötze, aber auch Puppenwagen, Spielzeugautos und Flugzeuge, vieles war aus Holz. Offenbar waren die Bruderhöfer selbst ihre besten Kunden. Dazwischen gab es Malkittel, Puppen, die nach Handarbeit aussahen, ein Aquarium und eine Kissenecke und bei den Größeren einen ganzen Raum mit Computern und ein eigenes Versuchslabor. Wissenschaft und technischem Fortschritt gegenüber war man also durchaus aufgeschlossen. Nicht nur in der praktizierten Gütergemeinschaft, auch darin unterschieden sich die Bruderhöfer von den *Amish*.

Es war Lilly anzusehen, dass sie ebenso beeindruckt war wie ihre Mutter. Julia strich ihr beim Hinausgehen über den Rücken und flüsterte: »Von wegen Hinterwäldler …«, womit sie Lilly fast ein Lächeln abrang.

Helle Kinderstimmen verrieten, dass der Badespaß für heute zu Ende war. Julia holte ihre Sonnenbrille aus dem Haar. Ben ging vorneweg zwischen Louise und einem Jungen, der so groß und genauso blond war wie er. Als er Julia bemerkte, stürmte er auf sie zu und warf sich in ihre Arme. Begeistert erzählte er von einer Rutsche, mit der man direkt ins Wasser plumpsen konnte, und dass Johann jetzt sein Freund sei.

Beim Abendessen war schon nicht mehr alles ganz so neu. Vorgelesen wurde aus einem Buch über Kindererziehung von Eberhard Arnold, der die Gemeinschaft in den 1920er-Jahren in Deutschland gegründet hatte. Julia hörte aufmerksam zu, während sie beim Gemüse-Eier-Auflauf versuchte, mit dem Tempo ihrer Tischnachbarn mitzuhalten.

Kinder hatten für Arnold einen überaus hohen Stellenwert, den er damit begründete, wie wertschätzend Jesus über sie gesprochen und wie liebevoll er mit ihnen umgegangen war. Wo seine Jünger sie wegschicken wollten aus Sorge, sie könnten ihn stören, hatte er sie auf den Schoß genommen, sie umarmt und gesegnet. Julia lernte, dass es den Bruderhöfern schon bei ihren Kindern wichtig war, dass sie keinen Besitz hatten, auf den sie stolz wären und um den sie sich streiten könnten.

Sie dachte an die übervollen Kinderzimmer zu Hause, an Handys, Playstation und Nintendo; und wurde fast ein bisschen neidisch. Kinder sollten wahre Kinder sein dürfen, hörte sie und schob die Salatschüssel weiter. Jedes Kind sei ein Gedanke Gottes, in der Ewigkeit erdacht, und es sei die Aufgabe der Eltern und Erzieher, sensibel zu sein und mit liebevollem Blick zu entdecken, welche Eigenschaften Gott in das betreffende Kind hineingelegt habe. Durch behutsame Unterstützung und Förderung seiner individuellen Gaben und Fähigkeiten könne sich sein Charakter immer mehr zu dem Menschen entfalten, den Gott bei seiner Erschaffung im Sinn gehabt habe. Wow, das war alles andere als verordnete Konformität und Gleichmacherei.

Nach dem Danklied wurden sie eingeladen, an die Grillstelle hinter dem Essenssaal mitzukommen. Die Kinder sammelten Feuerholz. Zwei etwa zwölfjährige Jungen waren schon dabei, es in der Mitte aufzuschichten. Sie zündeten es an, während sich die Bänke rundherum nach und nach füllten. In zwei Reihen setzten sie sich rund um das prasselnde Feuer. Wieder wurde gesungen.

Ein paar Frauen kamen mit Plastikschüsseln unter dem Arm dazu und stellten sie auf einen Tisch an der Seite. Julia stieß Ben neben sich an. »Ich glaube, es gibt Stockbrot.« Sie half ihm, den Teig um seinen Stock zu wickeln, und passte auf, dass er ihn nicht zu weit in die Flammen hielt. Ein bisschen verbrannt war das Brot doch, aber es schmeckte, und Ben wollte gleich noch eins machen. Lilly hatte sich zuerst geziert, aber als alle dabei waren, sich den heißen Teig in den Mund zu stopfen, nahm sie sich auch einen Stock.

Zum Abschluss des Abends wurden sie in den Hof der Schule gelotst. Dort präsentierte man ihnen stolz ein riesiges Teleskop, zählte sämtliche Sternbilder auf, die es gab, und deutete dabei mal da und mal dort in den klaren Himmel. Das Wetter war optimal dafür, und Ben war begeistert.

Die Kinder schliefen bereits, als Julia vom Zähneputzen zurückkam. Kein Wunder, so ereignisreich wie der Tag gewesen war. Eigentlich hatte sie am Abend joggen wollen. Da hatte sie noch nicht gewusst, was heute alles auf dem Programm der Bruderhof-Gemeinschaft stehen würde. Wahrscheinlich hatte man ihr gleich am ersten Abend zeigen wollen, wie attraktiv gemeinschaftliches Leben sein konnte. Wenn man sie auf diese Weise zu beeindrucken versucht hatte, dann war der Plan aufgegangen, das musste Julia sich eingestehen.

Julia stöpselte ihr Notebook ein und hielt die ersten Eindrücke fest. Dann tippte sie die Notizen herunter, die sie sich im Laufe des Tages gemacht hatte. Bevor sie zu Bett ging, nahm sie sich ihr Handy vor und beantwortete einige Kurznachrichten aus der Redaktion.

Von Paul war keine Nachricht gekommen, dass er die Kinder sehen wollte. Sie schaltete ihr Handy aus.

# 3

Mit ein paar Minuten Verspätung saßen alle am Freitagmorgen um sieben Uhr zwanzig um den riesigen Frühstückstisch. Ein ganzes Dutzend Menschen, manche mehr, andere weniger ausgeschlafen.

Julia war schlecht gelaunt, weil sie es nicht geschafft hatten, pünktlich zu sein. Sie sehnte sich nach einem Kaffee. Von Natur aus war sie ein Morgenmuffel. Jegliche Ansprache um diese Zeit kam beinahe einer persönlichen Beleidigung gleich. Koffein kompensierte diese Missempfindung und erleichterte das Zusammenleben enorm. Zu Hause wankte sie deshalb nach dem Aufstehen zuallererst zur Kaffeemaschine.

Manchmal hatte Paul sie mit einem Gutenmorgenkuss und einer dampfenden Tasse Kaffee geweckt. Der Kaffee hatte seinen verführerischen Duft vom Nachttisch aus verströmt und im Nu das ganze Zimmer erfüllt. Nun, diese Zeiten waren lange vorbei.

Julia riss sich so gut es ging zusammen, bemühte sich, nicht zu einsilbig zu sein, und wartete die Prozedur vor dem Essen ab. Wieder wurde mit einem Lied begonnen. Dieses Mal war es ein englisches Tischgebet und kein deutsches, was angenehmer war, da so keiner erwarten konnte, dass sie es kannten und mitsangen.

Es gab Eier, Toast und Marmelade. Keine Bohnen, keinen Speck und keine Würstchen. Englische Bruderhöfer waren nun einmal keine typischen Engländer, stellte Julia fest. Dafür stammten die Eier von hofeigenen Hühnern, die Marmelade war selbst gemacht, und mit ein paar Schlucken Kaffee, der entgegen ihren Befürchtungen einigermaßen schmeckte, sah die Welt gleich ganz anders aus.

Sie hatte nicht jeden Namen der sieben Arnold-Kinder behalten, die in allen Größen auf der gepolsterten Eckbank saßen. Die beiden Jüngsten, die dreijährige Emily und der eineinhalbjährige Samuel, der von allen nur Sammy genannt wurde, saßen mit klebrigen Fingern und verschmiertem Mund auf ihren Kinderstühlen.

Rachel schob Sammy noch ein Marmeladenbrot auf den Teller und fragte: »Habt ihr gut geschlafen?«

Julia wiegte den Kopf. »Ich konnte nicht einschlafen. Die erste Nacht woanders ist meistens schwierig. Und ehrlich gesagt, hat mich euer Nachtwächter wach gehalten. Bis vier Uhr bin ich jede volle Stunde aufgeschreckt, wenn er wieder angefangen hat, das alte Nachtwächterlied zu singen.«

»Unser Phil?« Brian sah seine Frau an und lachte. »Was meinst du, Rachel, soll ich ihm sagen, dass er das nächste Mal ein wenig leiser singen soll?« Zu Julia gewandt meinte er: »Du musst wissen, viele ältere Geschwister, die nachts nicht schlafen können, sind sehr froh, ihn singen zu hören. Dann fühlen sie sich nicht allein.«

Eigentlich ein netter Gedanke, fand Julia. »Er singt ganz schön. Und auch noch auf Deutsch. Sag ihm bloß nicht, dass ich mich beschwert habe. Die nächste Nacht wird bestimmt besser.«

»Wie viele Geschwister hast du?«, wandte Ben sich an Brian und sah ihn erwartungsvoll an.

»Ich? Äh, zwei. Einen Bruder und eine Schwester.«

»Das sind nicht so viele«, stellte Ben fest.

»Ja, da hast du recht.«

Julia ahnte, worauf das hinauslief, und schmunzelte, als Ben weiterbohrte. »Aber du hast gesagt, dass du viele ältere Geschwister hast.«

Als Brian überrascht schaute, erklärte Julia Ben, dass Brians Geschwister nachts bestimmt gut schliefen und dass auf dem Bruderhof Geschwister nicht unbedingt Verwandte sein mussten.

Um zehn vor acht war allgemeine Aufbruchstimmung. Tabea und Hannah, die beiden ältesten Töchter, waren dafür zuständig, ihre Geschwister zum Kinderhaus und zur *Pre-School* zu bringen, um anschließend selbst zur Schule zu gehen. Lilly und Ben nahmen sie mit. Ben war sofort dabei. Für ihn war hier alles ein Riesenabenteuer. Und Lilly hatte gar keine Zeit, sich zu zieren. Hannah, die so alt war wie sie, zog sie einfach mit.

Für Brian war um acht Uhr Arbeitsbeginn in der Holzwerkstatt. Rachel blieb wie jeden Morgen noch eine Stunde Zeit, um zu Hause klar Schiff zu machen, und Julia half ihr dabei. Viel Geschirr war nicht vorhanden. Tassen, Teller, Besteck und Gläser, alles genau ein Dutzend Mal. Ein paar Schüsseln, kaum Töpfe und Pfannen. Ein kleiner Gasherd, eine Mikrowelle, Kaffeemaschine, Wasserkocher. Es war im Prinzip nicht mehr als eine Teeküche. *Die meisten Mahlzeiten werden ohnehin gemeinsam im großen Essenssaal eingenommen,* sagte Julia sich. *Da braucht man nicht viel.* Sie trocknete die letzte Tasse ab und stellte sie ins Regal. »Trefft ihr euch als Familie nie alleine zum Essen? Ich meine, außer zum Frühstück natürlich«, fragte sie.

Rachel wrang den Spüllappen aus und drehte sich um. »Doch, Sonntagabend ist *Family Supper.*« Sie lächelte und zuckte die Schultern. »Na ja, ganz alleine sind wir auch dann meistens nicht. Wir laden andere Familien ein oder Geschwister, die keine eigene Familie haben.«

Es war fünf vor neun und sie verließen die Wohnung. Sie gingen in Richtung Schule und bogen ab zur Wäscherei, wo Julia für die nächsten Tage eingeteilt war. Ihr kam der Wortlaut des Gästebriefs in den Sinn:

*Der Bruderhof hat eine offene Tür für alle.*
*Aber niemand sollte ein Gast bleiben, wir haben nur Mitarbeiter.*

Julia hatte sich darauf eingelassen und sie war gespannt, was sie erwarten würde.

Etliche Frauen waren schon da und begrüßten sie fröhlich. Überhaupt schienen alle hier sehr fröhlich zu sein. Beinahe unheimlich fröhlich. Im hinteren Teil der Wäscherei, räumlich durch einen offenen Durchgang ein wenig abgetrennt, gab es eine Nähstube mit sechs Nähmaschinen und ebenso vielen fröhlichen Gesichtern. Julia war nicht sicher, ob sie den Frauen diese Fröhlichkeit tatsächlich abkaufte. Vielleicht war sie echt, vielleicht auch nur aufgesetzt für sich selbst und für die anderen, um das enge Zusammenleben dadurch möglich zu machen. Andererseits konnte das sicher keiner über eine längere Zeit durchhalten.

*Oder aber,* überlegte sie, *die gute Laune ist für die Journalistin aufgesetzt. Für gute Publicity sozusagen. Schließlich will man positiv wahrgenommen werden. Gut dastehen bei Millionen von potenziellen Lesern, die alle gespannt darauf warten* – an dieser Stelle hörte sie förmlich das Klicken von Kameras und sah sich im Blitzlichtgewitter vor Fotografen stehen –, *was Starreporterin Julia Maybach zu sagen hat.* Da war der Moment schon wieder vorbei, und Julia schüttelte innerlich den Kopf über ihre traumtänzerischen Anwandlungen. *Das muss die Hitze hier drinnen sein.*

Nein, zweifelhafte Motive konnte sie nicht ernsthaft unterstellen. Die Mitglieder der Gemeinschaft, mit denen sie bisher zu tun gehabt hatte, erweckten bei aller Freundlichkeit nicht den Eindruck, als wollten sie durch bevorzugte Behandlung bei ihr punkten. *Durch die gemeinsame Arbeit lernt man sich weit besser kennen und erfährt etwas über die Natur unseres Zusammenlebens,* spukten die Zeilen aus dem Gästebrief in ihrem Kopf herum. *Na dann. Wir werden sehen.*

Wenn Julia sich eingebildet hatte, sie würde bei der Arbeit nebenbei auch eine Liste von Themenfeldern abarbeiten können, die für sie von Interesse waren, hatte sie sich getäuscht. Die auf den ersten Blick in der Kleidung so einheitliche, aber im Wesen so unterschiedliche und bunte Schar der Bruderhof-Frauen – das war schon nach den ersten Minuten zu spüren – hatte am Ende doch fast durchweg wieder eines gemeinsam: Sie waren neugierig.

»Hast du noch mehr Kinder? Wo ist dein Mann? Was für eine Zeitung ist das, für die du schreibst? Wie geht es deinen Eltern? Hast du schon einmal so eine große Waschmaschine gesehen? Was hältst du von Angela Merkel?« Alles wollten sie wissen. Und dabei wurden gemeinschaftlich Hemden gebügelt, Hosen zusammengelegt und Berge von Wäsche in das riesige Ungetüm von Waschmaschine gestopft, das wahrscheinlich mühelos zehn herkömmliche Maschinen zu schlucken imstande war.

Jede Familie hatte feste Tage, an denen sie ihre Wäsche brachten. In mit Namen gekennzeichneten Netzbeuteln, damit nichts durcheinanderkam, waren die Kleidungsstücke entsprechend dem Waschgang vorsortiert und kamen mit dem Beutel zusammen direkt in die

Waschmaschine und dann in den Trockner. Es folgten das Bügeln, das Zusammenlegen und In-das-entsprechende-Fach-Einsortieren, bis die Wäsche am Abend von den Vätern oder größeren Kindern familienweise abgeholt wurde.

Julia war damit beschäftigt, Jungenhemden in Bens Größe zusammenzulegen. Wenn alle fragten, beschloss sie, gab es keinen Grund, mit ihrer eigenen Neugier hinterm Berg zu halten. Und ein wenig Provokation hatte in ihrem Beruf noch nie geschadet. »Müssen eigentlich alle Paare, die zu euch gehören, so viele Kinder haben?«

Für einen Moment wurde es still. Nur das Rattern der Nähmaschinen von nebenan war zu hören. Dann rief eine Frau, die alle Trudie nannten: »Von müssen kann keine Rede sein. Wir wollen!«

Alle lachten befreit auf. Trudie lachte am lautesten und Julia sah ein paar Goldzähne aufblitzen. Sie versuchte es noch einmal: »Aber mal angenommen, ein Paar käme zu der Überzeugung, dass zwei Kinder genug sind oder dass sie erst gar keine wollen, wäre das in Ordnung für die anderen?«

Dieses Mal antwortete Esther, die Julia bisher als eher zurückhaltend wahrgenommen hatte. »Das sind Fragen, die uns nicht beschäftigen. Für ein Paar, das keine Kinder bekommt, ist es sehr schmerzlich, keine zu haben. Wir glauben, dass Kinder ein großes Geschenk sind, ein Geschenk von Gott. Und wir nehmen jedes dankbar an.«

Julia meinte, aus ihren Worten eine gewisse Schärfe herauszuhören, doch ihr lag noch eine weitere Frage auf der Zunge. Möglicherweise sollte sie damit warten, bis man sich besser kannte. Oder sie würde Rachel irgendwann alleine fragen. Sie zögerte.

Rachel schien es zu merken. »Frag ruhig«, ermunterte sie sie.

»Na schön. Wenn jedes Kind ein Geschenk ist, … gehe ich dann recht in der Annahme, dass ihr … also, was ist denn so die natürliche Höchstgrenze bei euch?«

»Die natürliche Höchstgrenze«, wiederholte Rachel mit hochgezogenen Brauen.

Sie sah in die Runde, offenbar ratlos, wie sie am besten antworten sollte, als Trudie verkündete: »Also, ob das unsere natürliche Höchstgrenze ist, weiß ich nicht, aber wir haben vierzehn ganz wunderbare Kinder – bis jetzt.«

»Wow, vierzehn Kinder!« Vor ihrem inneren Auge sah Julia zwei komplette Handballmannschaften.

Sie erzählte Rachel später davon.

Nach einer Weile meinte Rachel: »Um bei deinem Bild zu bleiben: Zwei Handballmannschaften werden es selten, eine Fußballmannschaft schon eher, aber bei den meisten pendelt es sich ein wie bei uns.«

»Eine Handballmannschaft?«

Rachel nickte und damit war das Thema erschöpfend erörtert.

Gemeinsam gingen sie zum Mittagessen. Lilly saß schon mit Hannah und einigen anderen Mädchen an einem Tisch. Angeregt plauderte sie mit ihnen und winkte nur kurz, als sie Julia entdeckte. Heute gab es eine Konferenzschaltung zu den Bruderhöfen in Übersee, sodass das gemeinsame Danklied zu Beginn noch um einige Hundert Stimmen kräftiger erschallte und in der anschließenden Stille zum persönlichen Gebet nachzuhallen schien. Nun verstand Julia, welche Bewandtnis es mit den verschiedenen Uhren im Speisesaal hatte.

Als die Schüsseln ausgekratzt waren und die Stühle wieder an die Tische geschoben wurden, stand Lilly plötzlich hinter Julia. Sie erzählte, dass sie am Vormittag für zwei Stunden im Babyhaus geholfen habe, dass sie morgen gemeinsam mit den anderen Gemüse im Dorf verkaufen würde und dass sie nachher zusammen schwimmen gingen, aber erst nachdem sie den Zaun an der Pferdekoppel repariert hätten. Es sprudelte nur so aus ihr heraus.

Julia hörte staunend zu. Sie war völlig verblüfft. War das tatsächlich ihre Lilly, die sich mit Händen und Füßen gewehrt hatte herzukommen und bis gestern Abend alles schlechtgeredet hatte? Julia nickte nur und sah Lilly hinterher, wie sie in einer Traube bezopfter Mädchen nach draußen verschwand.

Ben wollte sich von seinem neuen Freund Johann die Tiere zeigen lassen, die es auf dem Hof gab. Sie machten sich auf den Weg zum Stall, und Julia versprach, gleich nachzukommen. Sie wolle Brian erst noch fragen, ob sie nach der Mittagspause die Holzwerkstatt sehen könne. Brian war einverstanden und versprach, sie später herumzuführen.

Einer nach dem anderen stellte seine Tasse auf den Servierwagen und ging zurück an die Arbeit. Brian legte den Kopf in den Nacken, ließ ihn einmal nach rechts und dann nach links zur Schulter rollen. Er trank den letzten Schluck Kaffee und erhob sich von der Bank. Bevor er durch die Tür trat, sah er die beiden Fremden. Er blieb stehen. Einer war mittelgroß mit rundem Gesicht und einem Block in der Hand, der andere hatte einen souveränen Gang, war groß und sportlich. So groß wie Hermann, der zwischen den beiden ging und ihn nun bemerkte. »Brian«, rief er ihm zu. Er hob die Hand und bedeutete ihm zu warten.

Brian nickte und blieb stehen, bis die drei den *Shop* erreicht hatten.

Der Größere der beiden streckte ihm die Hand entgegen. »Paul Freyhoff, Kriminalhauptkommissar.«

Brian hob die Augenbrauen.

»Und Volker Lohse, Kriminalkommissar.«

Er schüttelte auch dem anderen die Hand und stellte sich selbst vor. »Brian Arnold. Was führt Sie zu uns?«

»Die beiden sind von der Kriminalpolizei – aus Deutschland«, erklärte Hermann schnell.

»Wir haben ein paar Fragen, Mr Arnold.«

»An mich?« Brian erwiderte Freyhoffs Blick. »Bitte schön, worum geht es?« Drinnen gingen die Maschinen an, sodass man ihn kaum verstehen konnte. »Vielleicht können wir …?« Brian deutete in Richtung der Bänke und schloss die Tür. Als alle vier Platz genommen hatten, fragte er noch einmal: »Also, worum geht es?«

»Keine Sorge. Nur eine Routinebefragung«, erklärte Freyhoff. »Nach unseren Informationen waren Sie letztes Wochenende mit einem Stand auf der Isle of Wight.«

»Das ist richtig.«

»Zur *Cowes Week*.«

Brian nickte einmal langsam. »Richtig.«

»Was für ein Stand war das?«

»Obst, Gemüse, Marmelade, Kuchen, Fruchtsäfte. Hofeigene Produkte.«

»Fruchtsäfte? Welche Säfte, wenn ich fragen darf?«

»Apfelsaft, Kirschsaft, Holunderblütensaft. Und eine Auswahl an Holzspielzeug hatten wir dabei.«

»Holzspielzeug?«, wiederholte Freyhoff.

»Ja, aus eigener Produktion.« Brian machte eine Kopfbewegung zur Werkstatt hin. »Dinge, die klein und handlich sind und trotzdem einen Eindruck unserer Arbeit vermitteln: Bauklötze, Holzautos, auch Helikopter – und Boote natürlich.«

»*Amberley Wooden Toys* – richtig?«

»Richtig. Darf ich fragen, weshalb Sie das interessiert?«

»Sicher. Mr Arnold, wir ermitteln in einem Mordfall. Ein Teilnehmer der Segelregatta ist, wie Sie sicher wissen, zu Tode gekommen.« Freyhoff machte eine Pause und sah Brian fragend an.

Der nickte. »Davon habe ich gehört, ja.«

»Nun, wie sich herausgestellt hat, ist er nicht auf natürliche Weise zu Tode gekommen. Jemand hat ihm offensichtlich etwas in sein Getränk gemischt.«

Brian zog die Augenbrauen hoch. »Und weiß man schon, wer …?«

»Leider nein. Deswegen sind wir hier, Mr Arnold. Ihr Stand war ganz in der Nähe. Ist Ihnen letzten Samstag irgendetwas Verdächtiges aufgefallen?«

»Verdächtig? Inwiefern verdächtig?«

»Haben Sie jemanden bemerkt, der sich auf irgendeine Weise auffällig verhalten hat? Jemand, der womöglich den ganzen Tag da war.«

»*Inspector* Freyhoff, die *Cowes Week* zählt jeden Tag hunderttausend Besucher. Und wir waren dort, um unsere Produkte zu verkaufen.« Er machte eine Pause. »Ehrlich gesagt, ein bisschen auch wegen der Regatta.«

»Sie interessieren sich für das Segeln?«

Brian zuckte die Achseln. »Zumindest interessiere ich mich dafür, welches Team gerade vorne liegt. Es ist die *Cowes Week* – wer würde sich nicht dafür interessieren?«

»Nun, ich dachte …?«

»Ja?«

»Wo Sie doch hier leben …« Freyhoff machte eine ausladende Handbewegung.

Brian lachte, ohne darauf einzugehen. »Herr *Inspector*, was ich damit sagen will, auch wenn sich jemand auffällig verhalten hätte, wäre mir das wahrscheinlich nicht aufgefallen.«

Paul Freyhoff spitzte die Lippen. Dann zog er ein Foto aus der Tasche, hielt es Brian hin und sah zu, wie der einen kurzen Blick darauf warf. »Alexander Breitenbach. Zweiundvierzig Jahre alt und Deutscher. Er war Teilnehmer der Regatta und mit einer Gruppe von Leuten dort«, erklärte Freyhoff und wartete.

Brian nahm das Foto und betrachtete es noch einmal. Er zuckte die Schultern und schüttelte den Kopf.

»Sie haben ihn nicht gesehen?«

»Nein, tut mir leid.« Brian kniff die Augen zusammen. »Ich frage mich nur …«

»Ja?«

»Sie kommen den ganzen Weg zu uns … ich meine, bei all den Leuten, die dort waren, kommen Sie ausgerechnet zu uns?«

»Ach so, hatte ich das nicht erwähnt? Der Tote hatte eine Visitenkarte von *Amberley Wooden Toys* in seiner Hemdtasche.« Paul Freyhoff wartete einen Augenblick, bevor er weitersprach. »Wir vermuten, dass er im Laufe des Tages an Ihrem Stand gewesen ist. Es ist doch richtig, dass Sie Prospekte und Visitenkarten von *Amberley Wooden Toys* ausliegen hatten, oder?«

Brian nickte nachdenklich.

»Aber Sie können sich nicht daran erinnern, dass der Mann auf dem Foto an Ihrem Stand gewesen ist?«

»Nicht dass ich wüsste, nein.«

»Und den Bruderhof hat er auch nie besucht?«

Brian verneinte und auch Hermann zuckte nur die Achseln. »Ausschließen kann ich es natürlich nicht«, räumte Brian ein. »Am besten fragen Sie in der Verwaltung nach. Vielleicht taucht sein Name dort in irgendeiner Datei auf.«

Freyhoff nickte Lohse zu, der sich daraufhin etwas notierte. Wieder an Brian gewandt, wollte er wissen: »Wer war noch mit an dem Stand?«

»Olivia und Irene Townsend.«

»Die beiden sind verwandt?«

»Ja, sie sind Schwestern. Beide um die sechzig und jedes Jahr dabei.«

Lohse notierte sich die Namen. »Und wo finden wir die beiden?«

Hermann und Brian sahen sich an, und Hermann antwortete: »Irene ist in der Schule und hat gerade Unterricht.«

Paul Freyhoff deutete auf das Schulgebäude. »Hier? Sie ist Lehrerin?«

Hermann nickte.

»Aber es sind doch Ferien, oder nicht?«

»Doch, schon. Also, es findet kein normaler Unterricht statt. Nur musische Fächer … Musik, Zeichnen, Basteln, Werken, so was.«

»Und die andere Dame … Olivia Townsend?«

Hermann kratzte sich am Kopf. »Wahrscheinlich in der Wäscherei. Ich bin nicht sicher, am besten schauen wir in der *Laundry* nach.«

Freyhoff erhob sich. »Gut, Mr Arnold, wir wären so weit fertig. Falls Ihnen noch etwas einfallen sollte, hier ist meine Karte.«

Brian war wie die anderen ebenfalls aufgestanden.

»Also dann, Mr Arnold.« Freyhoff nickte ihm zu.

Er und sein jüngerer Kollege wandten sich um. Hermann war schon ein paar Schritte vorausgegangen.

Brian blickte ihnen hinterher. Hermann nahm die Stufen zur Wäscherei und die Tür fiel hinter ihm zu. Die Kripobeamten warteten unten. Freyhoff hatte die Hände in den Hosentaschen und ließ seinen Blick über das Gelände schweifen, Lohse blätterte in seinem Notizblock. Die Tür öffnete sich wieder und Hermann und Olivia traten ins Freie.

Brian strich sich ein paarmal über seinen Bart. Er warf einen Blick auf die Karte, die Freyhoff ihm dagelassen hatte, tippte sich mit der Karte ans Kinn und steckte sie dann in die Hosentasche. Er öffnete die Tür zur Werkstatt und machte sich wieder an die Arbeit.

»Sind die fertig?« Julia packte sich einen Stapel Kopfkissenbezüge auf den Arm und trug sie zum äußersten Regal am Fenster.

»Schau, die kommen hierhin«, rief Josephine von der anderen Seite und winkte sie zu sich.

Julia warf einen kurzen Blick zum Fenster, war jedoch zu weit weg, um nach unten sehen zu können, und trottete zu der Stelle, die Josephine ihr zeigte. »Siehst du, hier steht es.« Sie tippte mit dem Finger auf die Beschriftung.

»Danke.« Julia warf ihr ein müdes Lächeln zu. Sie war überzeugt, dass sie Paul gesehen hatte. Für einen Moment hatte sie durch die geöffnete Tür einen Blick auf ihn erhascht, als Hermann und Olivia nach draußen gegangen waren. Er hatte ihr den Rücken zugewandt. An seiner Statur, den dunklen Haaren und der Art, wie er die Hände in den Hosentaschen vergrub, hatte sie sofort erkannt, dass er es war. Doch was tat er hier? Er sollte doch bei seinem Fall in Portsmouth sein. Sie musste sich eingestehen, Paul überhaupt nicht nach den Einzelheiten gefragt zu haben. Entscheidend war für sie nur gewesen, dass er die Kinder nicht nehmen konnte.

Hermann hatte nach Olivia gefragt und gesagt, dass zwei Kommissare aus Deutschland sie wegen der *Cowes Week* sprechen wollten. Julia war hellhörig geworden. Deutsche Kommissare? Das konnte doch nicht … Die Frauen hatten einfach weitergearbeitet, als wäre nichts geschehen. Keine war zum Fenster gerannt, um einen Blick auf die beiden deutschen Polizisten zu werfen. *Was ist los mit denen*, fragte Julia sich. *Wo ist ihre ganze Neugier geblieben?*

»Kannst du mir damit helfen?« Josephine deutete auf einen großen Haufen Leintücher, und weil ihr nichts anderes übrig blieb, nickte Julia. Jede ging auf eine Seite des großen Tischs und Josephine warf ihr ein Ende zu.

Sie spannten das Tuch, traten neben den Tisch und trafen sich in der Mitte. Sie hielten die Ecken aneinander. Eine Ecke wurde festgehalten und das Tuch dabei gedreht.

»Was ist die *Cowes Week*?«, fragte Julia und strich das fertige Paket noch einmal glatt.

»Eine Segelregatta vor der Isle of Wight«, antwortete Josephine.

*Ein Katzensprung von Portsmouth entfernt.* »Und was hat Olivia damit zu tun?«

»Wir haben jedes Jahr einen kleinen Stand dort. Olivia ist immer dabei und Irene auch. Und einer der Männer.« Sie warf Julia das nächste Leintuch zu.

»Und hast du eine Ahnung, was die Polizei von ihr will?«

Josephine zuckte die Achseln. »Wahrscheinlich geht es um den Mann, der am Samstag dort gestorben ist. Irene hat erzählt, dass sie den Rettungshubschrauber gehört haben. Es muss ganz in der Nähe gewesen sein. Die Rotorblätter waren so laut, dass sie schreien mussten, um sich gegenseitig zu verstehen. Alle sind hingerannt. Und später hieß es, dem Mann sei nicht mehr zu helfen gewesen. Für die Familie ist das sicher sehr tragisch.«

»Ein Segler oder ein Teilnehmer?«

»Das weiß ich nicht. Aber es ist nicht auf dem Wasser passiert.«

»Und weiß man, woran er gestorben ist?«

»Herzinfarkt oder etwas in der Art, hieß es.«

»Aber wenn es ein Herzinfarkt war, warum ist die Polizei dann hier?«

»Das kann ich dir auch nicht sagen. Aber du weißt doch, wie das ist.«

*Woher weiß Josephine, wie das ist?,* fragte Julia sich.

»Wahrscheinlich wollen sie sichergehen und alle Eventualitäten ausschließen.«

Sie wollten zeigen, dass sie alles getan hatten. Zwar half das der Familie nicht, aber der Veranstalter hatte ein Interesse daran, gut dazustehen, wenn ein Todesfall das Event überschattete. Schadensbegrenzung sozusagen. Für gute Presse sorgen. Nun gut, ein Toter durch Herzinfarkt war nicht schön, aber das kam auf einer Großveranstaltung schon einmal vor. Zu viel Hitze, zu viel Alkohol. Da hieß es vor allem zeigen, dass man mit Sanitätern und Ärzten sofort zur Stelle gewesen war. Wenn Paul nicht vor der Tür stehen würde, hätte Josephine sogar recht haben können. Aber für einen Herzinfarkt-Toten bemühte man nicht die Kripokollegen aus Deutschland. Was um alles in der Welt war passiert, dass Paul ausgerechnet auf dem Bruderhof Ermittlungen durchführte?

Julia rang innerlich mit sich. Einerseits brannte sie darauf zu erfahren, wieso Paul plötzlich hier auftauchte, andererseits scheute sie sich, im Beisein der anderen auf ihn zuzugehen. Sie schwankte zwischen Verärgerung und Neugier. Er wusste, dass sie hier war. Weshalb hatte er nicht angerufen? Wie gerne würde sie einfach hinausspazieren und ihn zur Rede stellen. Dass das nicht klug wäre, wusste sie im selben Moment. Wenn es sich tatsächlich um einen Fall handelte, weswegen er hier war – und daran bestand kaum ein Zweifel –, war es besser, wenn man sie nicht miteinander in Verbindung brachte.

*Blödsinn!* Julia wischte den Gedanken sofort wieder weg. Als ob die braven Bruderhöfer irgendetwas zu verbergen hätten, was die Kripo interessieren könnte! Im Grunde genommen ging es ihr schlicht und ergreifend darum, ihre Trennung von Paul nicht zu thematisieren. Und das würde zwangläufig passieren. Nein, dem Mann, von dem sie sich getrennt hatte, in diesem frommen Umfeld ein Gesicht zu geben, war das Letzte, was sie wollte. Sie war hier, um Einblick zu nehmen in das Leben dieser Gruppe von Menschen. Ihr eigenes Leben und die Geschichte mit Paul wollte sie heraushalten.

Plötzlich hatte sie eine Idee. »Ich bin gleich wieder da«, sagte sie und war auch schon an der Tür. Josephine, die mit einem weiteren Leintuch in der Hand dastand, sah ihr verdutzt hinterher.

Paul hob nur für einen Moment die Augenbrauen, als Julia durch die Tür trat. »Sie sind Polizisten aus Deutschland, wie ich höre?«, begrüßte sie ihn und seinen Kollegen mit flötender Stimme und streckte Paul die Hand hin. »Mein Name ist Julia Maybach. Ich schreibe an einer Reportage über die Menschen hier.« Sie sah ihm fest in die Augen und hoffte, dass er mitspielte.

Er zögerte kurz. Dann sagte er: »Paul Freyhoff. Und mein Kollege Volker Lohse.«

Julia schüttelte Lohse die Hand und wandte sich wieder an Paul. »Herr Freyhoff, könnte ich Sie wohl einen Moment sprechen, wenn Sie hier fertig sind? Ich hätte da ein Anliegen und bräuchte einen polizeilichen Rat. Sagen wir, in einer Viertelstunde unten am Büro?«

Paul nickte.

»Dann bis gleich.« Julia drehte sich um und ging zum *Office*.

Paul räusperte sich und sah in die Runde. Er wandte sich an Olivia: »So, Mrs Townsend, das wäre dann alles. Haben Sie vielen Dank.« Er reichte ihr seine Karte. »Mein Kollege wird gleich noch mit Ihrer Schwester sprechen.«

Lohse warf ihm einen irritierten Blick zu. »Ich dachte, wir würden zusammen …«

»Das schaffen Sie alleine«, erwiderte Paul, »ich werde mich um Frau Maybach kümmern. Mal sehen, worum es geht.«

Lohse grinste. »Verstehe.«

Paul sah ihn scharf an. »Notieren Sie alles und erstatten Sie mir hinterher Bericht!«, sagte er in dienstlichem Ton.

»Natürlich. Wird gemacht«, antwortete Lohse gehorsam. Er grinste nicht mehr.

Julia warf einen Blick in das Archiv, das neben den Büroräumen untergebracht war. Keine der Frauen, die mit der Hand an der Maus und dem konzentriert auf den Bildschirm gerichteten Blick hinter den Computern saßen, konnte jünger als siebzig sein. Julia betrat das *Office* und sprach mit Jane, die für die Auftragsannahme zuständig war.

»Wir haben Aufträge von überall her. Mehr als wir bewältigen können.«

»Und wenn ihr noch zusätzlich Leute einstellen würdet?«, schlug Julia vor und lehnte sich gegen den Schreibtisch an der Tür.

»Darüber haben wir schon einmal nachgedacht. Doch wir haben uns dagegen entschieden. Arbeit ist wichtig, gemeinsame Arbeit ist wichtig. Wir wollen davon leben, nicht in erster Linie Gewinne machen.«

Sie sah Paul durch die Fensterscheibe, wie er sich suchend umblickte. Das war ja schnell gegangen. Sie legte Jane eine Hand auf den Arm. »Danke, Jane. Lass uns später weiterreden, ja?«

Sie stieß die Tür auf. »Kommissar Freyhoff«, sagte sie laut, »schön, dass Sie Zeit für mich haben. Wollen wir ein paar Schritte gehen?« Sie dirigierte ihn zum Pförtnerhaus und sie verließen das Hofgelände.

»Julia, was soll das Theater?«, begann Paul.

»Das fragst du mich? Warum tauchst du einfach hier auf? Ich dachte, du bist in Portsmouth.«

»Bin ich eigentlich auch. Der Tote von der Isle of Wight …«

»Also doch!«, entfuhr es ihr.

Er warf ihr einen erstaunten Blick zu und sprach weiter. »… er hatte eine Visitenkarte von *Amberley Wooden Toys*.«

Julia sah ihn ungläubig an. Brian hatte ihr eine knappe Stunde zuvor gezeigt, was der Bruderhof in der Holzwerkstatt alles herstellte und unter dem Namen *Amberley Wooden Toys* vertrieb. »Der Tote, in dessen Fall du ermittelst, hatte ausgerechnet eine Karte von der Bruderhof-Firma bei sich?«

Paul zuckte mit den Schultern. »So ungewöhnlich ist das nicht. In seiner Hosentasche hatte er alle möglichen Flyer und Kärtchen von der Veranstaltung. Der Bruderhof hat, wie viele andere Anbieter auch, einen Stand dort betrieben.«

Julia blinzelte nervös. »Und ist jemand von hier verdächtig?«

Paul winkte ab. »Nein. Wir müssen einfach allen Spuren nachgehen. Weder die Befragung der deutschen Seglerkollegen noch die Durchsuchung der Unterkunft und des Bootes, das sie gemeinsam mit dem Opfer gechartert hatten, hat etwas ergeben, was uns weiterbringt. Auch die Handy- und Kreditkartenabrechnung des Opfers, alles unauffällig. Nichts deutet darauf hin, dass der Mann Probleme hatte oder sich vor seinem Tod mit jemandem treffen wollte.«

Eine Weile schwiegen beide. Dann fragte Julia: »Warum hast du nicht angerufen? Einfach hier so aufzutauchen …«

»Es war alles sehr kurzfristig. Aber ich habe angerufen. Dein Handy war aus.«

Julia nickte.

»Ich wollte schon über die Bruderhof-Verwaltung anrufen, aber dann hat es sich mit der Befragung so ergeben. Als der Bruderhof auf der Liste stand, habe ich gesagt, dass wir das machen. Lohse hat sich ein wenig gewundert über meinen Elan, aber nicht zu sehr. Er ist nicht gerade der Hellste und wahrlich keine große Hilfe. Wenn es irgendwie geht, versuche ich ihn wieder zurückzuschicken.«

»Er weiß nicht, dass wir beide …«

»Nein.«

Paul sah sie von der Seite an. »Und deine frommen Freunde wissen auch nichts, oder? Für sie hast du dieses Theater doch veranstaltet.«

Julia wunderte sich über seine Wortwahl. *Fromme Freunde.* Schließlich war er doch derjenige, der neuerdings diesen Männerkreis besuchte. »Sie wissen, dass mein Mann und ich getrennt sind. Das reicht«, sagte sie nur.

»Meinetwegen.«

»Aber wenn die Kinder dir hier über den Weg gelaufen wären?«

»Dann wäre es eben so gewesen – und ehrlich gesagt, hätte ich mich gefreut, die Kinder zu sehen.«

»Aber dann hätte dein Kollege doch gewusst …«

»Julia, ich habe es ihm nicht bewusst verschwiegen, ich habe es nur nicht gesagt.«

»Aha. Und dem Pförtner hast du auch nur nichts gesagt. Oder als du mit Hermann gesprochen hast. Ich meine, du hättest doch sagen können, mein Name ist Freyhoff. Ich bin der Mann von …«

»Julia, was willst du eigentlich? Es hat sich nicht ergeben. Und offensichtlich ist es ganz in deinem Interesse.« Er kickte einen Stein zur Seite. »Also, was ist mit den Kindern? Ich will sie nicht irgendwo herausreißen, aber denkst du, es besteht die Möglichkeit, dass ich sie sehen kann?« Er blieb stehen und vergrub die Hände in den Hosentaschen.

Julia wandte sich um und blickte zu Boden. Schließlich nickte sie und sah zu ihm auf. »In Ordnung. Aber nicht sofort. Und ich kann dir auch noch nicht genau sagen wann. Ich rufe dich an.«

»Gut. Also dann.«

Schweigend gingen sie zurück und trafen Lohse am *Office*, wo er einen Kaffee trank und aufsprang, als Paul und Julia hereinkamen. »Ich habe alles genau notiert«, sagte er und wedelte mit seinem Notizbuch.

»Sehr schön«, sagte Paul. »Können wir?« An der Tür drehte er sich noch einmal um und wandte sich an Jane, die gerade einen Ordner ins Regal stellte. Er zeigte ihr das Foto, doch auch sie schüttelte bedauernd den Kopf.

»Wäre es möglich«, fragte er, »dass Sie in Ihren Unterlagen nachschauen, ob der Name Alexander Breitenbach irgendwo auftaucht?«

Jane sah stirnrunzelnd zu ihrem Computer und nickte zögernd.

Paul hob beschwichtigend die Arme. »Keine Angst, es muss nicht sofort sein.« Für den Fall, dass sie etwas fand, ließ er seine Telefonnummer da.

Im Auto berichtete Lohse, dass auch Irene Townsend sich nicht an den Mann auf dem Foto erinnern konnte.

Paul Freyhoff trommelte auf das Lenkrad. »Nicht, dass uns das zwangsläufig weiterbringen würde, aber wenn er tatsächlich am Bruderhof-Stand war, hätte er ihnen da nicht auffallen müssen? Dieser arrogante Blick und dazu die roten Haare. Ich meine, Frauen sind doch sonst gut darin, sich an jede Kleinigkeit zu erinnern.«

Lohse warf ihm einen Blick von der Seite zu. »Was wollte eigentlich diese Journalistin von Ihnen?«, fragte er vorsichtig.

Paul Freyhoff kräuselte die Lippen. Dann konnte er einfach nicht widerstehen. »Darüber kann ich nicht sprechen. Nur so viel«, er machte eine bedeutungsschwere Pause und senkte die Stimme, »sie ist eine verdeckte Ermittlerin und arbeitet *undercover.*«

»Wirklich?«, meinte Lohse flüsternd, traute sich aber nicht, weitere Fragen zu stellen.

# 4

»Sonntag. Das passt gut.«

Paul kramte den Hausschlüssel aus seiner Hosentasche und versuchte im Dunkeln das Schloss zu finden. Von innen wurde die Tür aufgerissen. Das Licht blendete ihn. Er blickte hinab auf die rundliche Gestalt, die schnell einen Schritt zurücktrat und ihn hereinwinkte. Mrs Berwick, die Eigentümerin des *Bed & Breakfast*, schien um jede Minute froh zu sein, die sie nicht allein verbringen musste. Paul hob grüßend die Hand und nickte. Er deutete mit einer entschuldigenden Geste auf sein Handy und telefonierte weiter. Mrs Berwick ließ die Schultern fallen und setzte eine betrübte Miene auf. Sie blieb am Treppenabsatz stehen, bis er die Zimmertür ins Schloss drückte.

»Vierzehn Uhr dann, ja?« Er warf die Unterlagen auf den Tisch am Fenster und ließ sich auf das weiche Bett fallen. Er wollte den Sonntagnachmittag mit den Kindern in der Burgruine von Bodiam Castle verbringen und hatte mit Julia einen Treffpunkt in der Nähe vereinbart.

Als die Details geklärt waren, brachte Julia den Fall zur Sprache: »Dieser tote Deutsche – wie ist er eigentlich gestorben?«

Paul erklärte, man habe in seinem Blut eine Substanz gefunden, die erst zum Kreislaufkollaps und dann zum Atemstillstand führte. Der Schluss liege nahe, dass ihn jemand umgebracht habe. »Wir gehen davon aus, dass er sich diesen Giftcocktail nicht selbst gemixt hat.«

»Gift?«

»*Liquid Ecstasy*, eingesetzt als K.-o.-Tropfen. Farblos, geruchlos, extrem kurz nachweisbar.«

»Du meinst dieses Zeug, das einem irgendwelche Spinner in die Cola mischen, wenn man nicht aufpasst? Meine Mutter hat mich früher immer ermahnt, mein Getränk nie unbeaufsichtigt zu lassen, wenn ich abends zum Tanzen ausging. Aber von dem Zeug stirbt man doch nicht gleich.«

»Das stimmt. Oft wird es dazu benutzt, potenzielle Opfer willenlos zu machen. Um leichter Straftaten begehen zu können.«

»Vergewaltigungen.«

»In erster Linie, ja. Aber auch Diebstähle. Den Opfern wird nach einigen Minuten schlecht oder sie werden schlagartig müde, zeitweise bewusstlos. Wenn sie wieder zu sich kommen, ist die Kreditkarte weg und sie können sich an nichts erinnern.«

»Aber davon stirbt man doch nicht gleich«, wiederholte Julia ihren Einwand. »Ich meine, von ein paar K.-o.-Tropfen.«

»Von ein paar Tropfen vielleicht nicht. Wenn die Dosis hoch genug ist, wird es gefährlich. Und in Verbindung mit Alkohol ist die Wirkung unvorhersehbar. Das Zeug ist tückisch!«

»Aber muss es gleich Mord gewesen sein – vielleicht ein Unfall?«

»Unwahrscheinlich. Er trug sein Portemonnaie mit Geld, Kreditkarten und so weiter bei sich. Auch aufgrund der hohen Konzentration im Blut kann man einen Unfall quasi ausschließen. Jemand wollte ihm massiv schaden, hat seinen Tod bereitwillig in Kauf genommen, wenn nicht sogar – und davon müssen wir ausgehen – heimtückisch geplant.«

Es entstand eine kurze Stille, bis Paul fragte: »Wieso interessiert dich das alles so genau?«

»Ich weiß nicht«, antwortete Julia. »Es interessiert mich einfach.«

Auf Zehenspitzen schlich Julia in ihr Zimmer und schloss leise die Tür. Die Luft war stickig und roch verbraucht. Sie hielt sich an der Klinke fest und verharrte regungslos. Gleichmäßige Atemzüge verrieten, dass die Kinder tief und fest schliefen. Die Vorhänge waren zugezogen, doch ließen sie genug Licht herein, dass Julia, jetzt, da sich ihre Augen an die Dunkelheit gewöhnt hatten, alles gut erkennen konnte. Sie kippte beide Fensterflügel und öffnete die Vorhänge, damit die Luft zirkulieren konnte.

Ben lag wie immer quer im Bett, seine Decke in einer Ecke zusammengeknüllt wie ein Taschentuch. Sein Kuschelhase mit dem abgekauten Ohr lag auf einem Stapel Comics neben dem Kopfkissen. Ben seufzte, als Julia ihm vorsichtig über das Haar strich. Nasse Strähnen klebten an seiner Stirn. »Kleiner Hitzkopf«, sagte Julia leise und lächelte zärtlich.

Bei Lilly herrschte keine Unordnung. Normalerweise schlief sie aufgeräumt und fast regungslos die ganze Nacht auf einer Seite. Wenn Julia sie zu Hause für die Schule weckte, lag sie morgens meist noch genauso da, wie sie am Abend zuvor ins Bett gegangen war. Dass Lilly ein Bein über die Decke gelegt hatte, war ein ungewöhnliches Bild und der Hitze geschuldet.

Julia betrachtete ihre entspannten Züge. Glücklicherweise hatte ihre Tochter sich wieder beruhigt. Kaum war Paul mit seinem Kollegen vom Hof gefahren, war Lilly völlig aufgelöst vom Schwimmen zurückgekehrt. Sie hatte geweint und behauptet, alle seien verrückt hier. Es stellte sich heraus, dass sie am See die Einzige mit einem normalen Badeanzug gewesen war. Alle anderen hatten Hosen bis über das Knie und Oberteile bis zu den Ellbogen angehabt. »Und das alles mit Rüschen besetzt, so wie die Menschen im letzten Jahrhundert baden gegangen sind.«

Die Erwachsenen hätten zwar erst nichts zu ihr gesagt, nur komisch geschaut, aber als sie nach dem Schwimmen aus dem Wasser gekommen sei, habe sie sich sofort anziehen müssen. »Ich saß kaum auf der Reifenschaukel, da kam Susan schon mit einem Handtuch angerannt und hat es mir um die Schultern gelegt.« Sie tippte sich an die Stirn. »Die spinnen doch!«

Julia hatte sie in den Arm genommen und versucht zu erläutern, was die Gründe der Bruderhöfer sein könnten. Lilly hatte erklärt, sie werde ganz sicher nicht mehr schwimmen gehen, aber beim Abendessen hatte sie wieder mit Hannah und den anderen Mädchen in ihrem Alter zusammengesessen.

Der Nachtwächter stimmte sein Lied an und Julia unterdrückte den Reflex, schnell die Fenster zu schließen, aus Sorge, die Kinder könnten aufwachen. Lilly und Ben schliefen ruhig weiter. Julia legte den Kopf schief und lauschte dem Sprechgesang.

»Hört ihr Leut' und lasst euch sagen …«

Es war bereits Mitternacht. Für jede volle Stunde gab es eine neue Strophe. Julia versuchte den Text zu verstehen, was beim Refrain einfacher wurde, als die Melodie in einen Dreivierteltakt wechselte.

»Menschenwachen kann nichts nützen, Gott muss wachen, Gott muss schützen. Herr, durch deine Güt' und Macht schenk uns eine gute Nacht.«

Julia nickte und ließ die Worte in sich nachklingen. »Ja. Bitte schütze meine Kinder«, flüsterte sie leise und schluckte die aufsteigenden Tränen weg. Sie würde sie gern vor so vielem schützen und wusste doch, dass sie ihre eigenen Erfahrungen machen mussten.

Es fiel ihr schwer, sich loszureißen. Sie fuhr mit allen zehn Fingerspitzen fest über die Kopfhaut, vom Haaransatz bis in den Nacken, und zog ein wenig an den Haaren, als sie die Hände dort zu Fäusten ballte. Der leichte Schmerz machte sie wach und holte sie ins Hier und Jetzt zurück. Sie packte ihr Notebook aus und hielt die Eindrücke fest.

Manches formulierte sie gleich zu ganzen Sätzen, manches notierte sie nur in kurzen Stichworten. Wenn ihr nichts mehr einfiel, stellte sie sich immer vor, sie würde in einem Boot sitzen und in jede Richtung Angeln auswerfen. Jeder Gedankenfetzen, der irgendwo in ihrem Kopf auftauchte, wurde an den Haken genommen und festgezurrt. Ob der Fang etwas taugte, würde sie später beurteilen.

*Eine Gemeinschaft, die sich an der Bergpredigt orientiert und wie die Urchristen zu leben versucht, nur eben mit Computern, Kreissägen und Waschmaschinen.*
*Jeder gibt, was er kann, und bekommt, was er braucht.*
*Die weißhaarige Hester. 94 Jahre alt. Kommt jeden Tag für eine Stunde in die Wäscherei, um eine Handvoll Stofftaschentücher zu bügeln.*
*Salat, der wie Hasenfutter schmeckt.*
*Menschen, die nichts besitzen, doch scheinbar alles haben.*
*Arbeiten, um zu dienen.*
*Nebel.*
*Der Tote mit der Visitenkarte.*
*K.-o.-Tropfen.*

Julia kappte diese Angel. Schnitt sie durch und wartete auf etwas anderes.

*Liquid Ecstasy.*

*Genug für heute,* sagte sie sich und schloss die Datei. Sie klappte das Notebook auf ihren Knien zu und öffnete es gleich wieder.

*Polizisten, die Bruderhöfer als Zeugen in Mordfall befragen.*

Das würde sich gut machen. Irgendwie musste sie das unterbringen.

*Pazifistische Gemeinschaft wird mit Gewaltverbrechen der Gesellschaft konfrontiert.*

Natürlich nicht so reißerisch.

Julia schüttelte die Arme aus, um sich von den inneren Ketten zu befreien, die ihre Gedanken sofort dem Verstand unterwerfen wollten. *Jeder Gedanke hat seine Berechtigung*, sagte sie sich und wartete. Doch es kam erst einmal nichts mehr.

Julia gab »Liquid Ecstasy« in eine Suchmaschine ein und überflog die Seiten.

Die chemische Bezeichnung lautete Gamma-Hydroxy-Buttersäure, abgekürzt GHB. Es war Anfang der Sechzigerjahre in Frankreich entdeckt und wegen unerwünschter Nebenwirkungen nicht als Antidepressivum zugelassen worden. In den Achtzigerjahren wurde es hauptsächlich innerhalb der Bodybuilder-Szene verwendet, da es die Wachstumshormone stimuliert und den Fettstoffwechsel begünstigt.

*Irgendwie paradox*, überlegte Julia, *K.-o.-Tropfen als Dopingmittel.* Sie las weiter. 2002 wurde GHB dann in Europa verboten, fiel unter das Betäubungsmittelgesetz. Nun tauchte ein anderer Name auf: Gamma-Butyrolacton (GBL), das der Körper zu GHB umwandelt.

*Die finden immer Wege*, dachte Julia. *Wird das eine verboten, erscheint prompt ein neues Mittel auf dem Markt, das legal zu beschaffen ist.* Die Vorläufersubstanz GBL konnte man als Lösungsmittel einfach im Baumarkt kaufen.

Auf einmal stutzte sie und lachte ungläubig auf. Sie schob den Rechner beiseite und war mit einem Satz aus dem Bett. Sie kramte im oberen Fach ihres Spinds, bis sie fand, was sie suchte. Sie hielt das Fläschchen ganz nah an ihr Leselicht, um die kleine Schrift entziffern zu können. Nein, Gamma-Butyrolacton tauchte nirgends auf. Zumindest in diesem Nagellackentferner war kein GBL enthalten.

Julia schraubte den Verschluss auf und hielt ihre Nase an die Öffnung. Sie verzog das Gesicht und verschloss die Flasche schnell wieder. Das könnte man sowieso unmöglich jemandem unbemerkt in ein Getränk mischen!

Sie wandte sich noch einmal den Internetseiten zu. Sie las, dass GBL eine starke Säure war, die die Schleimhaut verletzen konnte und deshalb sehr verdünnt werden musste. Es hatte einen chemischen, leicht stechenden Geschmack. Aber hatte Paul nicht gesagt, es sei geruchlos?

Ben wälzte sich im Bett über ihr unruhig hin und her.

Julia verstaute Nagellackentferner und Rechner und löschte das Licht. Im Dunkeln zog sie sich ein T-Shirt zum Schlafen an. Sie putzte sich die Zähne und streckte sich auf ihrem Bett aus. Sie starrte auf den dunklen Fleck neben der Lampe an der Decke – vielleicht eine tote Mücke. Sie musste sich kratzen. Als der Nachtwächter verkündete, dass es ein Uhr war, fielen ihr die Augen zu.

»... Herr, durch deine Güt' und Macht schenk uns eine gute Nacht!«

# 5

Der Samstag war für die Erwachsenen ein normaler Arbeitstag. Die Schulkinder fegten und putzten am Vormittag ihren Klassensaal, säuberten das Aquarium oder kümmerten sich um die Pflanzen rund um das Schulgebäude. Für die Vorschüler und Erstklässler stand heute der Schulgarten auf dem Programm, ein ungefähr dreißig Quadratmeter großes Stückchen Land, das am Waldrand in der Nähe eines Bachs abgesteckt und eingezäunt worden war. Es gab noch einen größeren Garten und Streuobstwiesen, bei deren Ernte alle großen und kleinen Mitglieder der Gemeinschaft mithalfen, doch für den Schulgarten waren die Kinder mit ihren Lehrern ganz allein verantwortlich.

Alle Kinder hatten Strohhüte auf und sahen aus wie kleine Farmer. Ben freute sich, dass Julia mitkommen wollte, um sich den Garten anzusehen. Erst blieb er neben ihr und versuchte ihr die Regeln für ein Spiel zu erklären, das er mit einem Haufen Kinder am Nachmittag des vorangegangen Tages stundenlang gespielt hatte, doch dann hüpfte er voraus, und Julia hatte Gelegenheit, sich mit Louise zu unterhalten.

»Ich bin sehr froh, dass Ben sich so wohlfühlt«, begann Julia das Gespräch.

»Er hat sich schnell in die Gruppe integriert«, antwortete Louise. Sie zog einen Wagen hinter sich her, auf dem Eimer, Schippen und allerlei Gartengeräte lagen. »Ist es nicht lustig zuzuschauen, wie die Kinder sich verständigen?«

Julia folgte ihrem Blick. Ein Junge, der eine Gießkanne trug, streckte abwechselnd die Arme steif zur Seite und ahmte den Schrei einer Krähe nach. Ein anderer Junge kam ihm zu Hilfe. Er flatterte mit imaginären Flügeln, tat, als picke er Körner vom Boden auf, bis der erste Junge wieder die Vogelscheuche markierte und das Flattervieh vertrieb. Julia freute sich, als Ben erriet, was sie ihm sagen wollten. Sie wurde ernst. »Es ist zu Hause nicht immer einfach mit ihm.«

Als Louise nichts erwiderte, fuhr sie fort: »Oft beobachtet er nur aus der Ferne, hält sich abseits der Gruppe, und manchmal ist er aggressiv. Nicht nur mit Worten …« Julia biss sich auf die Lippen und fragte sich, warum sie freiwillig ansprach, was sie von den Erzieherinnen aus Bens Kindergarten nicht hören wollte.

»Nicht jedes Kind ist gleich«, sagte Louise. »Wir nehmen jedes Kind an, wie es ist, wie Gott es gemacht hat.«

Julias Blick fiel auf Joy, ein neunjähriges Mädchen mit Downsyndrom, und spürte, dass dies keine leeren Worte waren. Oft war Joy in ihrer Gruppe unter Gleichaltrigen, tat, was sie taten. Vielleicht auf andere Weise und in ihrem eigenen Tempo. Anders, aber als gleichwertiges Mitglied der Gruppe. Manchmal war sie woanders, wenn es dort gerade besser passte. Julia hatte gesehen, wie sie bei den Frauen in der Küche auf einem Hocker am Waschbecken gekniet und mit Hingabe und gespreizten Fingern Salatblätter durch das Wasser gezogen hatte. Und manchmal schloss sie sich, wie an diesem Tag, den Jüngeren an, wenn eine Lieblingsbeschäftigung wie *Gardening* angesagt war.

Im Schatten unter den Bäumen war es deutlich kühler. Obwohl es noch früh am Tag war, hatte die Sonne schon genug Kraft, dass man schnell ins Schwitzen kam.

»Manchmal lassen wir uns von unschönen Verhaltensweisen zu sehr beeindrucken«, sagte Louise. »Wir sollten uns auf das konzentrieren, was gut ist.«

»Ihr ignoriert es, wenn ein Kind sich schlecht benimmt?«

»Ganz und gar nicht«, sagte Louise entschieden. »Wir tolerieren es nicht, wenn sich ein Kind absichtlich schlecht benimmt, aber wir stellen es auch nicht zu sehr in den Mittelpunkt. In der Gruppe lernen unsere Kinder am besten, sich anderen gegenüber so zu verhalten, wie sie selbst es sich von anderen wünschen. Und je älter sie werden, desto mehr erwarten wir, dass sie für ihr Verhalten geradestehen und Verantwortung übernehmen. Es gibt immer wieder die Chance, neu anzufangen. Dinge in Ordnung zu bringen, sich zu entschuldigen, dem anderen zu vergeben.«

*Wenn das nur immer so einfach wäre*, dachte Julia.

»Jeder Morgen ist ein neuer Tag«, sagte Louise schlicht und lud die Gartengeräte ab. Die Kinder halfen ihr dabei und schienen genau zu wissen, was zu tun war.

Der Schulgarten wurde von vier Pfählen begrenzt, die jemand in die Erde geschlagen hatte. Dazwischen waren dünnere Stäbe in die Erde gespießt und dienten zusammen mit gespannten Bändern als Umzäunung. Es gab eine Ecke, in der eine Menge Blumen in verschiedenen Farben blühten. Julia musste sich eingestehen, dass sie fast keine davon benennen konnte. Beim Kräuterbeet war sie deutlich sicherer. Sie erkannte Schnittlauch, Petersilie und Salbei. Nach einem Geruchstest konnte sie Ben guten Gewissens sagen, dass daneben Pfefferminze wuchs. Louise half ihr, Thymian und Estragon zuzuordnen. An den üppigen Sträuchern der Zitronenmelisse zupften die Kinder Blätter ab. Sie stopften sie sich in den Mund und streckten Julia kauend einige zum Probieren hin. Julia mochte die pelzigen Blätter nicht besonders, doch sie wollte nicht unhöflich sein.

Die Zwiebeln, von denen nur das grüne Laub aus der Erde ragte, hatten ein ganzes Beet für sich. Louise erklärte, dass die ersten Küchenzwiebeln bald zur Ernte reif sein würden. Julia lernte, dass man das Laub dabei nicht abschneiden durfte, da es zum Flechten benötigt wurde. Als sie verständnislos schaute, deutete Louise auf Marthas Zöpfe und machte mit ihren Händen Bewegungen, als würde sie Haarsträhnen abwechselnd übereinanderlegen. »So.« Sie erklärte: »Die Pflanzen müssen an einem warmen Platz im Freien trocknen, bis das Laub gelb ist. Dann beginnen wir mit fünf Zwiebeln und flechten nach und nach immer mehr hinein, bis der Strang schwer genug ist und in der Vorratskammer zum Lagern aufgehängt werden kann.«

»Können wir schon Tomaten ernten?«, fragte eines der Kinder.

Es sei noch zu früh, meinte Louise, aber Wasser könnten alle Pflanzen gut vertragen.

Die Kinder schnappten sich die Gießkannen und wechselten sich damit ab, Wasser aus dem Bach zu schöpfen, die Böschung heraufzutragen und die Erde zu wässern. Einige gingen dazu über, sich gegenseitig Wasser über die nackten Füße zu gießen und in den entstandenen Pfützen herumzustampfen, bis Louise sie zum *Snack* zusammenrief.

Es gab Brot, Käse, Äpfel und Tee. Julia trank eine Tasse mit, bevor sie sich allein auf den Rückweg machte. Sie hörte im Gehen, wie Louise verkündete, jedes Kind dürfe gleich wählen, ob es entweder ein Taschenmesser zum Schnitzen oder eine Gartenschere zum Abschneiden toter Zweige haben wolle. Sie zwang sich, darauf zu vertrauen, dass Louise wusste, was sie tat, und ein Auge auf Ben hatte.

Auf den Bänken vor der Wäscherei löste sich die *Snack*runde gerade auf. Julia lehnte einen angebotenen Apfel ab, sagte, sie habe bereits mit den Kindern gegessen. Gegen einen Kaffee hatte sie aber nichts einzuwenden.

Anschließend sollte sie bis zum Mittagessen Socken zusammenlegen. Nach einer Weile hatte sie ein pelziges Gefühl an den Fingerkuppen und alle paar Minuten bescherte ihr das ständige Reiben an den Stoffen aus Frottee und Wolle einen Gänsehautschauer, aber sie sagte nichts. Sie wollte nicht für zimperlich gehalten werden.

Sie versuchte, sich auf etwas anderes zu konzentrieren. Die anderen Frauen waren recht still und Julia war froh darüber. Sie hatte den kurzen Weg durch den Wald und das Alleinsein genossen. Ständige Gemeinschaft strengte an.

»Du liebe Güte«, rief eine Frau plötzlich, deren Namen Julia nicht behalten hatte. Sie hatte tiefe Falten im Gesicht und betrachtete etwas in ihrer von dicken Adern und dunklen Flecken überzogenen Hand. »Das sind tatsächlich zwei *Pounds*«, sagte sie und hielt die Münze dicht vor ihre Brille.

Julia wusste, dass die meisten Menschen hier gar keinen Umgang mit Geld hatten. Die Hausmütter und die *Servants*, bei den Hutterern »Diener der Notdurft« genannt, waren für die täglichen Belange zuständig. »Geht ihr eigentlich auch mal raus, in die Stadt oder so?«, fragte sie in die Runde.

Die Frauen schauten erst Julia und dann sich gegenseitig ratlos an. Als keine antwortete, sagte Julia: »Also, ich würde gerne mal in die Stadt gehen.«

»Brauchst du denn etwas?«, fragte Rachel.

»Nicht direkt«, antwortete Julia.

»Wenn du etwas brauchst, kannst du es ruhig sagen.«

»Nein, ich brauche nichts. Es ist nur …«

»Fehlt dir etwas oder warum willst du sonst in die Stadt?«

»Nein, ich würde einfach gern mal …«, sie suchte das richtige Wort, aber es passte keines so recht. »… einfach mal schauen«, murmelte sie.

Am Abend sprach Rachel sie noch einmal darauf an, als Julia vom Duschen kam. Zuvor hatte sie sich sofort nach dem Abendessen die Laufschuhe angezogen und war die Straße entlanggerannt, die sie vor zwei Tagen gekommen waren. Umzudrehen war ihr schwergefallen, am liebsten wäre sie immer weitergelaufen. Bis nach Hause.

Sie fragte sich, woher diese schweren Gedanken kamen und weshalb sie sich plötzlich wie eine Außenseiterin fühlte. Natürlich war sie völlig anders als diese Menschen hier. Zu leben wie sie war undenkbar.

Sie setzte sich zu Rachel auf die Veranda. Die Kinder und ein paar Väter hatten auf der Wiese vor dem Haus zwei Mannschaften gebildet und rannten hinter einem Ball her.

»Julia, wenn die anderen etwas brauchen, kommen sie zu mir oder einer der anderen Hausmütter«, begann Rachel. »Solange ihr hier seid, bin ich für euch verantwortlich. Wenn du also etwas brauchst …«

»Rachel, wirklich, ich brauche nichts«, unterbrach Julia sie. »Wenn ich etwas brauche, kaufe ich es mir«, sagte sie in schroffem Ton.

»Verstehe«, sagte Rachel leise.

»Es tut mir leid, so war das nicht gemeint.« Es rührte Julia, dass Rachel sich Gedanken um sie machte. Sie wollte sie nicht vor den Kopf stoßen. »Weißt du, ich lebe nun mal in einer völlig anderen Welt als ihr. In meiner Welt kauft man Dinge, auch wenn man sie nicht braucht. Man geht in die Stadt zum Bummeln, zum Shoppen oder einfach nur zum Schauen.«

»Aber deswegen bist du doch hier. Um unsere Welt kennenzulernen und wie wir die Dinge sehen.«

Brian stieg die Stufen zur Veranda hoch und legte Rachel für einen Moment die Hand auf die Schulter, bevor er ins Haus ging. Julia beobachtete es aus dem Augenwinkel. Eigenartigerweise versetzte ihr diese kleine innige Geste einen Stich, ohne dass sie hätte erklären können, warum.

»Heiraten nur Mitglieder der Gemeinschaft untereinander?«, fragte sie Rachel und starrte geradeaus.

»Ja«, antwortete Rachel mit einem irritierten Seitenblick, weil Julia das Thema so unvermittelt gewechselt hatte.

»Das heißt, ein junges Mädchen, das hier auf dem Hof aufwächst, weiß von vornherein, dass nur eine Handvoll Männer zum Heiraten infrage kommen, wenn es nach dem Willen der Gemeinschaft geht?«

Rachel ließ sich von Julias provokantem Unterton nicht beeindrucken. »Ein paar mehr sind es schon, die unverheiratet bei uns leben. Und es gibt noch weitere Gemeinschaften in England, in den USA und in Kanada. Ganz so eingeschränkt ist die Auswahl nicht.«

»Und wie muss ich mir das vorstellen?«, fragte Julia noch eine Spur angriffslustiger. »Wenn eine Frau heiraten will, trifft man sich im großen Saal, schaltet live zu den Höfen in Übersee und fragt, wer Interesse hat?«

Statt beleidigt zu sein, legte Rachel ihr wortlos die Hand auf den Arm und lächelte milde. Hell und rein und himmelblau blickten ihre Augen sie an. Julia war es, als schaue Rachel bis in ihr Innerstes. Als bezwinge sie ihren herausfordernden Blick mit stiller Sanftmut.

Julia zögerte. Dann schüttelte sie den Kopf und stand auf. Sie ging ins Haus und lief die Treppe hoch. Sie schloss die Tür zu ihrem Zimmer. Sie lehnte sich an die Wand und kam sich albern vor. Langsam stieg sie die Stufen wieder hinunter. Sie blieb im Türrahmen stehen. Rachel saß noch immer auf der Bank, den Rücken ihr zugewandt. Ihr Tupfentuch war weit hinter den Scheitel gerutscht und gab einen großen Teil ihres weißblonden Haares frei.

Julia setzte sich neben sie.

»Ich glaube, es ist, weil ihr glücklich seid«, sagte Julia leise. »Viele Paare hier wirken glücklich. Ihr tauscht nie offen Zärtlichkeiten aus, und doch seid ihr so …«, sie suchte nach einem treffenden Ausdruck, »… so verbunden miteinander.« Sie sah Rachel von der Seite an. »Hast du von vornherein gewusst, dass Brian der Richtige für dich ist?«

»Nein, das habe ich nicht.« Ihr Blick glitt in die Ferne. »Brian machte eine schwere Zeit durch, bevor er sich unserer Gemeinschaft anschloss. Er lebte schon ein Jahr auf dem Hof, bevor wir das erste Mal ein Wort miteinander sprachen. Nachdem er ganz zu uns gehören wollte, schrieben wir uns fast zwei Jahre lang Briefe und lernten uns immer besser kennen. Wir hatten den Eindruck, dass Gott uns füreinander bestimmt hatte. Nachdem auch die Gemeinschaft ein Ja dazu hatte, haben wir geheiratet.«

Julia fand, dass das nicht besonders romantisch klang, aber sie sagte nichts dazu. Stattdessen fragte sie: »Und hast du später je daran gezweifelt?«

Rachel dachte einen Augenblick nach. »Gott hat uns einander geschenkt. Daran besteht kein Zweifel.« Sie strich mit den Fingern über ihren Rock, legte dann beide Hände nebeneinander und ließ ihren Blick eine Weile darauf ruhen. Mit warmer Stimme fragte sie: »Was hat dich zweifeln lassen, Julia?«

Julia atmete hörbar ein, obwohl sie hätte vorbereitet sein müssen. Sie hatte Rachel nach dem Anfang gefragt und Rachel fragte nach dem Ende. »Ja, was hat mich zweifeln lassen?«, wiederholte sie, um Zeit zu gewinnen. Normalerweise sagte sie, dass das Feuer erloschen sei, dass der Alltag ihre Liebe aufgefressen habe und dass das wohl der Lauf der Dinge sei. So in etwa hatte sie es jedes Mal erklärt, wenn sie gefragt worden war. »Paul ist nicht mehr der Mann, den ich einmal geheiratet habe«, erwiderte sie.

»Was ist passiert?«

Vielleicht würde Rachel sich mit einer billigen Antwort zufriedengeben. »Eigentlich ist gar nichts passiert. Wir haben uns einfach auseinandergelebt.«

»Auseinandergelebt.« Rachel zog die Worte in die Länge.

»Weißt du«, erklärte Julia schnell, »am Anfang hat Paul mir auch

Briefe geschrieben. Ich habe sie immer wieder gelesen, wenn er unter der Woche weg war. Wir haben stundenlang telefoniert, manchmal die halbe Nacht.«

Sie warf Rachel einen unsicheren Blick zu, die aufmunternd lächelte. »Was soll ich sagen? Wir haben geheiratet. Ich begann für eine Zeitung zu schreiben. Bald darauf wurde Lilly geboren, ein richtiger Sonnenschein. Wir waren beide ganz verliebt in sie. Als Paul nach Stuttgart versetzt wurde, wollte ich wieder arbeiten, was nicht so einfach war ohne Familie und sonstige Unterstützung, aber so nach und nach bekam ich wieder einen Fuß in die Tür. Paul und ich hatten wenig Zeit füreinander, doch das war in Ordnung. Schwierig wurde es, als Lilly aus dem Gröbsten raus war und wir wieder etwas Luft hatten. Ich sehnte mich nach gemeinsamer Zeit, doch Paul hatte sich allem Anschein nach ganz gut alleine eingerichtet. Wenn wir miteinander redeten, ging es nur noch darum, wer einkaufen ging und wer die Kinder wann wohin fuhr und abholte. Ganz selten unternahmen wir etwas zu zweit, und nur dann, wenn ich die Initiative ergriff. Wenn Ben nicht geboren worden wäre …«

Julia führte den Satz nicht zu Ende und kräuselte die Lippen. »So war das Problem erst mal wieder eine Weile zugedeckt. Paul wirkte zufrieden, aber ich war es nicht. Als ich ihm sagte, dass ich über eine Trennung nachdächte, fiel er aus allen Wolken.« Julia seufzte. »Er gab sich richtig Mühe, fast wie am Anfang. Aber irgendwie war der Zug abgefahren. Von unserer Liebe war einfach nichts mehr übrig.«

Rachel hatte aufmerksam zugehört, ohne Julia zu unterbrechen. Jetzt fragte sie nur: »Bist du sicher?«

Julia zuckte resignierend die Schultern. »Die Gefühle waren weg. Sie sind weg«, bekräftigte sie. Nach einer Weile sagte sie: »Lilly und Ben sind übrig geblieben.« Sie presste die Lippen aufeinander. Ihr Blick suchte die beiden Kinder auf der Wiese. Sie lächelte wehmütig.

»Und ein Versprechen«, sagte Rachel in Julias Gedanken hinein.

»Wir haben es versucht, Rachel, aber es hat nicht funktioniert. In meiner Welt bleibt man nicht nur deshalb zusammen. Davon hat am Ende keiner etwas.«

Rachel antwortete nichts.

»Was passiert, wenn sich ein Paar bei euch trennt? Hat es das noch nie gegeben?«

»Doch, das hat es. Mehr als einmal. Leider. Letztes Jahr hat sich in Kanada der Mann meiner Kusine von ihr getrennt. Er hat die Gemeinschaft verlassen.«

»Und dürfte deine Kusine wieder heiraten?«

»Dann könnte sie nicht mehr in der Bruderhof-Gemeinschaft leben.«

»Das ist grausam«, sagte Julia.

»Es lässt den Weg offen für einen Neuanfang, falls er zurückkommt.«

»Und wenn *er* wieder heiratet? Dann ist dieses Argument doch hinfällig.«

»Wir glauben, dass es falsch ist, sich zu trennen, wenn man sich vor Gott die Treue versprochen hat. Jeder trägt die Verantwortung für seine Entscheidungen. Ein Eheversprechen ist nicht deshalb aufgelöst, weil einer der beiden sich nicht daran hält.«

»Dann ist derjenige, der seinen Teil der Abmachung eingehalten hat, am Ende der Dumme und muss für immer allein bleiben, wenn er nicht aus der Gemeinschaft verstoßen werden will? Grausam ist das!«, bekräftigte sie. Sie schüttelte missbilligend den Kopf.

»Trennungen sind grausam, es bleiben immer Verletzungen zurück.« Rachel machte eine Pause, bevor sie leise sagte: »Doch auch wenn wir keinen Weg mehr sehen, ist Gott immer noch größer. Er kann heil machen, Vergebung schenken und eine neue Perspektive.«

Julia wusste nicht genau, wie sie das meinte, aber sie spürte, dass es Rachel nicht darum ging, sie zu verurteilen. »Ist schon einmal jemand zurückgekommen?«

»O ja. Manchmal nach wenigen Monaten, manchmal nach Jahren. Patricias Mann ist nach elf Jahren in die Gemeinschaft zurückgekehrt.«

Die Kinder hatten genug getobt und kamen die Treppe herauf. Die Wangen erhitzt, wollten sie vor dem Schlafengehen noch etwas trinken. Julia überlegte, Lilly und Ben noch unter die Dusche zu schicken, ließ es dann aber bleiben.

Rachel war als Erste ins Haus gegangen. Julia erhob sich, um ihr und den anderen zu folgen.

»Nach elf Jahren. Pah, den hätte ich nicht zurückgenommen!«, murmelte sie kopfschüttelnd.

# 6

Die besondere Atmosphäre am Sonntag war spürbar, sobald man den Raum betrat. Die Tische im Essenssaal waren zur Seite gerückt worden. Alt und Jung saßen in einem großen, aus mehreren Reihen bestehenden Halbrund vor der Bühne, die Männer in blauen Hemden und schwarzen Anzügen, etliche der Frauen und Mädchen mit Blumenkränzen auf dem Kopf. Manche standen noch in Gruppen zusammen, hielten einen Plausch oder spielten mit den Kindern. *Wie ein riesiges Familienfest*, dachte Julia.

Die Kinder hatten die Bühne mit Naturmaterialien dekoriert. Baumscheiben von geringem Durchmesser und in unterschiedlichen Größen bildeten den Rahmen. Sie waren links und rechts am Rand platziert, manche aufrecht wie abgesägte Baumstümpfe, manche liegend davor oder daran gelehnt. Wiesenblumen und Gräser standen in bunten Bechern und Flaschen dazwischen.

Julia staunte über die Kreativität der Kinder und ließ sich von Ben jedes Detail erklären, an dem er mitgewirkt hatte. Große Stücke aus Baumrinde sahen aus wie kleine Schiffe. Auf einem rustikalen Moosbett tummelten sich Steine, die für schön befunden worden waren und einen aufgespießten Stock, der als Mast diente, stützten.

»Schau, die Flagge habe ich gemacht. Papa sagt immer, sobald der Kapitän an Bord ist, muss die Flagge gehisst werden.«

Julia strich Ben über den Kopf und suchte sich einen Platz. Es gab ein buntes Programm, das vornehmlich die Kinder und Jugendlichen gestalteten. Da wurde gesungen, getanzt und musiziert, es wurden Gedichte vorgetragen und Spiele gespielt. Jede Gruppe schien einen Beitrag zu haben. Lilly war mittendrin in all dem fröhlichen Trubel.

Fast hätte Julia sie übersehen. Sie hatte zuerst Hannah bemerkt und vermutet, dass Lilly nicht weit sein konnte. Sie ließ ihren Blick über die Mädchen schweifen, und dann entdeckte sie sie. Genau wie die anderen trug sie Rock, Oberteil und Bluse und hatte die Haare zu zwei ordentlichen Zöpfen geflochten. Sogar ein blaues Häubchen, das farblich auf den Rest der Tracht abgestimmt war, hatte sie aufgesetzt. Und darüber einen Blumenkranz. Julia war sprachlos und wusste nicht recht, was sie davon halten sollte. Süß sah sie aus, ihre Große, das musste sie zugeben. Und wie sie strahlte!

»Schön hast du getanzt«, sagte Julia anerkennend, als Lilly hinterher auf sie zukam.

Lilly wirkte verlegen. Sie legte den Kopf schief und zupfte an ihrem Rock herum.

»Na, komm schon her!« Julia zog sie an sich und drückte sie fest. Sie hätte sie gern gefragt, ob sie die Tracht jetzt öfter tragen wolle. Stattdessen flüsterte sie ihr »Mein kleines Hutterermädchen« ins Ohr und Lilly kicherte.

»Ich wollte wissen, wie ich darin aussehe. Es sind Hannahs Sachen. Weißt du, wenn es alle hier anhaben ... zum Tanzen hat es einfach gut gepasst.«

»Schon gut. Ich habe nichts dagegen.«

Lilly war erleichtert. »Ich wusste nicht, ob du böse sein würdest.«

»Zieh die Sachen an, sooft du willst, wenn du dich darin wohlfühlst.« Sie wandte sich an Hannah: »Ich meine natürlich, wenn es dir recht ist.«

Hannah nickte eifrig. »So sehen wir aus wie Schwestern.« Sie hakte Lilly unter und die beiden schlenderten nach draußen.

Gemeinsam machten sich alle auf den Weg zum Gottesdienst, der auf einem Hügel ein wenig außerhalb des Dorfes stattfand. Den Älteren half man von den Ponywagen und geleitete sie zu eigens für sie aufgestellten Klappstühlen. Alle anderen setzten sich einfach ins Gras, um gemeinsam zu hören, was Rudolf, der »Diener am Wort«, zu sagen hatte.

Julia hörte nicht so genau hin. Sie setzte ihre Sonnenbrille auf, obwohl der Himmel grau war, und schloss die Augen. Sie bekam nur am Rande mit, dass es um Vergebung ging. Darum, den ersten Schritt zu machen, und dass Liebe vor allem gibt. Julia fühlte sich an ihre Traupredigt erinnert. Sie dachte an die Gemeinde in Berlin, in der sie und

Paul geheiratet hatten. Sie war skeptisch gewesen, bevor Paul sie zum ersten Mal mitgenommen hatte, und dann positiv überrascht. Die Gottesdienste waren feierlich und berührend zugleich gewesen, die Lieder und Worte hatten mit dem richtigen Leben zu tun gehabt und hatten doch darüber hinausgewiesen. Julia hatte begriffen, weshalb die Gemeinde Paul nach dem tragischen Tod seiner Eltern zum Anker geworden war. Als Lilly dann da war, hatten sie sich immer seltener aufgerafft, und mit dem Umzug nach Stuttgart waren endgültig alle Kontakte eingeschlafen.

Julia öffnete die Augen. Ein Schmetterling streifte fast ihren Arm. Sie sah ihm eine Weile hinterher, bis er aus ihrem Blickfeld flatterte. Sie schob die Sonnenbrille auf die Stirn und blinzelte in den Himmel. Bisher war das englische Wetter besser als sein Ruf. Hoffentlich regnete es nicht gerade heute. Sie fing Rachels Blick auf, die einige Meter entfernt saß, und lächelte ihr zu.

Beim Mittagessen wurde angesagt, dass anschließend Fahrzeuge bereitstünden für alle, die Lust hätten, Himbeeren pflücken zu gehen. Der Sonntagnachmittag war traditionell zur freien Verfügung des Einzelnen oder der Familie vorgesehen, doch eine ganze Reihe Bruderhöfer schienen sich dafür entschieden zu haben, den Nachmittag wie gewohnt in Gemeinschaft der anderen zu verbringen.

Als Julia und die Kinder zur Burgruine Bodiam Castle aufbrachen, strömten Kopftücher, Häubchen und gekreuzte Hosenträger, manche mit, manche ohne Bart, zur Abfahrtsstelle der Busse hinter dem Pförtnerhäuschen. Lilly war wieder auf Jeans und T-Shirt umgestiegen und winkte den anderen im Vorbeifahren. Es war das erste Mal seit ihrer Ankunft, dass sie wieder zu dritt im Auto saßen, doch die Stimmung war eine völlig andere als auf der Fahrt vom Flughafen zum Bruderhof ein paar Tage zuvor.

»Schade, dass wir nicht beim Beerenpflücken dabei sein können. Aber auf Papa freue ich mich natürlich!«, sagte Lilly.

»Ist das eine echte Burg, zu der wir fahren?«

»Ja, eine Burgruine mit richtigem Wassergraben.«

»Und gibt es auch ein Verlies?«

»Bestimmt gibt es das. Ihr werdet mit Papa die Burg erkunden, und hinterher müsst ihr mir alles genau erzählen.«

»Willst du nicht mitkommen?«, fragte Lilly.

»Bitte, Mama!«

»Nein, Kinder, das haben wir doch besprochen. Ich werde so lange an der Küste wandern gehen.« Julia wollte zum Kreidefelsen von Beachy Head. An der Uferpromenade von Eastbourne begann der legendäre South Downs Way. »Nachher treffen wir uns am Strand.«

Paul wartete auf dem Parkplatz und vertrat sich die Beine. Man konnte sehen, wie sehr er sich freute, die Kinder zu sehen. Ben warf sich in seine Arme, und Lilly schmiegte sich an ihn.

Julia stand unschlüssig da und kam sich ein wenig überflüssig vor. Sie hatte bisher keine angemessene Art gefunden, ihren Noch-Ehemann zu begrüßen. Es fühlte sich immer seltsam an.

Paul nickte ihr zu und lächelte. »Gut gefunden?« Er deutete auf die Mauern der Burgruine und sagte: »Hier wurde *Die Ritter der Kokosnuss* gedreht.«

»Aha. Nicht gerade mein bevorzugtes Filmgenre«, erwiderte Julia in nasalem Ton und biss sich auf die Lippen. Warum war sie bloß so schnippisch? Paul wollte sicher nur nett sein und Small Talk machen. Sie fügte ein »Na ja, wem es gefällt« an, doch das war auch nicht besser. Sie vereinbarten einen Treffpunkt in einem der Strandcafés in Eastbourne.

Paul gabelte Julia mit dem Auto in der Nähe der Klippen auf, die *Seven Sisters* genannt wurden. Sie ließ sich auf den Beifahrersitz fallen. »Tut mir leid, ich habe mich verschätzt.«

»Kein Thema«, sagte Paul.

Julia wandte den Kopf. Ben war eingeschlafen und lehnte an Lillys Schulter. Julia drückte Lillys Knie und lächelte ihr zu.

»Ich muss nur gleich zurück nach Portsmouth aufs Revier«, erklärte Paul.

»Jetzt noch?«, fragte Julia verwundert. »Ich dachte, du hättest heute frei. Hat sich etwas Neues ergeben bei den Ermittlungen?«

»Ja. Vor etlichen Jahren gab es schon einmal einen Fall mit einer Überdosis GHB. Ein junger Kerl. Gerade mal einundzwanzig.«

»Mord?«

»Davon ging man zunächst aus. Aber als die Ermittlungen ins Leere liefen, hat man den Fall zu den Akten gelegt. Vieles sprach dafür, dass der Tote sich beim Herumexperimentieren verschätzt hat.«

»Er soll das Zeug selbst genommen haben?«

»Schon möglich. GHB hat sich in den Neunzigerjahren als Partydroge in den USA verbreitet und ist dann nach England herübergeschwappt. Vom Alter her würde er in das Schema passen. Und zeitlich kommt es ebenfalls hin. Neunzehn Jahre ist das Ganze her. Im Bericht steht, er habe viel Sport betrieben. Insider wissen, dass GHB den Muskelaufbau beschleunigt.«

Julia erinnerte sich, was sie selbst recherchiert hatte. »Das würde aber bedeuten, dass er selbst schuld war. Keine Fremdeinwirkung – kein Fall.«

»Das ist richtig. Aber wenn es hier in der Gegend schon mal einen Fall gab, wo jemand durch GHB zu Tode gekommen ist wie unser Opfer, dann sollten wir der Sache nachgehen.«

Julia warf einen Blick über die Schulter zu Lilly. Sie hörte mit ihrem iPod Musik und schaute aus dem Fenster. »Du meinst, es könnte eine Verbindung geben?«

Paul nahm die Hände vom Lenkrad und machte eine abwehrende Handbewegung. »Das sind alles nur Mutmaßungen. Nachher bekomme ich hoffentlich mehr Einzelheiten.«

»Und ihr rollt den Fall nach neunzehn Jahren tatsächlich noch einmal auf?«

Paul zuckte die Schultern, und Julia merkte, dass er nicht weiter darüber reden wollte. »Wir werden sehen«, sagte er abschließend.

Julia wusste, dass er ungern spekulierte, wenn er nicht alle verfügbaren Fakten in der Hand hielt. Früher hatten sie den ein oder anderen Fall zu Hause diskutiert. Julia interessierte sich immer besonders für die Opferseite und ein bisschen natürlich auch für potenzielle Sensationen. Sie spann gerne irgendwelche Geschichten zusammen und war kreativ bei der Suche nach dem Tatmotiv. Paul hatte meistens bis zu einem gewissen Grad mitgemacht. Er hatte sie gewähren lassen, bis es ihm zu bunt wurde. Dann ging er entweder joggen, drehte eine Runde auf seinem Motorrad oder zog sich in den Keller zurück, wo er irgendetwas reparierte. »Dabei kann ich am besten denken«, hatte er immer gesagt. Manch einen Fall hatte er in Sportklamotten im Wald oder bei einer nächtlichen Spritztour gelöst.

Ein paarmal hatte Julia aber genau ins Schwarze getroffen. Wenn man sie fragte, war es mindestens zweimal allein ihr zu verdanken, dass der Täter geschnappt wurde, und sie erinnerte Paul gerne daran, wenn er ihre Ideen als allzu fantastisch abtat. »Das gibt es nur im Fernsehen«, sagte er dann oder: »Du hast eindeutig zu viel *Inspector Barnaby* gesehen.« Insgeheim – und das wusste Julia – schätzte er ihre Intuition. Und manchmal konnte er es sogar zugeben.

Der Verkehr floss zäh auf der A 259 und die Strecke zog sich in die Länge. Julias Gewissen regte sich. Schließlich würde Paul von Eastbourne aus noch gut eineinhalb Stunden bis nach Portsmouth brauchen.

»Sag mal, dieser Mann von der *Cowes Week*«, Julia vermied das Wort »Toter« wegen der Kinder, »was war das für ein Mensch?«

»Was willst du wissen?«, fragte Paul. Und ohne die Antwort abzuwarten, erklärte er: »Verheiratet, aber getrennt lebend, keine Kinder. Anwalt und Hobbysegler, einflussreiche Familie. Gut betucht mit eigener Kanzlei und schmuckem Häuschen in Speyer. Kam jedes Jahr zur *Cowes Week*.«

»Mit eigenem Boot?«

»Er hat ein eigenes Boot in irgendeinem Jachtclub am Altrhein. Hat auf der Isle of Wight normalerweise entweder selbst ein Boot gechartert oder ist woanders mitgefahren. Offenbar ist dort alles möglich. Wer kein eigenes Boot hat, aber mitsegeln will, gibt über ein Forum ein Gesuch auf. Umgekehrt kannst du darüber eine Mannschaft zusammenstellen, wenn dir Leute fehlen. Oder du verfügst eben über die entsprechenden Netzwerke. Dieses Jahr hatte er ein Boot gemeinsam mit drei Seglerkollegen aus Speyer gechartert.«

»Und was sagen die zu der ganzen Sache? Waren sie dabei, als es passiert ist?«

»Zuerst waren sie am frühen Nachmittag zusammen im *Shepards Wharf Marina*, einem exklusiven Bereich für die Teilnehmer. Dort haben sie um vierzehn Uhr die Happy Hour mitgenommen und sind dann weiter zum Cowes Jachthafen und dann zur Cowes Parade. Von da aus hat man einen guten Blick auf die Rennen. Die Freunde sagen, sie hätten sich irgendwann einen Tisch gesucht und ein paar englische Mädels kennengelernt, die dann aber weitergezogen seien. Dann hätten sie zwei weitere deutsche Segler getroffen, die sie vom Vorabend kannten. Alexander Breitenbach sei irgendwann aufgestanden, vermutlich weil er zur Toilette wollte. Als er nach einer Weile nicht zurück war, fingen sie an, Witze zu machen, dass er wahrscheinlich die Engländerinnen wiedergetroffen habe. Jedenfalls machten sie sich nicht gleich Sorgen oder suchten ihn. Sie waren ja alle schon ein paar Tage da und kannten sich aus. Eine Dreiviertelstunde später kam der Rettungshubschrauber – leider zu spät.«

»Und wo hat man ihn gefunden?«

»Gar nicht weit weg. Luftlinie vielleicht zweihundert Meter entfernt. In einem Gebüsch.«

»In einem Gebüsch?«, wiederholte Julia.

»So ein kleines verschwiegenes Plätzchen. Ein bisschen Gebüsch, ein paar Bäume. Ein junges Pärchen hat ihn gefunden.« Er machte eine vielsagende Geste. »Die beiden wollten sich vermutlich für ein Schäferstündchen zurückziehen. Hätte man ihn ein paar Minuten früher entdeckt … aber so …«

»Kann es einer der Freunde gewesen sein? Ich meine, die hätten doch Gelegenheit gehabt, ihm die Tropfen reinzukippen.«

»Möglich, aber eher unwahrscheinlich. Wir vermuten, dass die Tropfen in einer Flüssigkeit mit hochprozentigem Alkohol waren. Alexander Breitenbach hatte 1,8 Promille im Blut. Die Freunde geben an, sie hätten auf der Cowes Parade kaum Hochprozentiges getrunken. Nur Bier. Im *Shepards Wharf* hätten sie zwar mit einer Runde Wodka-Orange gestartet, aber das wäre zu lange her für den Promillegehalt. Mit der ermittelten GHB-Konzentration im Blut hätte es Breitenbach vermutlich auch nicht mehr so weit geschafft. – Vielleicht doch«, korrigierte Paul sich. »So genau kann man das nicht sagen. Jeder reagiert anders auf das Zeug.«

Julia nickte. »Wo befand sich eigentlich der Bruderhof-Stand?«

»Bei der Cowes Parade. Dort gibt es alles. Kleine Geschäfte mit Souvenirs oder Kleidung, aber auch Essensstände, sogar eine ganze Halle nur mit Essen. Der Bruderhof-Stand war nicht in der Halle untergebracht, sondern außerhalb. Vielleicht fünfzig Meter entfernt von dem Tisch, wo die Gruppe gesessen hat.«

»Mal angenommen, dem Mann ging es noch gut, als er sich von der Gruppe entfernt hat. Da hätte er theoretisch zur Toilette gehen können, dann zurück an den Geschäften und Ständen vorbei, und am Bruderhof-Stand hätte er etwas kaufen und eine Visitenkarte von *Amberley Wooden Toys* einstecken können, bevor ihm jemand den Giftcocktail gemixt hat.«

»Theoretisch ja. Aber es gab wesentlich nähere Toiletten als die in der Nähe des Bruderhof-Stands. Und die Bruderhof-Leute können sich nicht an ihn erinnern. Nach allem, was wir wissen, war Breitenbach, sagen wir mal, nicht gerade der Typ, der sich für Holzspielzeug und Kindergartenmöbel interessiert.«

»Hm.« Julia überlegte. »Kinder hatte er vielleicht keine eigenen, aber Neffen, Nichten, Patenkinder …«

»Und wenn schon. Welcher Mann, der zum Segeln und Feiern eine Woche auf eine Insel fliegt, denkt zwischen ein paar Bierchen daran, Souvenirs für die Patenkinder einzukaufen?« Paul lachte spöttisch. »Geschweige denn, sich die Visitenkarte für später einzustecken? Nein, nach allem, was ich bisher erfahren habe, war Breitenbach jemand, der sich in erster Linie um sich selbst gekümmert hat. Autos, Boote, Tennis, Golf und Frauen. Wahrscheinlich in genau dieser Reihenfolge. So ungefähr hat seine Frau sich jedenfalls ausgedrückt.«

»Enttäuschte Expartnerinnen sind nicht unbedingt neutral in solchen Dingen«, gab Julia zu bedenken.

Paul warf ihr einen schnellen Seitenblick zu.

»Mich natürlich ausgenommen«, ergänzte sie, ohne mit der Wimper zu zucken.

»Natürlich«, erwiderte Paul nur. Es wirkte nicht amüsiert. »Wie auch immer, in diesem Fall denke ich, wird es so oder so ähnlich gewesen sein. Die Freunde sagen in etwa dasselbe, nur dass in ihrer Beschreibung weniger Verachtung als vielmehr Bewunderung mitschwingt. In ihren Augen war Breitenbach ein toller Hecht, der wusste, wie man es macht. Außerdem, dass die Expartnerin nicht gut auf ihn zu sprechen ist, ist *eine* Sache, aber dass sie kein gutes Haar an ihm lässt, wenn ihr die Polizei mitteilt, dass ihr Mann wahrscheinlich ermordet worden ist, ist etwas anderes.«

»Hätte sie ein Motiv gehabt?«, fragte Julia.

»Ein Motiv vielleicht. Ich vermute, sie bekommt alles. Schließlich waren die beiden noch verheiratet. Aber sie hatte keine Gelegenheit. Sie war in Deutschland, siebenhundert Kilometer entfernt, als es passiert ist. Das ist ein ziemlich gutes Alibi.«

»Vielleicht in ihrem Auftrag?«

»Erst einmal halten wir uns an das, was die Fakten hergeben.«

»Und an den alten K.-o.-Tropfen-Fall«, ergänzte Julia.

»Richtig.«

Julia knabberte an ihrer Oberlippe. »Trotzdem wundere ich mich, weshalb er die Visitenkarte in der Hemdtasche hatte.« Nachdem Paul ihr erläutert hatte, weshalb es eher unwahrscheinlich war, dass Breitenbach am Bruderhof-Stand gewesen war, erschien ihr dieses Detail noch merkwürdiger als zuvor.

»Das will mir auch nicht in den Kopf«, sagte Paul.

Er bog auf den Parkplatz ein und trug Ben vorsichtig zu Julias Auto. Er drückte Lilly zum Abschied und legte Julia kurz die Hand auf den Arm. »Bis bald«, sagte er.

# 7

»Wo ist Brian?«, fragte Julia und zog ihren Stuhl an den Tisch.

Rachel antwortete nicht gleich. Sie sah zum Fenster, öffnete den Mund und schloss ihn wieder. Dann sagte sie: »Er ist draußen. Er wird gleich da sein.« Sie goss den Kindern Kakao ein und begann, Butter und Marmelade auf mehrere Toastscheiben zu schmieren. Sie wirkte unschlüssig, ob sie den Beginn des Frühstücks weiter hinauszögern oder ohne Brian anfangen sollte.

»Alles in Ordnung?«, fragte Julia.

Rachel sah sie an und antwortete: »Ja«, doch ihre Augen und die Sorgenfalte auf der Stirn sagten etwas anderes. »Später«, murmelte sie. Sie kratzte mit dem Messer an der verbrannten Stelle eines Toasts herum. Die schwarzen Krümel verteilten sich auf ihrem Teller. Rachel hielt inne. Dann schnitt sie energisch die dunkle Ecke ab.

Sie legte das Messer weg und wandte sich an die Kinder: »Papa wird gleich da sein. Lasst uns schon einmal anfangen. Wer hat einen Liedvorschlag?«

Auch beim Essen wirkte Rachel angespannt und mit den Gedanken woanders. Julia fragte sich, was wohl passiert war. Sie hörte nur mit halbem Ohr hin, was die Kinder zu erzählen hatten. Sie dachte an den gestrigen Abend, den sie miteinander in gelöster Stimmung verbracht hatten. Rachel und Brian hatten zum sonntäglichen *Family Supper* ein paar Junggesellen eingeladen. Sie bewohnten zusammen das äußerste Haus auf der linken Seite, wo die Bäume angrenzten. Alle hatten bei Kerzenlicht um den großen Tisch gesessen, den sie auf den Rasen gestellt hatten. Sie waren bereits beim Essen gewesen, als Julia mit den Kindern aus Eastbourne zurückgekehrt war. Es hatte einen traditionellen englischen *Sunday Roast* mit Schweinefleisch und Apfelsoße gegeben, dazu Röstkartoffeln, Erbsen und den pfannkuchenartigen *Yorkshire Pudding*.

Die jungen Männer hatten sich Julia gegenüber zurückhaltend gegeben, doch sie erfuhr, dass sie mit dem Leben auf dem Bruderhof offenbar sehr zufrieden waren. »Mir geht es gut hier, ich habe alles, was ich brauche, und fühle mich als Teil einer Familie«, hatte Robert ihr erzählt, bevor er mit den anderen zu einer Fackelwanderung an den See aufgebrochen war. Hester war trotz ihrer vierundneunzig Jahre bis zum Schluss geblieben. Sie war eine der Omas, die sich die vielen Kinder teilten, ohne dass Julia verstanden hätte, mit wem sie tatsächlich verwandt war, da es offenbar keine Rolle spielte.

Die Tür öffnete sich und Brian trat in die Küche. Er grüßte in die Runde und signalisierte seiner Frau mit einem leichten Kopfnicken, bei dem er die Augen schloss, etwas wie: »Alles in Ordnung. Mach dir keine Sorgen!«

Julias forschendem Blick begegnete Brian für einen Moment mit ausdrucksloser Miene. Er drehte sich zum Spülbecken und wusch sich ausgiebig die Hände.

Julia biss in ihr Brötchen und versuchte, bis nach dem Frühstück auf Spekulationen zu verzichten. Schließlich hatte Rachel, wenn Julia sie richtig verstanden hatte, eine Erklärung in Aussicht gestellt.

Als der Tisch abgeräumt war und die Tür sich hinter Brian und den Kindern geschlossen hatte, war es mit einem Mal still im Haus. Julia stellte das gespülte Geschirr in den Schrank und drückte sich noch ein wenig in der Küche herum, bis Rachel vom Bettenmachen zurückkam. Ihre Wangen waren gerötet und sie band sich ihr Kopftuch neu.

»Jemand hat das Haus mit Graffiti beschmiert.«

Julia machte ein verständnisloses Gesicht. »Mit Graffiti … dieses Haus hier? Wer … die Kinder?«

»Die Kinder? Nein, natürlich nicht!« Ihr Tonfall ließ keinen Zweifel daran, dass sie das für völlig ausgeschlossen hielt. »Irgendjemand. Aber nicht die Kinder.«

»Verstehe«, sagte Julia, obwohl sie überhaupt nichts verstand. Die Vorstellung, dass jemand vom Bruderhof Graffiti an Wände schmierte, war völlig absurd, aber dass jemand von außen in diese kleine Idylle einbrach, war ebenso wenig vorstellbar. »Irgendeine Botschaft oder nur Schmierereien?«, fragte sie.

»Brian hat es entfernt, bevor es die Kinder zu sehen bekamen«, erklärte Rachel.

»Was stand denn da?«, bohrte Julia nach.

Rachel kniff die Lippen zusammen. Es war ihr anzusehen, dass sie mit sich rang. »*Fromme Heuchler.* In roten Lettern.«

Julia stieß einen leisen Pfiff aus. »Hat der Nachtwächter nichts bemerkt?«

»Nein. Erst auf seinem letzten Rundgang heute Morgen um halb vier. Er hat Ralf aus dem zweiten Stock und Brian geweckt. Die beiden haben geschrubbt bis zum Frühstück.«

»Hast du eine Idee, wer das getan haben könnte?«

Rachel schüttelte langsam den Kopf.

»Ist so etwas schon einmal vorgekommen?« Julia sah Rachel an, dass sie ins Schwarze getroffen hatte.

»Vor zwei Jahren.«

»Fromme Heuchler?«

»Ja, an der Rückseite der Schule.«

»Habt ihr die Polizei gerufen?«

»Wir schätzen es nicht so sehr, wenn die Polizei sich in unsere Angelegenheiten einmischt.«

Julia sah sie erstaunt an. »Aber ihr müsst doch Anzeige erstatten!«

»Nein, das müssen wir nicht. Wir versuchen, soweit es möglich ist, ohne Anzeigen, Gerichte und dergleichen auszukommen.«

»Aber, mal angenommen …«, Julia suchte nach einem Alltagsbeispiel, »was macht ihr, wenn ein Kunde nicht zahlt? Dann schickt ihr ihm doch auch eine Mahnung oder zwei und schaut, dass ihr euer Geld in jedem Fall bekommt, oder?«

»Nein, das tun wir nicht. Wir erinnern den Kunden an die Zahlung, aber wenn er dem nicht nachkommt, schalten wir keine Behörde ein.«

»Sondern?«

»Wir beliefern ihn nicht mehr«, sagte Rachel, als sei dies die einzige logische Konsequenz.

»Aha«, erwiderte Julia nur.

Dass Gerichtsprozesse unter den Mitgliedern der Bruderhof-Gemeinschaft nicht üblich waren, wusste sie, dass man generell nicht prozessierte, war ihr neu. Ihr dämmerte, dass diese Haltung nicht nur etwas mit dem zweitrangigen Wert zu tun hatte, den die Bruderhof-Gemeinschaft dem Geld zumaß, sondern auch mit Erfahrungen der Vergangenheit. Die überzeugten Pazifisten waren gezwungen gewesen, Deutschland während des Zweiten Weltkriegs zu verlassen, weil ihnen der Dienst an der Waffe nicht möglich war. Sicherlich lag auch darin eine gewisse Distanz zur Staatsobrigkeit begründet.

»Und was wollt ihr jetzt tun?«

»Nichts.«

»Nichts?«

»Wir wollen uns nicht einschüchtern lassen. Wir wollen einfach nur in Frieden leben.«

»Und wenn noch mehr passiert?«, fragte Julia. »Wollt ihr euch nicht wehren?«

»Wir hoffen, dass man uns in Ruhe lässt.«

In Julias Kopf wirbelten die Gedanken durcheinander. »Wem passt es nicht, dass ihr hier seid? ›Fromme Heuchler‹ – weshalb ›Fromme Heuchler‹? Ist irgendetwas vorgefallen, jetzt oder vor zwei Jahren?«

»Nein, ich wüsste nicht.«

»Gibt es irgendjemand, dem es nicht passt, wie ihr lebt, vielleicht?«

»Natürlich ecken wir mit unserer Art zu leben an. Manche Dorfbewohner sähen es sicherlich gerne, wenn wir uns in die Dorfgemeinschaft integrieren würden, aber es gibt auch einige, die froh sind, dass wir da sind und leben, wie wir leben. Wir machen mit bei Gemeinschaftsaktionen. Einen Tag ›Sauberes Dorf‹, bei dem unsere Jugendlichen gern im Einsatz sind, oder unsere Arbeit unter Strafgefangenen werden anerkannt. Die Schulen fragen uns für Projekte an. Seit einem Jahr läuft ein gemeinsames Anti-Gewalt-Projekt. Doch Anerkennung ist nicht der Grund, warum wir das tun. Dienst kommt von dienen. Wir möchten Salz und Licht sein. Vielleicht hält uns der ein oder andere tatsächlich für Heuchler. Das können wir nicht ändern. Ich halte es eher für einen Dummejungenstreich.«

Julia schüttelte den Kopf. »Also, wenn jemand mein Haus beschmieren würde … Das könnt ihr doch nicht einfach hinnehmen, erst recht nicht, wenn es nicht das erste Mal ist.« Sie stemmte die Hände in die Hüften. »Hattest du noch nie den Wunsch, dich zu wehren? Manchmal muss man einfach kämpfen!«

Rachel verließ für einen Augenblick die Küche, kam gleich darauf mit einem Besen wieder und zog die Stühle zurück, um die Essensreste unter dem Tisch zusammenzufegen. »Wie war das Treffen mit deinem Mann gestern?«

Julia stand immer noch mit den Händen in den Seiten da. Sie war für einen Moment sprachlos. Mit welcher Selbstverständlichkeit Rachel das Thema wechselte und ihr den Wind aus den Segeln nahm! Sie drehte resigniert die Handflächen nach oben und schüttelte den Kopf. »Gut«, antwortete sie. »Ich habe ihm die Kinder übergeben und er hat sie pünktlich wieder abgeliefert.«

»Ihr habt euch am Strand getroffen?«

»So ungefähr.« Julia fuhr sich durch die Haare, unsicher, wie viel sie preisgeben sollte. »Genau genommen hat er mich oben bei den *Seven Sisters* abgeholt. Wenn ich auf den Bus gewartet hätte, wäre ich noch später gewesen, als ich es ohnehin schon war.«

»Das finde ich sehr nett von ihm.«

Das war ungefährliches Terrain für Julia. »Ja, Paul war schon immer sehr fürsorglich«, erzählte sie freimütig. »Darüber habe ich mich nie beschweren können.«

»Dann hattet ihr auf der Fahrt ein wenig Gelegenheit, euch miteinander zu unterhalten?«

»Hm«, machte Julia nur.

»Und dann?«, fragte Rachel und klapperte mit dem Besen unter der Eckbank.

Julia stöhnte. Darauf wollte sie also hinaus. »Nichts und dann«, sagte sie in gereiztem Ton. »Er musste zurück. Geschäftliche Angelegenheiten.«

»Was genau arbeitet er denn?«

*O nein*, durchfuhr es Julia. *Das ist auch nicht besser.* »Ach, er greift den englischen Kollegen hier unter die Arme«, wich sie der Frage aus und tippte auf die Uhr. »Du, es ist gleich neun. Wir sollten los.«

Rachel richtete sich auf und stützte sich auf den Besen. »Du hast so viel Energie in dir, Julia. Du bist eine Kämpferin. Bist mutig und nimmst kein Blatt vor den Mund.« Ihre hellen Augen waren in die Ferne gerichtet, als sie weitersprach. »Und ja, ich habe manchmal den Wunsch, mich zu wehren. Doch manchmal braucht es genauso viel Stärke, sich nicht zu wehren. Auszuhalten und trotzdem nicht aufzugeben. Und manchmal bedeutet zu kämpfen genau das.«

Julia beschlich das dumpfe Gefühl, dass Rachel nicht nur von einer adäquaten Reaktion auf die Graffitischmiererei redete. »Worüber unterhalten wir uns eigentlich gerade?«, wollte sie wissen, doch Rachel band sich nur schmunzelnd die Schürze los und schob Julia zur Tür.

Julia hatte sich beim Vormittagsimbiss mit einem Tee und einem Keks begnügt, und das bereute sie jetzt. Als sie sich mit den anderen in den Essenssaal geschoben hatte, hatte nichts darauf hingedeutet, dass es heute beim Mittagessen einen winzigen Unterschied zu den gewohnten Mahlzeiten geben würde, nämlich dass es nichts gab. Julia hatte zwischen Trudie und Jane einen Platz gefunden und sich so angeregt mit der Leiterin des Büros unterhalten, dass ihr erst beim Knacken der Mikrofonanlage aufgefallen war, dass die Teller fehlten. Der Leiter des Mittagessens teilte mit, dass das, was man heute durch das Fasten einspare, an ein Nothilfeprojekt in Südostasien gespendet würde. Julia blickte erstaunt zu Trudie und fragte: »Es gibt kein Mittagessen?«

Trudie schüttelte den Kopf und erklärte fröhlich, dass sie jeden Montag auf das Mittagessen verzichteten. »Hat dir das keiner gesagt?«

Nein, das hatte ihr keiner gesagt, und Julia hätte wetten mögen, dass das kein Zufall und sie nicht der erste Gast war, dem es so erging. Sie war nur froh, dass Ben mit seiner Gruppe und einem mit Essen gut bestückten Bollerwagen bis am frühen Nachmittag einen Ausflug machte.

In der Mittagspause zog Julia sich mit knurrendem Magen auf ihr

Zimmer zurück. Sie spielte kurz mit dem Gedanken, Lilly zu suchen und sich irgendwo in einem Pub wenigstens einen *Ploughman's Lunch* zu gönnen. Bei dem Gedanken an ein einfaches Brot mit Käse und Gurke lief ihr das Wasser im Mund zusammen.

Um sich abzulenken, inspizierte sie das Bücherregal eingehender. Zwischen etlichen Werken von Eberhard Arnold, dem Gründer der Bruderhof-Gemeinschaft in den 1920er-Jahren, und einigen Liederbüchern entdeckte sie ein Buch seiner Frau, Emmy von Hollander.

Julia machte es sich auf dem Bett bequem und blätterte die Seiten durch. Erinnerungen an die Anfänge und Geschichte des Bruderhofs, Auszüge aus Eberhards Reden, Fotos des Paares und der jeweiligen Unterkünfte.

Sie las quer, was sie schon wusste, und überflog die einzelnen Stationen im Leben des Gründers. 1883 in Oberschlesien geboren, gutbürgerliches Elternhaus, Vater Universitätsprofessor. Ein Onkel, evangelischer Pfarrer in Berlin, prägt den jungen Eberhard entscheidend. Als Sechzehnjähriger spricht er auf Veranstaltungen der Heilsarmee, sehr zum Ärger der Eltern, die für revolutionäre Ideen kein Verständnis haben. Sie schicken ihn weit weg, damit er die Schule fertig macht. Abitur, Theologiestudium, Reden auf großen Erweckungsveranstaltungen, wo er Emmy von Hollander kennenlernt. Sie verloben sich und lassen sich als Erwachsene noch einmal taufen. Beide Eltern sind entsetzt, auch darüber, dass Eberhard sein Theologiestudium aufgibt, da er nicht bereit ist, im Kirchendienst zu arbeiten. Um Emmy standesgemäß heiraten zu können, promoviert er im Fach Philosophie.

Julia drehte sich auf die Seite und stützte ihren Kopf mit einer Hand, während sie weiterlas, wie Eberhard Arnold nach kurzem Einsatz im Ersten Weltkrieg ins Grübeln kam, ob Waffengewalt für Christen in irgendeiner Form zu rechtfertigen sei. Jugendbewegung, Ideen von einer klassenlosen Gesellschaft, Freiheit von Materialismus, Naturverbundenheit, Musizieren am Lagerfeuer. Der Einfluss all dieser Dinge war immer noch erkennbar, stellte Julia fest. Das Entscheidende jedoch war für Arnold die Bergpredigt Jesu und die Herausforderung, danach zu leben. Die Jerusalemer Urgemeinde, die alles miteinander geteilt hatte, diente bis heute als Vorbild und Orientierung.

Julia studierte die Schwarz-Weiß-Fotografie des großen alten Backsteinhauses im Dörfchen Sannerz bei Fulda, wo die Bruderhof-Gemeinschaft ihren Anfang genommen hatte. Sie versuchte sich das Zusammenleben mit den vielen Besuchern vorzustellen, die für kurze oder längere Zeit geblieben waren. Mit viel Gottvertrauen und trotz finanzieller Nöte übte man sich in Nächstenliebe und wurde für viele Waisenkinder Familie und Zuhause.

Als Nächstes weckte die Verbindung zu den Hutterern Julias Interesse. Die Gruppe um Eberhard Arnold wird auf die Hutterer aufmerksam, als sie sich mit der Täuferbewegung der frühen Reformationszeit auseinandersetzt. Viele »Wiedertäufer«, wie sie abfällig genannt wurden, hat man aufgrund ihrer Überzeugungen, mit denen auch Arnold im Wesentlichen übereinstimmt, verfolgt und getötet. 1930 schließt man sich den Hutterergemeinschaften in den USA und Kanada an. Ab 1933 gerät die pazifistische Gemeinschaft immer mehr unter Druck. Trotzdem bezieht Eberhard Arnold gegenüber den Behörden klare Stellung. Nachdenklich las Julia:

> *Wir können uns der Gleichschaltung nicht anschließen, Jüngerschaft Christi und Nationalsozialismus können nicht zusammengehen. Wir können nicht mit ›Heil Hitler‹ grüßen, weil Heil allein von Gott kommt.*

Am 22. November 1935 stirbt Eberhard Arnold unerwartet an den Folgen einer Operation, im April 1937 werden die noch in Deutschland verbliebenen Gemeinschaftsmitglieder zwangsausgewiesen, kommen erst in England unter und schließlich in Paraguay.

Julia ließ das Buch sinken. Den Bruderhöfern vorzuhalten, sie würden nicht kämpfen, war aufgrund ihrer Geschichte völlig absurd. Sie kämpften nicht mit Gewalt und schon gar nicht mit Waffengewalt. Mutig und konsequent waren sie immer wieder Wege gegangen, die alles andere als bequem waren. Und dafür hatten sie einen hohen Preis gezahlt.

Julia hatte ein schlechtes Gewissen, weil sie Rachel am Morgen bedrängt hatte, die Polizei zu rufen und sich zu wehren. Eine Graffitischmiererei am Eigentum der Gemeinschaft war keine Bagatelle, aber sie verstand, dass es mehr als dessen bedurfte, um sich an die Staatsgewalt zu wenden.

Sie musste an Paul denken. Zum ersten Mal seit vielen Monaten fragte sie sich, ob die Gründe, weshalb sie die Beziehung beendet hatte, tatsächlich das Ende einer Ehe rechtfertigten. Es war nichts wirklich Gravierendes vorgefallen, außer dass sich die Gefühle klammheimlich verabschiedet hatten. Sie hatte sich oft gefragt, wie es weitergehen sollte, hatte darauf gewartet, dass Paul bemerkte, wie es in ihr aussah.

Als sie von Trennung gesprochen hatte, war es wie ein heilsamer Schock für ihn gewesen. So manche Frau wäre vermutlich glücklich gewesen, wenn ihr Mann reagiert hätte wie Paul, der sich hatte wachrütteln lassen und sich Mühe gegeben hatte wie zu Beginn ihrer Beziehung. Kleine Liebesbotschaften in Frühstücksboxen oder auf dem Anrufbeantworter, Blumen einfach so, tiefe Blicke und wie zufällige Berührungen. Doch irgendwie erreichte das alles ihr Innerstes nicht mehr. Sie hatte sich wieder und wieder gesagt, dass er sich anstrengte, dass er genau das tat, was sie sich gewünscht hatte. Sie wusste, wie sie fühlen sollte, aber sie war nicht imstande, die Liebe zu empfinden, die sie beide einmal so eng verbunden hatte, dass ihr vor lauter Glück schwindelig geworden war.

Wenn sie an die Bruderhöfer und ihre Bedrängnisse über so viele Jahre dachte, kam sie sich seltsam oberflächlich und undankbar vor. Existenzielle Not hatte die Gemeinschaft und sicher auch jedes einzelne Paar zusammengeschweißt. Sie hatten sich in den Dienst einer Sache gestellt, die größer war als sie selbst. Sie waren vermutlich einfach froh gewesen, einander zu haben. Julia las aus Emmy von Hollanders Zeilen heraus, dass der Schmerz über den Tod ihres Eberhard auch viele Jahre danach noch groß gewesen sein musste.

Und doch war ihre Entscheidung richtig gewesen, sagte Julia sich. Ihr halbes Leben lag noch vor ihr. Sie wollte nicht irgendwann sagen müssen: »Nun sind wir fünfzig Jahre verheiratet und zwanzig davon waren nicht gut, fünfundzwanzig so einigermaßen vielleicht.« Sie hörte Rachel im Geiste sagen: »Dann warst du fünf Jahre richtig glücklich«, und musste schmunzeln.

Mit einem Seufzer erhob sie sich und stellte das Buch zurück an seinen Platz im Regal.

Julia verließ den Raum und war schon am Treppenabsatz, als sie ihr Handy klingeln hörte. Sie hatte gedacht, sie hätte es ausgeschaltet. Mit schnellen Schritten erreichte sie ihr Zimmer und riss die Tür auf. Hastig und mit suchendem Blick streifte sie Tisch, Fensterbank, Bett und die Ablage des Waschbeckens. Das Telefon klingelte weiter. Als Julia es auf Bens Kopfkissen fand und danach griff, war es bereits zu spät.

Sie kontrollierte die Nummer. Es war Paul gewesen.

Julia überlegte, ob sie ihn zurückrufen sollte, entschied sich aber, es auf später zu verschieben. Sicher wollte er wissen, wann er die Kinder wiedersehen konnte. Sie musste erst einmal schauen, an welchen Tagen welches Programm für die Kinder vorgesehen war, um eine neue Vereinbarung mit Paul treffen zu können. Jetzt in den Ferien dachten sich die Betreuer ständig etwas Neues aus, und Lilly und Ben fühlten sich so wohl, dass Julia es ihnen ermöglichen wollte, dabei zu sein, wenn die Gruppen etwas zusammen unternahmen.

Sie schaltete das Handy aus und machte sich auf die Suche nach den Kindern.

»Martha, weißt du, ob Ben schon vom Ausflug zurück ist?«, fragte sie die Kleine aus dem Nachbarhaus, die auf der Wiese schaukelte.

»Ich glaube, er ist im Stall«, antwortete sie. »Mit Johann.«

Julia fand die beiden tatsächlich im Stall, wo sie die Hasen mit Löwenzahn fütterten. Sie war froh, dass Ben in Marthas Bruder einen Freund gefunden hatte.

»Gleich dürfen wir die Eier bei den Hühnern einsammeln«, erklärte Ben eifrig, als er Julia bemerkte. Er hielt ihr stolz einen roten Plastikeimer unter die Nase. »Schau, den haben wir mit Stroh ausgelegt, damit die Eier nicht kaputtgehen.«

»Lass ihn bloß nicht fallen«, ermahnte sie ihn im Spaß. »Sonst gibt es nachher Rühreier.«

»Louise sagt, ich kann das«, sagte Ben ernst.

Julia erschrak. Ben war in solchen Dingen sehr sensibel. Mit unbedachten Äußerungen konnte man ihn leicht verletzen. Sie ging in die Hocke und legte Ben die Arme auf die Schulter. »Louise hat recht, Ben. Ich bin mir sicher, du schaffst das!«

Ben lächelte kurz, drehte sich um und verschwand mit Johann und dem Eimer im Hühnerhaus.

Julia hörte Schritte und drehte sich um. »Esther, weißt du vielleicht, wo Lilly steckt?«

»Nein, das weiß ich nicht«, erwiderte Esther knapp und lief an ihr vorbei.

Sie machte nicht den Eindruck, als hätte sie es tatsächlich eilig, eher so, als hätte sie keine Lust, sich mit Julia zu unterhalten. Was war mit ihr los? Verwundert sah Julia ihr hinterher. Bei jeder Begegnung mit Esther verstärkte sich ihr Gefühl, dass irgendetwas mit dieser Frau nicht stimmte. Nachdenklich machte Julia sich auf den Weg zum Babyhaus. Vielleicht wusste man dort, wo Lilly sich aufhielt.

Der Großteil der Ein- und Zweijährigen machte gerade Mittagsschlaf.

»Sie war heute Vormittag hier. Nach dem Mittagessen habe ich sie nicht mehr gesehen«, sagte Helen leise, die für die ganz Kleinen zuständig war, und auch Rhoda, die gerade ein Baby wickelte und dabei summte, konnte ihr nicht weiterhelfen. »Bestimmt ist sie mit Hannah und den anderen Mädchen unterwegs. Mach dir keine Sorgen. Bei uns ist noch keiner verloren gegangen.« Sie warf ihr ein aufmunterndes Lächeln zu.

Julia nickte. Die anderen fünf Babys schliefen in ihren Bettchen. Rosig und zufrieden lagen sie da. Julia verweilte einen Augenblick und las die Namen der Kinder. Dann drehte sie sich um. »Rachel hat mir erzählt, du heiratest in ein paar Tagen, Rhoda«, flüsterte sie.

Rhodas Augen strahlten, als sie antwortete: »O ja. Am Samstag ist es so weit. Ich kann es kaum erwarten!«

Sie knöpfte den Strampler zu und nahm das kleine Bündel hoch. »So, jetzt bist du wieder frisch.« Sie drückte den Kleinen mit einer Hand unter der Achsel an sich, sodass das Köpfchen an ihrer Schulter ruhte, und strich ihm mit der anderen Hand sanft über den Rücken. Mit wippendem Gang trug sie ihn zu dem freien Bettchen, über dem »Lewes« stand.

Julia sah zu, wie sie ihn vorsichtig hineinlegte. »Darf ich fragen, wer der Glückliche ist?«

Rhoda berührte ein Mobile leicht mit den Fingerspitzen, dass die Vögel über Lewes' Bett zu tanzen anfingen, und deutete zur Tür. »Wollen wir nach draußen gehen?«

Julia ging voraus und Rhoda folgte ihr.

»Ich würde einen Tee trinken. Möchtest du auch einen?«

Julia hatte nichts dagegen und setzte sich in einen der bequem aussehenden Sessel, der ihr angeboten wurde. Rhoda goss Tee ein und tat etwas Milch dazu, bevor Julia protestieren konnte.

»Mein Verlobter heißt Simon. Ich glaube, du hast ihn noch nicht kennengelernt.«

»Lebt er hier auf dem Hof?«, fragte Julia und nippte an ihrem Tee.

»Ja, er ist seit drei Monaten hier.« Rhodas Lächeln gab den Blick frei auf zwei Reihen strahlend weißer Zähne. Sie rückte vor bis an die Kante des Sessels und setzte sich gerade hin. »Er arbeitet in der Holzwerkstatt, aber eigentlich ist er Arzt. Zahnarzt genauer gesagt.«

Fast wäre Julia die Tasse aus der Hand gefallen. *Zahnarzt also, wie passend. Für eine Praxis könnte er sich kein besseres Aushängeschild wünschen.* Nun, gewiss liebte er Rhoda um mehr als ihrer schönen Zähne willen. Die junge Frau hatte eine so frische und anziehende Art, dass Julia gar nicht anders konnte, als sie zu mögen. »Ich wusste nicht, dass es bei euch auch Ärzte gibt.«

»Dann warst du sicherlich noch nicht krank, seit du hier bist«, antwortete Rhoda und lachte wieder. Als sie weitersprach, wurde deutlich, dass sie zwischen den Zeilen gelesen und erkannt hatte, dass Julias Bemerkung mehr als eine reine Feststellung war. »Es gibt etliche, die studieren und Berufe haben wie Architekten, Computerspezialisten oder Ärzte. Sie setzen ihre Gaben und Neigungen zum Wohl der Gemeinschaft ein. Aber jeder Dienst ist gleich wichtig. Kein Dienst ist höher zu werten oder mehr angesehen als der andere. Und wenn gerade kein Arzt gebraucht wird, kann er genauso gut in der Werkstatt arbeiten.«

So ganz glaubte Julia ihr nicht, was sie so engagiert vorgetragen hatte. Dafür hatte zu viel Stolz in ihrer Stimme mitgeschwungen, und dafür war ihre Haltung zu aufrecht gewesen, als sie erzählt hatte, dass Simon Zahnarzt war. Aber vielleicht täuschte sie sich. Vielleicht sollte sie die Menschen nicht allzu schnell in Schubladen einsortieren. Julia wusste, dass sie dazu neigte, doch bisher hätte sie diese Eigenschaft eher als nüchternes Urteilsvermögen denn als schlechte Angewohnheit bezeichnet. »Weshalb ist Simon erst seit drei Monaten hier? War er zum Studium weg?«

»O nein. Simon kommt aus den USA. Er hat dort auch studiert, aber aufgewachsen ist er auf einem Bruderhof in Pennsylvania.«

Jetzt wurde Julia neugierig. »Und wie habt ihr beiden euch kennengelernt?«

»Vor zwei Jahren war ich für einige Wochen zum Austausch dort. Ich hatte gerade meine Ausbildung zur Krankenschwester abgeschlossen. Viele junge Leute schauen sich den ein oder anderen Bruderhof an und leben dort für eine Weile mit. Das ist eine gute Möglichkeit, den eigenen Horizont zu erweitern, wenn man aus der vertrauten Umgebung heraus etwas Neues wagt. Und um die Geschwister auf den anderen Höfen persönlich kennenzulernen oder wiederzutreffen.«

*Oder um den Heiratsmarkt auf diese Weise zu erweitern*, fügte Julia in Gedanken hinzu. Doch schlecht war die Idee nicht, das musste sie zugeben. Die meisten der jungen Leute würden sich schwertun mit einem Partner außerhalb der frommen Gemeinschaft. Dann doch lieber internationale Bruderhof-Austauschprogramme mit der Aussicht auf einen potenziellen Heiratskandidaten.

»Simon und ich haben uns bei der Arbeit in der Praxis kennengelernt. Drüben haben sie eine Zahnarztpraxis mit dabei. Das kannte ich von hier nicht. Wer hier zum Zahnarzt muss, geht in die Stadt zu Dr. Barnes.« Rhoda strich sich über den Rock und faltete die Hände im Schoß, während sie von Simon erzählte. »Ich war beeindruckt, wie gründlich und genau er war in allem, was er tat. Er nahm sich Zeit für jeden, sprach vor der Behandlung ausführlich mit jedem Patienten. Die Menschen schienen sich gut aufgehoben zu fühlen bei ihm – und er konnte ihnen helfen. Das fand ich schön.« Sie errötete zart und schlug verlegen die Augen nieder.

Als Rhoda nicht weitersprach, hakte Julia nach. »Und auf Simon hast du offensichtlich auch einen starken Eindruck hinterlassen. Wie darf ich mir das vorstellen, Rhoda, ist es bei euch noch üblich, dass der Mann die Eltern der Braut um Erlaubnis fragt, quasi um ihre Hand anhält?«

Rhoda machte große Augen, dann nickte sie. »Zuerst einmal sollte man sich selbst genau prüfen, wenn man sich zu jemandem hingezogen fühlt. Ob es vielleicht nur ein kurzes Strohfeuer ist. Gefühle können trügerisch sein. Sie kommen und gehen, gerade wenn man sehr jung ist.«

Julia hob das Kinn und runzelte skeptisch die Stirn. Das hatte sich Rhoda sicher nicht selbst ausgedacht. Es klang wie auswendig gelernt. Unter ihrem kritischen Blick verstummte Rhoda.

Julia wusste, dass sie für diese Reaktion verantwortlich war, und ärgerte sich, dass sie ihre Mimik nicht besser unter Kontrolle hatte. Offensichtlich hatte sie das Mädchen eingeschüchtert. Julia wollte ihr aufmunternd zulächeln, doch Rhoda betrachtete ihre Hände.

Wahrscheinlich hatte es keinen Sinn, weiter nachzubohren. Sie würde Rachel fragen. Julia goss sich noch einmal Tee nach. Sie wechselte auf unverfänglicheres Gebiet. »Und wo werdet ihr leben?«

»Erst einmal hier. Wir können uns auch vorstellen, in die Staaten zu gehen. Dort gibt es eine Reihe von jungen, noch kleinen Gemeinschaften mit nur einem oder zwei Dutzend Mitgliedern – Hausgemeinschaften«, ergänzte sie.

*Das können höchstens ein, zwei Familien sein*, folgerte Julia im Stillen.

Rhoda schien Gedanken lesen zu können. »Es sind natürlich nicht alles Familien, auch einige Singles sind dabei oder junge Paare wie wir. Ein Haus befindet sich mitten in einem sozialen Brennpunkt. Die Mitglieder dort versuchen, vernachlässigten Kindern und Jugendlichen Halt und Orientierung, ein warmes Essen oder einen Schlafplatz für eine Nacht anzubieten.« Rhodas Augen leuchteten, als sie Julia von ihren Zukunftsplänen erzählte. Jetzt wurde sie ernst. »Vielleicht verschlägt es uns auch in ein Katastrophengebiet. Unsere Bruderhof-Gemeinschaft ist in zahlreiche Hilfsprojekte involviert. Ich könnte als Krankenschwester oder Hebamme arbeiten und Simon als Arzt. Wir werden sehen, wo wir gebraucht werden und wo Gott uns haben will.« Sie lächelte verlegen. »Tut mir leid, ich rede zu viel.«

»Nein, nein«, beruhigte Julia sie und erklärte, sie habe sie schließlich gefragt und bewundere ihre Haltung und ihren Enthusiasmus.

»Wirklich?«, fragte Rhoda.

»Wirklich«, sagte Julia. »Rhoda, du weißt, ich bin hier wegen einer Reportage über die Bruderhof-Gemeinschaft. Hättest du etwas dagegen, wenn ich bei der Hochzeit ein paar Fotos von euch mache?«

Rhoda hatte nichts dagegen.

Lilly tauchte von allein wieder auf. Sie war mit den Mädchen am See gewesen. Julia bat sie, in Zukunft Bescheid zu sagen, damit sie sich keine Sorgen zu machen brauchte. Lilly fand, dass sie alt genug sei, um nicht mehr wie ein kleines Kind für alles um Erlaubnis zu fragen.

»Ich möchte einfach nur wissen, wo du bist«, erklärte Julia.

»Mama, was soll schon passieren? Ich bin fast immer mit den anderen unterwegs. Und außerdem warst du nicht da. Wir waren nicht mal schwimmen.« Sie zog die Augenbrauen zusammen und fuchtelte energisch mit den Armen. »Nach der Aktion neulich weiß ich sowieso nicht, ob ich hier noch einmal baden gehe. Wir haben nur im Gras gelegen und uns unterhalten. Dafür muss ich mich doch wirklich nicht abmelden!«

Im Grunde genommen war Julia froh, dass Lilly sich wohlfühlte und sie sich kaum um sie kümmern musste. Das hatte zu Beginn ganz anders ausgesehen. Lilly hatte recht. Was sollte passieren? Lilly war schon einige Zeit lang alt genug, um auf Ben aufzupassen. Dann sollte sie erst recht alt genug sein, um sich hier auf dem Gelände frei zu bewegen und auf sich selbst aufzupassen. Schließlich waren sie nicht in der Londoner Innenstadt, sondern in Amberley, wo die Welt noch in Ordnung war. Einigermaßen zumindest, sah man von nächtlichen Graffitiaktionen einmal ab. »Also gut, Lilly. Ich glaube, ich muss mich an den Gedanken gewöhnen, dass du ganz schön selbstständig bist, meine Große. Und ich traue dir zu, dass du weißt, wann du mich um Erlaubnis fragen solltest.«

Sie sah Lilly an, dass sie mit dieser Reaktion nicht gerechnet hatte. Normalerweise beharrte jede auf ihrer Position und ein Wort gab das andere, bis Tränen flossen und Türen knallten und sie erst einmal nicht mehr miteinander sprachen. Lilly schaute ihre Mutter schräg von der Seite an und kniff die Augen zusammen. Anscheinend wusste sie nicht so recht, was sie davon halten sollte. Dann zuckte es um ihren Mund. Sie spitzte die Lippen und sagte: »Nicht, dass ich dauerhaft hier bleiben wollte, Mama, aber ich muss schon sagen, irgendwie tun die frommen Spinner dir ganz gut!«

»Du!« Julia tat entrüstet und knuffte ihre Tochter, die amüsiert grinsend auswich. Julia bekam sie am T-Shirt zu fassen und versuchte sie an der Seite zu kitzeln, wo Lilly am empfindlichsten war. Dass Lilly dies nicht kampflos zulassen würde, war nicht überraschend. Die beiden kitzelten und balgten sich eine Weile ausgelassen, bis sie sich lachend und außer Atem in die Arme fielen.

Lilly schaute auf die Uhr. Sie befreite sich aus Julias Umarmung. »Ich muss los, Mama. Melde gehorsamst: Wir gehen gleich ins Dorf«, erklärte sie in Militärmanier.

»Ihr geht ins Dorf?« Julia strich sich über die Haare und sah sie verwundert an.

»Wir ziehen von Haus zu Haus und verkaufen Gemüse. Wird bestimmt lustig.« Sie drehte sich winkend um.

»Dann viel Spaß«, rief Julia ihr hinterher.

# 8

Nach dem Abendessen packte Julia einige Handtücher in ihren Trekkingrucksack. Den Rest hatte sie bereits am Nachmittag gerichtet. Sie hatte ein paar Trauben und eine Tüte Chips aufgetrieben und alles unter dem Bett versteckt. Für die Kinder sollte es eine Überraschung werden. Und außerdem konnte Ben so nichts ausplaudern. Zumindest nicht vorher.

Vergnügt schlenderte sie mit Ben und Lilly zuerst an der Wäscherei und dann am Pförtnerhäuschen vorbei, um sie ein wenig länger auf die Folter zu spannen.

Die beiden löcherten sie mit Fragen und hatten allerlei Vorschläge, was sie wohl unternehmen würden, doch Julia blieb eisern und verriet nichts.

Die Bewegung tat gut und ließ Julia ein wenig ins Schwitzen kommen. Sie machten einen Bogen durch die Felder und wanderten dann erst durch das kleine Wäldchen, das zum See führte.

»Wir gehen schwimmen?«, fragte Lilly ungläubig. »Jetzt?«

Julia zuckte amüsiert die Achseln. »Wieso nicht? Es ist noch hell, es ist warm ... gut, es sind keine dreißig Grad, doch wenn es die Engländer am Strand nicht stört, braucht es uns auch nicht zu stören.« Sie hatte den Kindern erzählt, wie viele Badegäste sich trotz des kühlen Wetters am Strand von Eastbourne getummelt hatten und im höchstens 18 Grad kalten Ärmelkanal geschwommen waren. »Aber wenn ihr nicht wollt ...« Sie hob die Arme und drehte sich um, als wollte sie wieder gehen.

Und ob die beiden wollten! Schnell zogen sie sich hinter den Holzwänden, die als Umkleidekabinen dienten, die Badesachen an und rannten zum Wasser. Ben zuckte zurück, als er die ersten Spritzer abbekam, doch Julia ermunterte ihn: »Einfach rein, dann merkst du nicht, wie kalt es ist.« Sie war bereits im Wasser und tat ein paar kräftige Züge, um sich zu wärmen. Das Wasser war erfrischend und plätscherte unter ihren Bewegungen. Lilly war neben ihr und bibberte noch ein wenig.

»Gleich wird es wärmer. Immer schön herumzappeln!«

Lilly folgte ihrem Rat und trat und paddelte, was das Zeug hielt. Langsam wurden ihre Bewegungen ruhiger, als sie aufhörte zu frieren. Sie strahlte ihre Mutter an. »Coole Idee, Mum!«

Julia lächelte. Es tat gut, Lilly glücklich zu sehen. Keiner war da, der ihnen zusah und mit irgendwelchen Kleidervorschriften kam. Natürlich hätten sie auch woanders zum Schwimmen fahren können. *Aber das wäre nur halb so reizvoll gewesen,* sagte Julia sich.

Sie legte den Kopf für einen Moment in den Nacken und machte ihre Haare nass. Dann richtete sie sich wieder auf und drehte sich einmal im Kreis. Sie ließ ihren Blick über den See schweifen. Spiegelglatt lag er da und friedlich. Die letzten Sonnenstrahlen schafften es nur noch, eine Seite des Sees zu erreichen. Gleich würden sie von den Bäumen verschluckt werden.

Julia überlegte, zum Floß zu schwimmen, ließ es aber mit Rücksicht auf Ben bleiben. Sie legte sich auf den Rücken, nahm die Arme zur Seite und ließ sich treiben. Dabei schaute sie den Schäfchenwolken zu, die es sich ebenfalls gemütlich gemacht zu haben schienen. Sie bewegten sich kaum und folgten nur träge dem unsichtbaren Ziehen des Windes. Sie sah sich nach Ben um, der mittlerweile bis zu den Knien im Wasser auf und ab hüpfte.

»Kannst du mich holen, Mama?«

Julia schwamm zu ihm und setzte ihn auf ihre Hüfte. »Du bist aber leicht geworden«, rief sie. Sie ging ein paar Schritte vom Ufer weg, bis sie den sandigen Grund unter ihren Füßen gerade noch spüren konnte. Sie schob Ben auf ihren Rücken. Ben hielt sich an ihren Schultern fest und Julia stieß sich ab. »Du musst die Beinbewegungen machen!«, forderte sie ihn auf. »Fisch, Frosch, Hampelmann. Fisch, Frosch, Hampelmann.«

Es klappte ganz gut. Ein paarmal sank Ben mit den Beinen nach unten und behinderte Julia in ihren Bewegungen. »Ich merke es, wenn du die Beine nicht bewegst. Los, noch mal!«, spornte sie ihn an.

Als Ben genug hatte, brachte sie ihn ans Ufer. »Das hast du toll gemacht«, lobte sie ihn. »Wenn wir noch ein bisschen üben, kannst du bald alleine schwimmen. Wer zuerst bei den Schaukeln ist«, rief sie ausgelassen und rannte los, gerade so schnell, dass Ben sie im letzten Moment überholen konnte. Sie schubste ihn an, bis er genug Schwung hatte, die Höhe zu halten. Dann setzte sie sich selbst auf einen Reifen. Alle drei versuchten sie, so hoch zu kommen und sich dem Rhythmus der anderen anzupassen, bis sie sich in der Mitte mit den Füßen fast berührten. Sie lachten und kreischten, bis sie irgendwann genug hatten.

Sie trockneten sich ab und ließen sich ins Gras fallen. Sie kuschelten sich eng zusammen und stopften sich abwechselnd Trauben und Chips in den Mund. Als die Tüte leer war, hatte sich die Sonne gänzlich verabschiedet und der Wind raschelte in den Bäumen. Sie packten ihre Sachen zusammen und nahmen dieses Mal den direkten Weg zurück durch das kleine Wäldchen.

Als sie die Holzbrücke überquerten, kicherte Lilly und sagte: »Den anderen verraten wir aber nichts. Kein Sterbenswörtchen zu niemandem, hörst du, Ben?« Sie drohte ihm mit dem Zeigefinger und legte verschwörerisch den Finger auf ihre Lippen.

»Ich glaube nicht, dass wir verbergen können, wo wir waren. So nass, wie unsere Haare noch sind«, gab Julia zu bedenken.

»Wir könnten uns hineinschleichen«, schlug Lilly vor.

Julia hatte nichts dagegen. »Meinetwegen«, sagte sie bereitwillig.

Schweigend gingen sie unter den Bäumen. Sie hörten den nahen Bach rauschen und die eigenen, auf dem weichen Waldboden gedämpften Schritte.

Ben wollte nicht mehr gehen. Seine Beine täten weh, sagte er. Julia vermutete, dass ihm in der Dämmerung ein bisschen unheimlich war, und nahm ihn Huckepack, während Lilly den Rucksack trug. Julia fragte Ben nach einem englischen Lied, das er bei den Vorschülern gelernt hatte. Sofort fing er lauthals an zu singen, wie er es zu Hause immer tat, wenn er einen Beutel Milch oder Saft aus dem Keller holen sollte.

»So, jetzt müssen wir leise sein«, unterbrach sie ihn, sobald die Lichter des Bruderhofs auftauchten.

»Wie die Indianer«, sagte Ben eifrig. »Du kannst mich wieder runterlassen.«

In gebückter Haltung liefen sie hinten herum an den Lagerschuppen und Ställen vorbei, bis die Häuser begannen. An jeder Ecke pressten sie sich an die Wand, prüften vorsichtig, ob die Luft rein war, um sich dann auf ein leises Kommando hin bis zum nächsten Haus vorzuwagen.

Auf diese Weise schafften sie es unbemerkt bis auf ihr Zimmer. Lachend ließen sie sich auf die beiden unteren Betten fallen. Julia schloss zufrieden die Augen. *Unglaublich, welchen Spaß das macht,* dachte sie.

Lilly stand auf und rubbelte sich die Haare trocken. Julia hörte, wie sie sie bürstete. Sie fühlte sich völlig entspannt und wollte am liebsten gar nicht mehr aufstehen. Ihr Kopf war leer. Keine Gedanken, die darin herumspukten. Keine Probleme, über die sie nachgrübeln musste. Einfach völlige Leere. Und eine wohlige Wärme, die sich in ihrem Körper ausbreitete. Sie rekelte sich und streckte die Arme nach oben. Sie drehte den Kopf zur Seite. Ben war eingeschlafen.

Julia zog ihm die Schuhe aus und hob ihn vorsichtig auf sein eigenes Bett. Sorgfältig deckte sie ihn zu und drückte ihm seinen Hasen mit dem ausgelutschten Ohr in den Arm.

Lilly hatte sich bereits umgezogen und lag auf ihrem Bett. Sie hörte Musik und schrieb mit einem Kopfkissen im Nacken in ihr Tagebuch.

Julias Haare waren fast trocken. Sie putzte die Zähne und kontrollierte ihr Handy.

Drei Anrufe in Abwesenheit.

Alle von Paul.

Und eine SMS: *Der alte Fall, über den wir gesprochen haben: Der Junge wurde damals am Amberley-See gefunden. Ruf mich an!*

Julia lief ein Schauer über den Rücken. »Ich bin kurz draußen«, murmelte sie in Lillys Richtung, die nur kurz aufblickte.

Sie schlich die Stufen hinunter, wie sie hinaufgeschlichen waren.

Sie wollte von niemandem angesprochen werden. Durch die offen stehende Haustür verließ sie den Flur und lief quer über den Rasen in Richtung der Holzwerkstatt. Dort war um diese Zeit sicher keiner mehr. Sie steuerte auf die Sitzgruppe zu und ließ sich auf eine der Bänke fallen, während sie Paul anrief.

»Na, endlich!«, begrüßte Paul sie ungeduldig. »Was ist nur los mit dir? Du hast doch sonst dein Handy sogar beim Duschen mit.«

Julia hielt sich nicht mit einer Erklärung auf. Sie bat Paul, ihr die Einzelheiten zu erörtern.

»Wir wissen, dass der Junge aus Robertsbridge stammte. Sein Name war Vincent Foster. Einundzwanzig Jahre alt, Jurastudent, aus gutem Hause. Seinen Eltern statten wir morgen einen Besuch ab. Der Vater war ein paar Jahre lang im Gemeinderat, offenbar kein einfacher Zeitgenosse. Hat sich lange dagegen gewehrt, dass der Fall zu den Akten gelegt werden sollte, am Ende aber ohne Erfolg. Vincent war ein guter Sportler und kam offenbar darauf, dass GHB leistungssteigernd wirkt. Vielleicht hat er es auch selbst gar nicht genommen, aber zumindest gedealt hat er damit. Er wurde ein paarmal erwischt, doch das Zeug war damals noch frei verkäuflich, fiel erst später unter das Betäubungsmittelgesetz. Als man bei der Obduktion eine tödliche Konzentration GHB in Blut und Urin entdeckte, schloss man auf GHB-Missbrauch und eine unabsichtliche Überdosierung, die zum Tod führte.«

»Und warum ausgerechnet am Amberley-See?«, fragte Julia.

»In der Nähe gab es früher eine Kneipe. Irgend so ein Dorfschuppen, wo die Jugendlichen gern gefeiert haben. Vincent Foster muss sich an dem Abend, als es passiert ist, auf den Weg zum See gemacht haben und vorher, unterwegs oder auch erst dort die Tropfen genommen haben. Bisher ging man davon aus, dass er das wissentlich und freiwillig getan hat.« Er machte eine Pause. »Oder aber jemand hat ihm die Tropfen unbemerkt untergejubelt.«

»Jemand, der heute noch frei herumläuft. Die Visitenkarte von *Amberley Wooden Toys*, die man bei dem Toten auf der Isle of Wight gefunden hat. Vincent Foster, der quasi neben dem Bruderhof tot aufgefunden wird«, dachte Julia laut und biss sich auf die Oberlippe. »Was soll das bedeuten? Kannte Alexander Breitenbach Vincent Foster? Beschäftigte er sich aus irgendeinem Grund mit dem Fall und stieß vielleicht auf den Mörder? Vielleicht wollte er sich mit ihm treffen und der räumte ihn aus dem Weg?«

»Julia, lass die Kirche im Dorf. Wenn es eine Verbindung zwischen den beiden Toten gibt, werden wir das herausfinden.«

»Hallo!«, rief Julia entrüstet. »Alexander Breitenbach stirbt an einer Überdosis K.-o.-Tropfen und trägt eine Visitenkarte von dem Ort bei sich, an dem neunzehn Jahre zuvor jemand auf dieselbe Weise getötet worden ist. Wenn das keine Verbindung ist, weiß ich auch nicht! Und du hast mich wahrscheinlich nicht umsonst angerufen und mir diese SMS geschickt.«

»Du hast ja recht«, beschwichtigte Paul sie. »Vielleicht war der Tod von Vincent Foster tatsächlich kein bedauernswerter Fall von jugendlichem Leichtsinn, aber das beweist noch lange nicht, dass es Mord war. Geschweige denn liefert es uns ein Motiv oder gleich den Täter.«

Julia verdrehte die Augen.

»Da wäre noch etwas«, bemerkte Paul. »Aus den Akten geht hervor, dass Vincent Foster ein blaues Auge hatte und dass er in der Stunde vor seinem Tod eine Schlägerei hatte.«

Julia war fassungslos. »Und warum hat man dann den Fall als Unfall zu den Akten gelegt?«

»Nun hör doch erst einmal zu!«, wies Paul sie gereizt zurecht. »Es gab einen Kampf, so viel steht fest. Vielleicht Streit um ein Mädel, was weiß ich. Irgendjemand hat sich mit ihm geprügelt, ihm ein blaues Auge verpasst. Aber daran ist Vincent Foster mit Sicherheit nicht gestorben.«

»Eifersucht ist kein Motiv?«

»Natürlich ist Eifersucht ein Motiv. Aber wir dürfen uns nicht auf eine Sache versteifen. Wir müssen alle Optionen im Auge behalten. Und am Ende zählen nur Fakten, Fakten, Fakten.«

Julia hatte die Worte lautlos mit ihren Lippen geformt, als Paul sie aussprach.

»Das ist alles, was zählt«, bekräftigte er.

»Und kreative Vorschläge, wie es gewesen sein könnte«, warf Julia ein.

»Richtig. Wie wäre es zum Beispiel damit: Nach der Prügelei ist Vincent Foster frustriert und will sich zum Runterkommen GHB einwerfen oder einträufeln – keine Ahnung, wie man das nennt. Er ist aufgelöst, hat das Hirn ausgeschaltet, die Feinmotorik funktioniert nicht mehr so richtig. Alkohol tut ein Übriges. Er verschätzt sich bei der Dosierung, der Kreislauf spielt nicht mehr mit. Er übergibt sich und erstickt an seinem Erbrochenen.«

Julia schwieg einen Moment. »Und die Visitenkarte bei Alexander Breitenbach?« Wieder beschlich sie dieser unheimliche Gedanke, den sie kaum auszusprechen wagte. Sie zögerte. »Glaubst du, jemand vom Bruderhof könnte etwas damit zu tun haben?« Sie flüsterte die Frage fast. Sie sah sich um. Es war dunkel geworden. Sie wurde sich der Ungeheuerlichkeit dieses Verdachts bewusst.

Paul antwortet nicht gleich. Sie hörte seinen Atem. »Das glaube ich nicht, Julia.«

*Er will mich nur beruhigen.* Julia begann zu frieren.

»Nein, das glaube ich wirklich nicht. Aber wir sollten Brian Arnold nochmals befragen. Und auch diese beiden Schwestern. Möglicherweise auch andere Mitglieder der Glaubensgemeinschaft. Weißt du, seit wann der Bruderhof in Amberley existiert?«

»Seit Anfang der Siebzigerjahre«, antwortete Julia.

»Also lange genug, dass etliche Mitglieder, die damals schon dabei waren, von dem Foster-Fall wissen müssten.« Er machte eine Pause. »Mich wundert, dass keiner der drei bei der Befragung in der letzten Woche daran gedacht hat.«

»Die Bruderhöfer sind nicht gerade darauf aus, viel mit den Behörden zu tun zu haben. Sie …« Julia brach ab. Sie dachte an die Graffitiaktion von letzter Nacht. Sie rang mit sich.

»Was?«, fragte Paul nach.

Sie entschied sich, Paul zunächst nichts davon zu erzählen. »Ach, schon gut«, sagte sie nur. Sie legte auf und erhob sich, verschränkte die

Arme und starrte auf Rachels Esszimmerfenster. Das Licht brannte. Mit hochgezogenen Schultern lief sie zum Haus zurück.

Rachel ließ den Brief auf ihre Knie sinken und lächelte versonnen über ihre Lesebrille hinweg. Behutsam strich sie über das raue Papier. Sie blickte Julia an und hielt ihr den Brief hin.

Julia zögerte. Schließlich war dies ein persönlicher Brief von Brian. »Meinst du wirklich, ich kann …«

Rachel nickte ihr auffordernd zu.

Julia nahm den Brief in die Hand und blickte auf den Karton, der neben einem Korb mit mehreren Wollknäueln auf dem Tisch stand. Auf dem Korb lag ein angefangener bunter Schal, in dem Stricknadeln steckten.

Leise hatte Rachel den Karton aus dem Schlafzimmer geholt und feierlich den Deckel geöffnet, bevor sie sich wieder in ihrem Schaukelstuhl neben Julias bequemem Sessel niedergelassen hatte. Den hatte sie ihr angeboten, als Julia nach einem zaghaften Klopfen in die gute Stube eingetreten war.

Nein, sie störe ganz und gar nicht, hatte Rachel ihr versichert. Brian schlafe schon. Die Kinder sowieso.

Julia war bereits oben gewesen, um dann die Treppe Stufe für Stufe langsam wieder nach unten zu gehen. Sie war immer noch unschlüssig gewesen, ob sie Rachel nach dem Toten am See fragen sollte. Möglicherweise griff sie Paul vorweg, wenn sie das tat, mahnte sie sich zur Zurückhaltung. Andererseits könnte Rachel Informationen liefern, die für Paul wichtig waren. Sie hatte noch nicht entschieden, was sie tun würde, als sie die Hand auf die Türklinke gelegt hatte.

Nun saß sie neben Rachel und las die mit blauer Tinte geschriebenen Zeilen. Ihre Augen überflogen die Sätze, die Brian einst mit schöner Handschrift an seine junge Verlobte geschrieben hatte. An einigen Stellen blieb sie hängen, las Worte erneut oder sprang zum Anfang zurück.

Sie hatte entgegen ihrer sonst eher forschen Art herumgedruckst, bis Rachel neben sich auf den Sessel klopfte und sie einlud, mit der Sprache herauszurücken. Julia hatte zögerlich Platz genommen, und ehe sie es sich versah, mit Rachel darüber gesprochen, wie sich auf dem Bruderhof üblicherweise eine Eheanbahnung gestaltete.

»Er hat eine sehr feine Art zu schreiben«, bemerkte Julia. »Danke, dass ich den Brief lesen durfte.« Sie faltete ihn zusammen und schob ihn in den Umschlag, auf dem nichts außer Rachels Name stand.

Eine Weile schwiegen die beiden Frauen. Es war still. Nur der Schaukelstuhl knackte, obwohl er sich kaum bewegte.

»Paul und du, ihr habt euch auch Briefe geschrieben, nicht wahr?«, fragte Rachel schließlich. »Du hast angedeutet, dass er kreativ war in dieser Beziehung.«

Irgendwie landeten sie im Gespräch ziemlich oft bei Paul. Julia mochte eigentlich nicht über ihn sprechen. Doch nachdem Rachel ihr gerade einen überaus intimen Einblick in ihre eigene Ehe gewährt hatte, war es nun das Mindeste, ihrerseits etwas preiszugeben. »Zu Anfang, ja. Paul hat mir viele Briefe geschrieben, Karten, wenn er unterwegs war, oder einfach so mit einem Spruch darauf, der ihm gefallen hat. Dieser Brief hier ist ganz anders.« Sie deutete auf den Umschlag.

Rachel nahm ihn und blätterte mit den Fingern ein paar Umschläge durch. Sie steckte ihn an einen offenbar festen Platz im Karton. »Inwiefern anders?«, fragte sie.

Julia überlegte. Sie versuchte in Worte zu fassen, was sie meinte. »Brians Brief ist persönlich. Er erzählt, was ihn gerade beschäftigt, worum seine Gedanken sich drehen. Alltägliche Erlebnisse – seine Arbeit in der Holzwerkstatt, lustige Begebenheiten im Zusammenwohnen mit den anderen Junggesellen, Dinge, die ihm Freude machen, aber auch Tiefgründiges – Bücher, Persönlichkeiten, die ihn beeindrucken, Bibelstellen, die ihn herausfordern. Man erfährt vieles über ihn, aber er …« Julia brach ab und schüttelte hilflos den Kopf. »Darf ich dich fragen, in welcher Phase eurer Beziehung dieser Brief entstanden ist?«

»Oh, von Beziehung kann man dabei noch nicht sprechen. Wir lernten uns damals gerade erst richtig kennen.«

»Ach, deshalb«, murmelte Julia. »Ich war verwundert darüber, dass er so wenig über dich zu sagen hat, so wenig zu fragen hat. Kein Interesse, wie du zu einem bestimmten Thema stehst, was deine Wünsche und Träume sind. Keine Komplimente, keine blumigen Worte, die auszudrücken versuchen, wie sehr er dich vermisst oder sich nach dir sehnt.«

Ob sie Rachel damit verletzte? Auch wenn der Brief in einem frühen Verliebtheitsstadium geschrieben worden war, sollte dieses zarte Gefühl nicht wenigstens zwischen den Zeilen zu finden sein? Zweifelte sie damit Brians Liebe zu Rachel an?

Julia betrachtete Rachel. Es war nicht auszumachen, ob sie über das Gesagte nur nachdachte oder ob sie sich getroffen fühlte.

»Das hast du gut erkannt«, sagte Rachel.

Julia kniff die Augen zusammen und legte den Kopf schief. Sie war erleichtert, dass sie Rachel offenbar nicht zu nahe getreten war, doch vor allem war sie überrascht.

»Brians erster Brief an mich hatte genau diesen romantischen Charakter, wie du ihn beschreibst. Als ich ihn meinen Eltern gezeigt habe …«

»Du hast was?«

Rachel lächelte. »Julia, bei uns ist es üblich, bei Briefen, die man vor der Verlobung erhält, den Rat der Eltern zu suchen. Bei einem unangebracht romantischen Brief allemal.«

Julia schluckte. »Was hast du Brian geantwortet?«

»Mein Vater hat mit ihm gesprochen.«

Julia schnappte nach Luft. »Brian schreibt dir einen romantischen Brief, und du antwortest ihm nicht, sondern schickst stattdessen deinen Vater?«

Brian tat ihr leid. Da gestand er der Frau seines Herzens seine Liebe, und die hatte nichts Besseres zu tun, als geradewegs zu ihren Eltern zu rennen und ihn bloßzustellen. Von Anfang an hatte sie den Eindruck gehabt, in Rachel eine Gesprächspartnerin gefunden zu haben, die, obwohl äußerlich und auch in Tradition und Glaubensüberzeugung anders, ihr doch auf eine unerklärliche Art und Weise nah war. Gerade jedoch erschien ihr Rachel sehr fremd.

»Julia, glaub mir, ich verstehe gut, wie das auf dich wirken muss. Brian kommt aus einer ähnlichen Welt wie du. Für ihn war es die naheliegende Art und Weise, wie er sein Interesse mir gegenüber zum Ausdruck brachte. Für mich war es verstörend. Uns hat man beigebracht, die Grenzen klar abzustecken. Wenn ein junger Mann sich zu einem Mädchen hingezogen fühlt, wird von ihm erwartet, dies erst einmal für sich zu behalten und zu prüfen, ob es sich dabei um ein kurzes Strohfeuer handelt.«

Julia fühlte sich darin bestätigt, wie sie Rhodas Erklärung eingeschätzt hatte, die beinahe dieselben Worte gebraucht hatte.

»Wenn er sich nach einer angemessenen Zeit darin bestärkt sieht, dass das Mädchen die Richtige für ihn sein könnte, spricht er zuerst mit seinen Eltern. Sehen sie auch eine Perspektive für die beiden, spricht er mit einem der Ältesten in der Bruderhof-Leitung. Dort bekommt er folgende Frage gestellt: ›Kann diese Beziehung euch beide näher zu Christus führen?‹«

Julia hob die Augenbrauen, aber sie schwieg und ließ Rachel weiterreden.

»Beantwortet er die Frage mit Ja, kann er den Vater des Mädchens um Erlaubnis für eine Brieffreundschaft ersuchen. Romantische Liebesbekundungen halten wir zu diesem Zeitpunkt für unangebracht und nicht förderlich. Es soll vielmehr darum gehen, auf unverbindliche Art und Weise Gedanken auszutauschen. Auch Brian konnte das nach einer Weile so sehen. Er sagte mir gerade neulich, wie dankbar er ist, dass wir durch unsere Zeit der Briefe die Gelegenheit hatten, uns wirklich kennenzulernen.«

»Keine persönlichen Gespräche?«, fragte Julia.

»Nach einigen Monaten und mit Einverständnis der Eltern und des entsprechenden Bruderhof-Ältesten durften wir uns auf gemeinsamen Spaziergängen allein unterhalten.«

»Das hat aber noch keinen Verlobungsstatus, richtig?«

»Richtig. Zwar ist es auch zu diesem Zeitpunkt schmerzhaft, wenn man herausfindet, dass man doch nicht so gut zueinanderpasst, doch die Freundschaft ist nach wie vor unverbindlich. Deshalb sollten die jungen Leute auch auf Händchenhalten und Ähnliches noch verzichten. Wir ermutigen sie aber, gemeinsam zu beten.«

Harter Tobak, fand Julia und begann, auf ihrer Oberlippe zu kauen. Diese strikte Vorgehensweise, wenn zwei Menschen sich ineinander verliebt hatten, war nicht einfach nachzuvollziehen. So nach dem Motto: Fasst euch nicht an, betet lieber miteinander! Machte man damit nicht alles kaputt? Nun, widersprach sie sich sogleich, dafür war Rhoda eindeutig zu verliebt in ihren Simon, auch wenn Gefühle weniger Grundlage als vielmehr Sahnehäubchen einer Beziehung zu sein schienen.

Betrachtete man das Ganze langfristig, wirkten sowohl Rachel und Brian als auch einige andere Bruderhof-Ehen auffallend harmonisch, um nicht zu sagen glücklich. Vielleicht war diese äußerst altmodische Eheanbahnung gerade der Schlüssel für eine glückliche Ehe. Hatte man von Anfang an gelernt, sich sehr behutsam zu nähern, ging man auch später sorgsam miteinander um. Möglicherweise war dies zu weit hergeholt.

»Und wann wird endlich geheiratet?«, fragte Julia.

Rachel lachte. »Mit Einverständnis der Eltern und der Gemeindeleitung wird der junge Mann irgendwann fragen, ob das Mädchen sich mit ihm verloben und ihn heiraten will. Sagt sie Ja, suchen die beiden die Bestätigung der Gemeinde. Hat auch die Gemeinde ein Ja dazu, wird den beiden feierlich der Segen als rechtmäßig verlobtes Paar vor der gesamten Gemeinde zugesprochen.«

*Happy End*, schwirrte ein Schriftzug vor Julias innerem Auge vorbei. »Und wenn die Gemeinde nicht einverstanden ist?«

»Wie in jedem Bereich unseres Lebens sind wir auf Eintracht bedacht. In einer so wichtigen Frage wäre es sehr töricht, den Rat der Gemeinschaft zu ignorieren.«

Nun, für Emanzipation blieb da von Anfang an wahrlich kein Platz. Dies galt für Frauen und Männer gleichermaßen. Unterordnung war vermutlich das Schlüsselwort. Der viel beschworene Rat der vielen. Unterordnung über alles.

*Puh*, schnaufte Julia innerlich, *wer es tatsächlich bis zur Verlobung schafft, hat so einiges an Ausdauer zu beweisen*. Julia musste zugeben, dass es zumindest davor bewahrte, aus den falschen Motiven zu heiraten. Wer bei den Bruderhöfern heiraten wollte, musste zuvor sich selbst, dem potenziellen Ehepartner und allen anderen beweisen, dass er es tatsächlich ernst meinte.

*Irgendwie*, dachte Julia, *hat es am Ende fast wieder etwas Romantisches. Der Prinz auf dem weißen Pferd muss viele Herausforderungen und Schlachten bestehen, bis er seine Herzensprinzessin endlich zum Traualtar führen darf. Und die Prinzessin kann mit Fug und Recht behaupten, dass ihr Prinz allen Widrigkeiten zum Trotz tapfer um sie gekämpft hat*. Dass eine ganze Reihe ihrer emanzipierten Freundinnen genau davon träumte, stand außer Frage.

Julia erhob sich aus dem Sessel. Den Toten am See wollte sie heute Abend nicht zur Sprache bringen, doch etwas anderes lag ihr noch auf der Seele. »Ich muss gestehen, Rachel, mit Esther habe ich so meine Probleme. Sie ist manchmal irgendwie …«

»Entschuldige, Julia«, unterbrach Rachel sie sofort. »Wir tun so etwas nicht. Wenn du etwas mit ihr zu klären hast, dann sprich bitte direkt mit ihr.«

Julia wollte etwas entgegnen, doch dann ging ihr auf, dass Rachel sie nur bat, sich an das zu halten, was die Bruderhöfer als ihre Hausregel bezeichneten.

In der Wäscherei, der Holzwerkstatt und dem Essenssaal war sie ausgehängt, doch erst jetzt drang Julia ihre Bedeutung tiefer ins Bewusstsein.

*Es darf niemals deutlich oder versteckt gegen einen Bruder oder eine Schwester – gegen ihre Charaktereigenschaften – geredet werden, unter keinen Umständen hinter ihrem Rücken. Die einzige Möglichkeit ist die direkte Anrede, der unmittelbare Liebesdienst an dem, gegen dessen Schwächen etwas in uns aufsteigt.*

Julia nickte. » Du hast recht«, sagte sie. »Entschuldige bitte.«

Nachdenklich ging sie zu Bett. Mit offenen Augen starrte sie auf Bens Bett über ihr. Die Bruderhöfer beriefen sich in vielem, was sie taten, auf Gottes Gebot der Liebe, und Julia fragte sich, ob sie neu darüber nachdenken sollte, was Liebe eigentlich bedeutete. Was konnte es schaden? Sie wollte es einfach probieren. »Lieber Gott«, betete sie, »wenn du mich hörst und wenn du findest, das mit Paul und mir hat noch eine Chance, dann hilf mir bitte, das auch so zu sehen.« Sie drehte sich zur Seite und war augenblicklich eingeschlafen.

# 9

Sheila Watts öffnete die Tür zu Pauls Büro. »Sie ist da.«

»Schicken Sie sie herein.«

Die Sekretärin verschwand für einen Moment, um dann mit einer sehr gepflegt wirkenden Dame zu erscheinen, die sich an ihr vorbeischob.

Paul erhob sich und ging um den Schreibtisch herum, um ihr die Hand entgegenzustrecken. »Frau Breitenbach, mein Name ist Freyhoff, mein herzliches Beileid.«

Die groß gewachsene Mittsechzigerin im schwarzen Kostüm hatte einen festen Händedruck und kam nach einem gemurmelten »Schon gut« in resolutem Ton gleich zur Sache: »Sind Sie der leitende Ermittler, Herr … Kommissar … Freyhoff?« Es schien sie zu irritieren, dass sie nicht genau wusste, wie sie ihn anzusprechen hatte. Bei jedem Wort, das sie in die Länge zog, zuckte sie missbilligend mit dem Kopf.

Paul ließ sich von ihrem forschen Auftreten nicht beeindrucken, beschloss aber, sich nichts anmerken zu lassen. Schließlich hatte die arme Frau gerade ihren Sohn verloren. »Entschuldigen Sie, dass ich mich nicht korrekt vorgestellt habe. Hauptkommissar Paul Freyhoff von der Kripo in Speyer. Ich bin zwar nicht der leitende Ermittler, aber in die Ermittlungen voll involviert. Die Leitung liegt natürlich hier bei den englischen Behörden in Portsmouth in Kooperation mit den Kollegen der Isle of Wight in Newport.«

»Ziemlich viele Behörden, die da ihre Finger im Spiel haben, finden Sie nicht, Hauptkommissar Freyhoff?« Sie streckte das Kinn vor und wartete auf eine Antwort.

Paul schenkte ihr ein verbindliches Lächeln. »Das mag auf den ersten Blick so aussehen. Aber seien Sie versichert, dass wir alles tun, um den Tod Ihres Sohnes aufzuklären.«

Es entstand eine Pause. Frau Breitenbach fixierte ihn mit festem Blick, als wolle sie sichergehen, dass Paul ihr genau zuhörte. Mit gesenkter Stimme sagte sie: »Mein Mann und ich, unsere ganze Familie, wir können nur hoffen, dass Ihre Anstrengungen ausreichen und zum Erfolg führen.« Es klang ein wenig wie eine Drohung, aber zum ersten Mal, seit sie hier war, sah Paul Schmerz in den Augen, die so trotzig dreinzublicken versuchten.

»Wollen wir uns nicht setzen?«, schlug er vor und deutete zum Besprechungstisch.

Frau Breitenbach straffte ihren Rücken und Paul rechnete damit, dass sie ablehnen würde, doch sie sagte nichts und nahm Platz. Paul setzte sich ihr gegenüber. Er lehnte sich zurück und verschränkte die Finger ineinander. »Frau Breitenbach, zuerst einmal bin ich froh, dass Sie gekommen sind. Waren Sie schon bei Ihrem Sohn?«

Frau Breitenbach atmete tief ein und nickte. »Henrik und ich waren heute Morgen dort. Es war …« Sie schüttelte den Kopf und brach ab. »Wissen Sie, Henrik ist mein Sohn, mein ältester Sohn. Er ist mir momentan eine große Hilfe. Er kümmert sich um die Formalitäten.«

Paul stellte verwundert fest, dass sie, statt über ihren toten Sohn zu sprechen, nur über ihren lebenden redete, doch er vermutete, dass es ihr half, die Fassung zu bewahren. »Ihr ältester Sohn ist auch hier, das ist schön. Dann war Alexander der jüngere von beiden?«

»Alexander ist der Jüngste, ja. Aber es gibt da noch Roman. Mein Mann und ich haben drei Söhne, auf die wir sehr stolz sind.« Es zuckte um ihre Mundwinkel. Wahrscheinlich war ihr gerade bewusst geworden, dass sie in die Gegenwartsform gewechselt hatte und von allen dreien sprach, als sei nichts geschehen.

Paul gab ihr einen Moment Zeit. »Die Frau Ihres verstorbenen Sohnes …«

»Daniela? Hören Sie mir bloß mit der auf. Mit dieser Frau haben wir nichts zu tun!«, entgegnete Frau Breitenbach energisch.

»Nun, auch wenn die beiden schon eine Weile getrennt gelebt haben, ist sie immerhin noch seine Frau gewesen.«

Paul bemerkte die hektischen Flecken an ihrem Hals, die über dem Seidentuch nach oben wanderten. Sie schien seinen Blick zu spüren und nestelte mit roséfarbenen Fingernägeln an ihrem Halstuch herum.

»Und, wo ist sie? Haben Sie mit ihr gesprochen? Wenn sie auch nur einen Funken Anstand besäße, wäre sie jetzt hier, um ihren Mann nach Hause zu begleiten. Nicht, dass wir das zugelassen hätten! Er ist schließlich unser Sohn, und eine Mutter ist ihrem Kind ohnehin am nächsten, aber es wäre zumindest eine Geste gewesen. Am Ende will sie auch noch das Haus und das ganze Geld. Aber da wird uns das Fräulein kennenlernen!«

Sie erneut darauf hinzuweisen, dass die beiden noch miteinander verheiratet waren, war höchstwahrscheinlich nicht zielführend, und Paul verzichtete darauf. Zu fragen, ob seine Frau deshalb ein Motiv gehabt hätte, war ebenso sinnlos. Frau Breitenbach traute ihrer Schwiegertochter vermutlich alles zu, doch die hatte weit weg in Deutschland keine Gelegenheit gehabt und besaß ein Alibi.

»Frau Breitenbach, wissen Sie, ob Ihr Sohn neu liiert war?«

»Hat sie Ihnen das erzählt?«

»Nein, seine Segelkollegen waren sich nicht sicher«, sagte Paul.

Doch sie schien ihm gar nicht zuzuhören und redete einfach weiter. »Natürlich war da vielleicht hin und wieder etwas. Aber nie etwas Ernstes. So wie Männer nun einmal sind. Das ist wirklich kein Grund, sich gleich zu trennen.«

Sie sah Paul an, als erwarte sie zumindest ein zustimmendes Nicken – schließlich war er selbst ein Mann –, doch Paul hatte ein ausdrucksloses Gesicht aufgesetzt. Er wartete darauf, dass sie fortfuhr, und legte die Fingerspitzen aneinander.

»Ich hatte von Anfang an ein ungutes Gefühl, schon als Alexander sie uns das erste Mal vorgestellt hat. Eine Weile sah es so aus, als würde sie sich einfügen, und unser Sohn sagte immer zu mir: ›Siehst du, Mama, ich habe es dir doch gesagt.‹ Aber eine Mutter hat ein Gespür dafür, wenn es um ihre Kinder geht. Nein, Alexander war ein guter Junge.« Sie tupfte sich mit einem Taschentuch die Augen. »Ich möchte, dass derjenige gefasst wird, der meinem Jungen das angetan hat.« Jetzt wirkte sie verzweifelt.

»Sicher, wir tun alles, was in unserer Macht liegt.« Paul betrachtete sie prüfend. Es war nicht leicht einzuschätzen, ob sie im nächsten Moment losheulen oder wieder versuchen würde, ihn einzuschüchtern. »Möchten Sie vielleicht einen Kaffee haben oder ein Glas Wasser?«, fragte Paul, doch sie lehnte ab.

Sie setzte sich gerade hin und hatte sich wieder unter Kontrolle. »Hauptkommissar Freyhoff, was haben Sie in der Sache mit dem anderen Jungen unternommen?«

Paul kniff die Augen zusammen. »Mit welchem anderen Jungen?«

»Sagen Sie bloß, Sie haben noch nichts unternommen?«

Ihrem bohrenden Blick wich Paul nicht aus, doch er verspürte eine gewisse Unruhe in sich aufsteigen. Er hielt es für klug, zu schweigen und abzuwarten, wohin dieses Gespräch führen würde.

Frau Breitenbach stieß einen verächtlichen Laut aus. »Das verstehen Sie unter ›Wir werden alles tun, was in unserer Macht steht‹? Ich habe Ihrem Kollegen am Telefon doch gesagt, dass es damals genauso war.«

»Kommissar Lohse?«, fragte Paul. Tausend Gedanken schwirrten in seinem Kopf herum.

»Volker Lohse. Ja, so hieß er. Ich habe den Namen extra notiert. War er etwa nicht die richtige Ansprechperson?«

»Doch, doch. Er ist ein Mitarbeiter.« *War* ein Mitarbeiter, ergänzte Paul in Gedanken. Lohse war heute Morgen wieder nach Deutschland geflogen wegen eines Trauerfalls in der Familie. Paul war froh gewesen, ihn los zu sein, auch wenn die Umstände bedauerlich waren. Viel gebracht hatte er nicht, aber dass er sich einen solchen Schnitzer erlaubt hatte!

»Wir sind an der Sache dran«, log Paul ins Blaue. »Nur um sicherzugehen, Frau Breitenbach, was genau haben Sie meinem Kollegen gesagt? Würden Sie es mir noch einmal erzählen?«

»Ich habe zu ihm gesagt, es sei genau wie damals, als Alexanders Studienfreund Vincent starb.«

*Die beiden kannten sich tatsächlich*, durchfuhr es Paul. Er war wie elektrisiert von dieser Erkenntnis. »Sie meinen Vincent Foster?«, fragte er, obwohl er die Antwort schon kannte. Wenigstens waren sie tatsächlich an der Sache dran.

Frau Breitenbach schaute ihn irritiert an. »Vincent Foster, das habe ich doch bereits gesagt.« Sie wirkte für einen Moment gereizt, bis sie in ruhigem Ton weitersprach. »Alexander war schon wieder zu Hause, als es passiert ist, aber natürlich haben wir das Ganze verfolgt. Schließlich waren die beiden gute Freunde. Unser Junge ging bei den Fosters ein und aus. Und wir waren froh, dass er dort so etwas wie Familienanschluss gefunden hatte. Ein Jahr ist schließlich eine lange Zeit, und mit nur einem Zimmer im Studentenwohnheim, auch wenn es ein gutes war … Mein Mann wollte es so. Er meinte, es sei förderlich für die Charakterbildung des Jungen.«

Sie streckte die Nase in die Luft. Es war nicht zu übersehen, dass sich das Ehepaar in diesem Punkt nicht einig gewesen war. Doch Frau Breitenbach hielt sich nicht lange mit dem Gedanken daran auf. Paul beobachtete, wie sich ihr Gesichtsausdruck veränderte. Ihr Blick richtete sich in die Ferne, während sie sich an das Geschehen der Vergangenheit erinnerte. »Sie haben ihn an diesem See gefunden. Zwar sagte die Polizei, er habe die Tropfen freiwillig genommen, aber das haben wir nie geglaubt. Alexander hatte nie etwas mit Drogen zu tun!«

Frau Breitenbach verstand es, sich klar zu artikulieren, wenn sie sich über eine Sache echauffierte, aber es war schwer auszumachen, was sie von all diesen Dingen tatsächlich auch Lohse erzählt hatte. Es durfte jedoch kein Zweifel daran bestehen, dass sie Lohse gegenüber den Tod ihres Sohnes mit dem Tod des anderen Jungen in Verbindung gebracht hatte.

Paul versuchte die Lage für sich zu ordnen. Sie hatten Zeit verloren. Wertvolle Zeit. Dieser tote Junge und das Mordopfer von der Isle of Wight hatten sich gekannt. Zufall? Vielleicht. *Dieser blöde Lohse*, fluchte er innerlich und ballte eine Faust unter dem Tisch. Er überlegte für einen Moment, ihn direkt nach diesem Gespräch anzurufen und zur Rede zu stellen. Doch was sollte das bringen, außer vielleicht, dass er seinem Ärger an der richtigen Adresse Luft machen konnte?

Paul kannte den Bericht über den toten Jungen am See des Amberley-Bruderhofs zur Genüge. Er glaubte nicht, diesbezüglich weitere Einzelheiten von Frau Breitenbach erfahren zu können. Wahrscheinlich war es am besten, sie so schnell wie möglich loszuwerden. Sie mussten dringend mit der Familie von Vincent Foster sprechen.

Und mit Brian Arnold vom Bruderhof. Die Sache wurde immer dubioser. Erst die Visitenkarte in der Brusttasche von Breitenbach – nicht zu erklären, was ausgerechnet er damit gewollt hatte. Dann tauchte ein zwanzig Jahre alter Fall mit der gleichen Todesursache wie bei Breitenbach auf. Ausgerechnet am See der Bruderhof-Firma, deren Visitenkarte Breitenbach bei sich gehabt hatte. Und der Clou des Ganzen: Die beiden Opfer waren miteinander befreundet gewesen.

»Noch eine letzte Frage, Frau Breitenbach: An welcher Universität haben Ihr Sohn und Vincent Foster studiert?«

»An der *University of Sussex* in Brighton. Sie genießt einen ausgezeichneten Ruf.«

»Danke, das wäre dann alles. Darf ich Sie irgendwohin bringen lassen?« Paul stand auf.

Frau Breitenbach erhob sich ebenfalls und strich sich den Rock glatt. »Sehr freundlich, *Inspector*, ich meine, Hauptkommissar Freyhoff. Aber das ist nicht nötig. Mein Sohn wird mich abholen.« Sie schaute auf die Uhr. »Er müsste jeden Augenblick hier sein. Wir werden gemeinsam mit der Fähre hinüber zur Isle of Wight fahren, um uns anzuschauen, wo es … na, Sie wissen schon.«

»Verstehe.«

»Wir möchten Blumen dort ablegen. Mein Mann wäre gern mitgekommen, aber er liegt mit einer Lungenentzündung im Bett. Wissen Sie, Alexander ist jedes Jahr auf der *Cowes Week* gewesen, außer in dem Jahr, als er die Meniskusoperation hatte. Ein paarmal hat ihn mein Mann begleitet. Als moralische Unterstützung sozusagen.«

Paul öffnete die Tür, und sie verabschiedeten sich voneinander.

»Eine Sache noch, Frau Breitenbach. Hatte Ihr Sohn noch Kontakt zu Familie Foster? Ich meine, wo er doch jedes Jahr hier war und quasi zur Familie gehörte?«

Sie kniff die Lippen zusammen. »Das habe ich nicht gesagt. Ich sagte, dass er dort ein und aus ging, das ist nicht dasselbe. Alexander gehörte natürlich immer nur zu unserer Familie.«

Paul lächelte gutmütig und wartete darauf, dass sie die Frage beantwortete.

»Nein«, sagte sie, »soweit ich weiß, hatte er keinen Kontakt mehr zu der Familie.«

»Danke«, sagte Paul.

»Tun Sie Ihre Arbeit und finden Sie den Kerl, der meinem Sohn das angetan hat!« Frau Breitenbach warf ihm einen verächtlichen Blick zu, bevor sie sich umdrehte.

Auf der Fahrt umriss Paul für seine neue Kollegin in wenigen Sätzen, welche Erkenntnisse das Gespräch mit Frau Breitenbach gebracht hatte. Ivy Fergusson war ihm am Morgen zugeteilt worden, nachdem sich abgezeichnet hatte, dass Lohse nach Hause fliegen würde. Auf weitere Verstärkung aus Deutschland hatte man verzichtet. Ivy gehörte zum *Department* in Portsmouth und war von Anfang an in den Fall involviert gewesen.

*Sehr jung*. Das war das Erste, was Paul durch den Kopf ging, als er ihr die Hand entgegenstreckte, nachdem der *Chief Inspector* sie einander als neue Teampartner vorgestellt hatte. Paul hatte ihr höchstens den Rang eines *Constable* zugestanden. Als er hörte, dass sie es bereits zum *Sergeant* gebracht hatte und dass sie es war, die auf den Foster-Fall gestoßen war, hob er verwundert die Brauen.

Als Nächstes bemerkte Paul irritiert, dass ihr Pony sich bewegte, wenn sie blinzelte. Natürlich waren sie sich schon mehrfach über den Weg gelaufen und hatten bei großen Besprechungen mit den anderen Kollegen zusammengesessen, aber bisher hatte sich ihre Bekanntschaft auf ein kurzes Nicken beschränkt.

Ab sofort würden sie also zusammenarbeiten. Nun, man würde sehen, wie sie sich machte. Lohse hatte die Messlatte jedenfalls nicht besonders hoch gelegt.

Bis Robertsbridge waren es zwei Stunden Fahrt. Paul hatte keine große Lust auf eine Unterhaltung, doch er wollte nicht überheblich wirken. Fergusson war in diesem Fall seine Mitarbeiterin, ihm im Dienstgrad unterstellt. Sie konnten zumindest ein paar höfliche Floskeln austauschen.

»Schön, dass Sie bereit waren, für meinen Kollegen einzuspringen, Sergeant Fergusson«, begann er ein belangloses Gespräch.

Ivy Fergussons Fransenbob flog durch die Luft, so schnell wandte sie Paul den Kopf zu. »Ich bin Ivy, wenn Sie nichts dagegen haben«, kam es wie aus der Pistole geschossen.

»Paul«, sagte Paul automatisch und hatte, ehe er es sich versah, diese unprofessionelle Vertraulichkeit auch schon mit einem Händedruck besiegelt. Natürlich sprach nichts dagegen, dass man sich nach einer gewissen Zeit der guten Zusammenarbeit mit Vornamen anredete, aber Lohse und er hatten sich bisher noch gesiezt und hätten es vermutlich auch dabei belassen. Wie es diesem jungen Ding gelungen war, ihn derart zu überrumpeln, dass er nach gerade mal einer halben Stunde quasi mit ihr per Du war, war ihm ein Rätsel. Er war verärgert darüber, dass sie sich einfach über geltende Konventionen hinweggesetzt hatte. Nicht, weil er im Allgemeinen viel auf Konventionen gab, doch es bedeutete vermutlich, dass sie ihn als ihren Vorgesetzten nicht ernst genug nahm.

*Oder aber,* überlegte Paul, *es bedeutet, dass Ivy Fergusson unter ihrem unschuldigen Blinzelpony gerissener ist, als sie einen auf den ersten Blick glauben machen will. Das hat sie Lohse zumindest voraus.* Mehr als Bauernschläue hätte Paul ihm nicht bescheinigt. *Für den Fall kann der Neuzugang eventuell nützlich sein. Und persönlich,* so beschloss er, *sollte ich mich in Acht nehmen.*

Ein Summen ertönte. Das schmiedeeiserne Tor gab den Weg auf das Anwesen frei und schloss sich direkt hinter ihnen wieder, wie Paul im Rückspiegel bemerkte. Der helle Kies knirschte unter den Rädern, während sie langsam an akkurat manikürten Rasenkanten vorbeifuhren, die hier und da von niedrigen, schräg an- und wieder absteigenden Buchsbaumhecken abgelöst wurden. Dahinter erstreckte sich eine weitläufige Parkanlage.

Paul pfiff anerkennend durch die Zähne. *Das nenne ich mal einen Garten*, dachte er, während er seinen Blick über die wie zufällig angeordneten Büsche und blühenden Stauden schweifen ließ. Zur Rechten sah er Schatten spendende Nussbäume, die sanft über hellen Steinbänken wogten, zur Linken einen romantischen Pavillon, dem die weißen Kletterrosen gerade so viel Bodenständigkeit verliehen, um sich noch natürlich in die Landschaft einzufügen. Der Weg machte einen Bogen. Um ein paar wuchtige Eibensäulen herum erreichten sie den großzügigen Vorplatz. Sie parkten neben roséfarbenen Blumenrabatten und einem schicken weißen Bentley.

Paul und seine junge Begleiterin stiegen aus und nahmen die breiten Stufen zum Eingangsportal. Eine Angestellte mit strenger Frisur öffnete die Tür und bedeutete ihnen ohne große Höflichkeitsfloskeln einzutreten. »Mr und Mrs Foster erwarten Sie im gelben Salon.« Ihre Stimme hallte unter den hohen Decken. Sie ging voraus, an der Treppe vorbei, die zu den oberen Räumen führte. Paul und sein Sergeant folgten ihr.

»Die Polizei ist da«, verkündete die Hausangestellte an der Tür zum Salon. Sie trat zur Seite, um die beiden vorbeizulassen. Mrs Foster hatte burschikos geschnittenes, fast weißes Haar, trug ein grünes Tweedkostüm und strahlte schlichte Eleganz aus. Leichtfüßig trat sie ein paar Schritte auf die beiden zu, blieb stehen und legte abwartend die Hände ineinander.

Sie hob Kinn und Augenbrauen wie eine Lehrerin, die ihre Schüler ermahnt, laut und deutlich zu sprechen, während Paul sich und seine Kollegin vorstellte. Sie wiederholte beide Namen, während sie ihnen die Hand reichte.

Mr Foster hatte sich die Gäste erst einmal mit unbeteiligter Miene angesehen. Schwerfällig erhob er sich nun aus seinem Sessel und hielt dabei den Silberknauf seines Stocks fest umklammert. Seine hängenden Mundwinkel hoben sich weder für einen Gruß noch für die Andeutung eines Lächelns. Alles, was er von sich gab, war ein röchelnder Husten, den er sich mit einem verknitterten Stofftaschentuch vom Mund wischte.

Im Gegensatz zu ihrem Mann war Mrs Foster darauf bedacht, die Regeln des Anstands zu wahren. Paul und Ivy lehnten den angebotenen Tee ab, und die Hausangestellte wurde weggeschickt.

Alle setzten sich an einen niedrigen, glatt polierten Holztisch mit geschwungenen Füßen.

Erst jetzt bemerkte Paul den Boxerhund, der hinter Mr Fosters Sessel lag und die kurze Schnauze auf den Pfoten abgelegt hatte. Seine blutunterlaufenen Augen, mit denen er Paul fixierte, wirkten eher traurig als Furcht einflößend. Mr Foster legte seine wuchtige Pranke auf das Fell des Hundes.

»Also, *Inspector*, was können wir für Sie tun?«, fragte Mrs Foster.

»Nun, Mrs Foster, Mr Foster, zuerst einmal sind wir sehr froh, dass Sie bereit waren, uns so kurzfristig zu empfangen.« Paul bemerkte, dass die Dame des Hauses nervös blinzelte, und beschloss, schnell zur Sache zu kommen. »Wie ich bereits am Telefon angedeutet habe, dreht es sich um den Todesfall auf der Isle of Wight vergangene Woche. Es handelt sich dabei um den Deutschen Alexander Breitenbach, der Ihnen, soweit wir wissen, durch Ihren verstorbenen Sohn bekannt war.«

»Das stimmt. Vincent und Alexander waren gut miteinander befreundet. Wir mochten ihn. Doch das ist lange her, *Inspector.* Natürlich ist es tragisch, dass Alexander verstorben ist, und wir bedauern das. Wir haben in der Zeitung davon gelesen, ohne zu ahnen, dass es sich um ihn handelt. Aber wie bereits erwähnt, *Inspector*, der Tod unseres Sohnes liegt neunzehn Jahre zurück, und genauso lange haben wir auch Alexander nicht mehr gesehen. Unser Mitgefühl gilt der Familie, doch das ist alles, was wir dazu sagen können.«

Paul nickte bedächtig. »Nun ist es so, dass Alexander Breitenbach, so wie es scheint, nicht auf natürliche Weise zu Tode gekommen ist, sondern aufgrund einer Überdosis GHB.«

In Mrs Fosters Gesicht war keine Gefühlsregung auszumachen. Sie saß einfach nur da und starrte Paul an. »Genau wie Vincent!«, stieß sie schließlich mit tonloser Stimme hervor und ließ sich auf ihren Stuhl zurücksinken.

»Ja, genau wie Vincent«, wiederholte Paul und gab ihr einen Moment, um sich zu fassen.

»Ach, lassen Sie uns in Ruhe!«, polterte Mr Foster auf einmal. Sein großes, fleischiges Gesicht war nicht mehr gelb und fahl, sondern rot gescheckt. Eine dicke Ader war an seiner Schläfe hervorgetreten, während er Paul wütend taxierte. »All die Jahre hat die Polizei nichts getan, um den Tod unseres Sohnes aufzuklären. Vincent ist tot und der Mörder läuft immer noch frei herum. Führt wahrscheinlich ein ruhiges Leben mit Frau und Kindern und lacht sich ins Fäustchen, dass man ihn nie gekriegt hat. Vincent hat seinen Tod selbst verschuldet, das hat man uns erzählt. Jahrelang habe ich darum gekämpft, dass der Fall neu aufgerollt wird, dass man den Schuldigen nicht davonkommen lässt. Was habe ich nicht alles für dieses Dorf und die Menschen in der Umgebung getan! Am Anfang, ja, da war das Bedauern groß. Vierhundert Leute waren auf der Beerdigung. Doch mit der Zeit haben sich alle abgewandt, einer nach dem anderen. Und jetzt kommen Sie und erzählen uns, dass Alexander Breitenbach auf dieselbe Art und Weise verstorben ist wie unser Sohn, und wollen unsere Hilfe. Na, da schau an!«

Er war ganz nach vorn auf die Stuhlkante gerutscht und stützte sich mit beiden Händen auf seinen Stock. »Eins will ich Ihnen sagen, *Inspector*, ich weiß nicht, ob es irgendeine Verbindung gibt, denn das ist ja vermutlich der Grund, weshalb Sie hier sind, und wenn, wäre es mir, ehrlich gesagt, völlig egal. Das bringt uns unseren Sohn auch nicht mehr zurück. Tun Sie Ihre Arbeit, aber lassen Sie uns gefälligst in Ruhe!«

»Halt den Mund, Malcolm«, wies Mrs Foster ihren Mann leise zurecht.

Paul und seine Kollegin wechselten einen kurzen Blick aus dem Augenwinkel, als Mr Foster sich verächtlich räusperte, der Aufforderung seiner Frau jedoch Folge leistete, wenn auch widerwillig. Seine Mundwinkel erschlafften, sodass er seinem Hund, der während Mr Fosters verbaler Attacke den Kopf gehoben hatte, auf fast komische Art und Weise ähnlich sah.

»Es ist richtig, dass die Polizei sehr viel mehr hätte tun können, um Vincents Tod aufzuklären.« Sie richtete die Worte an ihren Mann, der sie jedoch nicht ansah, sondern beleidigt oder vielleicht auch teilnahmslos – so genau war das nicht auszumachen – auf einen imaginären Punkt an der Wand starrte. Mrs Foster ließ sich nicht davon beirren. »Doch ich denke, wenn die Polizei diesbezüglich ihre Arbeit wieder aufnehmen will, und davon dürfen wir doch ausgehen, *Inspector*?« Sie wandte sich Paul zu und senkte das Kinn, bis der mit geöffneten Handflächen so etwas wie Zustimmung andeutete. »Wenn die Polizei also nicht nur den Tod von Alexander, sondern auch Vincents Tod endlich aufklären möchte, dann würde uns das eine große Erleichterung bringen, auch wenn es uns Vincent nicht zurückgeben würde. Nicht wahr, Malcolm?«

Paul bemerkte, wie Ivy Fergusson die Luft anhielt, doch Mr Foster reagierte nur mit resigniertem Schnauben. Offenbar hatte er sein Pulver bei seinem Ausbruch verschossen, der Mrs Fosters mit Bedacht formuliertem Einlenken vorangegangen war.

»Ich kann Ihnen keine Versprechungen machen«, ergriff Paul das Wort. »Aber seien Sie versichert, dass wir, wenn es eine Verbindung zwischen Vincents und Alexanders Tod geben sollte, jeder Spur nachgehen, die zur Aufklärung führen könnte.«

Mrs Foster nickte. Jegliche Überheblichkeit war aus ihrer Haltung gewichen. »Was wollen Sie wissen, *Inspector*?«

»Ihr Sohn wurde am Amberley-See gefunden. Können Sie sich vorstellen, was er dort wollte?«

»Steht alles in den Akten«, grummelte Mr Foster vor sich hin, doch seine Frau beachtete ihn nicht. »Vincent war ein geselliger junger Mann. Am Wochenende, wenn er keine Vorlesungen hatte und uns besuchte, ging er gern ins *Elements* unten an der Straße, die nach Maidstone führt. Die jungen Leute haben sich dort zum Tanzen getroffen. Wir nehmen an, dass es auf dem Nachhauseweg passiert ist«, erklärte sie in sachlichem Ton.

»Der See liegt zwischen dem *Elements* und Ihrem Anwesen hier?«

»Das ist richtig. Wenn man nicht über das Haupttor mit dem Auto kommt, führt hinten ein Weg durch den Wald und am Amberley-See vorbei. So war es zumindest früher einmal.«

»Aber es könnte auch sein, dass Vincent sich mit jemandem am See verabredet hat oder gemeinsam mit einer anderen Person dort hingegangen ist, nicht wahr?«

Mrs Foster zuckte mit den Schultern.

»Ihnen ist sicherlich bekannt, dass Ihr Sohn an dem Abend mit jemandem Streit hatte?«

»Sie meinen wegen des blauen Auges? Vincent war ein friedlicher Mensch. Ich kann mir beim besten Willen nicht vorstellen, was da passiert sein könnte.«

»Ein Mann muss manchmal kämpfen«, schaltete Mr Foster sich ein. »Vincent war keine Memme. Wenn ihn jemand herausforderte, machte er keinen Rückzieher«, sagte er mit barscher Stimme. Anders als seine Frau traute er Vincent also zu, sich notfalls auch mit Fäusten artikuliert zu haben. Ganz ohne Zweifel legte er Wert darauf, seinen Sohn nicht als Schwächling dastehen zu lassen. »Gegen feige verabreichte K.-o.-Tropfen hatte er jedoch keine Chance«, fügte Mr Foster grimmig hinzu.

»Ihr Sohn war, soweit ich weiß, ein guter Sportler.«

Wieder antwortete Mr Foster, der einen erstaunlichen Sinneswandel in Bezug auf die Kooperation mit der Polizei vollzogen hatte. Offenbar war sein Anliegen, den potenziellen Mörder seines Sohnes zu fassen, doch stärker als seine Wut und Enttäuschung über die Polizei. »Er spielte Tennis und Basketball in der Unimannschaft. Im Sommer fuhr er gern Wasserski, aber vor allem war er ein ausgezeichneter Schwimmer. Dass er jedoch Drogen wie dieses GHB konsumiert hätte, damit die Muskeln schneller wachsen, ist völlig absurd. Das hatte Vincent überhaupt nicht nötig. Und dass er damit gedealt haben könnte, so wie Sie es im Bericht sicher gelesen haben, ist erst recht an den Haaren herbeigezogen.«

Paul ging nicht darauf ein und fragte: »Segelte Vincent auch?«

»Vincent besaß einen Segelschein, ja. Er hat ihn bereits während der Schulzeit erworben, wie schon sein Vater und davor sein Großvater. Wir haben früher eine *Sloop* in Brighton besessen. Und die *East Sussex University* ist jedes Jahr mit einer Auswahl von Studenten bei der *Cowes Week* dabei, wenn Ihre Frage in diese Richtung abzielt. Auch Vincent ist zweimal mitgesegelt, doch es war keine große Leidenschaft von ihm.«

»Mrs Foster, Sie sagten vorhin, der Weg hinter dem Haus führte früher einmal zum Amberley-See. Jetzt etwa nicht mehr?«

»Nein, diese fromme Gemeinschaft hat den Weg verlegt. Er führt jetzt weitläufig um das ganze Gelände herum.«

Paul stutzte. »Wie darf ich das verstehen?«

»Wegerecht, nehme ich an«, meldete sich die junge Polizistin, die die ganze Zeit still dagesessen und sich bestenfalls ab und an mit einigen Kratzgeräuschen bemerkbar gemacht hatte, wenn sie mit dem Bleistift Notizen in ein kleines grünes Büchlein kritzelte.

Paul warf ihr einen überraschten Seitenblick zu.

Während Mrs Foster nickte, lieferte Ivy Fergusson ungefragt die Erklärung dazu. »Das Wegerecht erlaubt es Fußgängern, alle öffentlich verzeichneten Fußwege benutzen zu dürfen. Oftmals handelt es sich dabei um jahrhundertealte, fest verbriefte Wegerechte, die ohne Rücksicht auf Privatbesitz quer durch Ländereien und notfalls auch als Abkürzung durch den Garten des Nachbarn führen.«

Die Polizistin klang, als hätte sie zum Thema Wegerecht eine Vorlesung besucht. Unbeirrt von Pauls belustigtem Gesichtsausdruck fuhr sie fort: »Mit dem *Countryside and Rights of Way Bill* im März 2000 wurde das Wegerecht noch ausgeweitet. Wenn die Gegend auf einer Landkarte zu finden ist, darf querfeldein so gut wie alles durchwandert werden.« Die junge Beamtin grinste, als sie fertig war, und blinzelte unter ihrem Pony hervor.

»Wann wurde der Weg verlegt?«, fragte Paul und sah Mrs Foster an.

»Vor ein paar Jahren. So genau weiß ich das nicht mehr«, antwortete sie und blickte hilfesuchend zu ihrem Mann.

Mr Foster strich mit seinem Daumen über den Silberknauf seines Stocks. »Ende der Neunzigerjahre muss es gewesen sein. Die Bruderhof-Gemeinschaft hatte schon lange vorher einen Antrag beim zuständigen *Council* gestellt. Die Frommen wollten beim Baden unter sich sein und sich nichts weggucken lassen. Die sind da ein wenig eigen.« Er winkte mit einer gleichgültigen Handbewegung ab.

»Mr und Mrs Foster, Sie haben sich vermutlich über all die Jahre hinweg viele Gedanken gemacht, wer etwas mit dem Tod Ihres Sohnes zu tun haben könnte. Ich kann Ihnen nichts versprechen, aber wenn Sie irgendeinen Verdacht, irgendeinen Hinweis haben, wer es gewesen sein könnte…«

»Ja, *Inspector,* da wäre etwas. Es wurden damals DNA-Spuren sichergestellt. Man hat uns versichert, diese Spuren könne man in naher Zukunft eindeutig der betreffenden Person zuordnen, wenn sie in anderem Zusammenhang straffällig würde.«

Paul nickte. Er hatte gelesen, dass Hautpartikel unter den Fingernägeln des Opfers gefunden worden waren. Vermutlich stammten sie von dem vorangegangenen Kampf, bei dem Vincent Foster ein blaues Auge davongetragen hatte.

»Wenn Sie den feigen Hund finden, zu dem die DNA-Spuren gehören, *Inspector,* haben Sie den Täter.«

Ob es tatsächlich so einfach war, vermochte Paul nicht zu sagen. Er beschloss, die Sache im Auge zu behalten und herauszufinden, was mit dem Material geschehen war. Sollte es entsprechend der Aufzeichnungen vorhanden sein – das wusste man bei solch alten Fällen nie mit Sicherheit zu sagen –, könnte man die Informationen sicher durch ein paar Datenbanken jagen. Vielleicht wäre ein Treffer dabei. *Es wäre nicht der erste Fall, der nach Jahren mehr oder weniger per Zufall auf diese Art gelöst würde,* dachte Paul. Sollte nichts dabei herauskommen, war die gesicherte DNA natürlich Gold wert, sobald man einen Verdächtigen hatte. Doch momentan tappten sie leider noch im Dunkeln.

Mr Foster reichte Paul und seiner Kollegin zum Abschied die Hand, während sich der Hund hinsetzte und mit dem Schwanz auf den Boden schlug. Seinem Herrchen war anzusehen, dass er insgeheim froh war, dass sich die Polizei nach all den Jahren noch einmal für seinen verstorbenen Sohn interessierte. Paul bildete sich ein, dass die Mundwinkel nicht mehr ganz so stark nach unten hingen.

»Ist das Ihr Sohn?«, fragte Ivy Fergusson und nahm einen der Bilderrahmen von der Kommode neben dem Fenster. Er enthielt, wie auch die anderen, die Fotografie eines jungen Mannes. »Stellen Sie das sofort wieder hin«, herrschte Mr Foster die junge Polizistin an.

Mrs Foster nahm ihr sanft den Rahmen aus der Hand und stellte ihn zurück an seinen Platz. Sie legte der Polizistin eine Hand auf den Rücken und deutete zum Ausgang. Sie begleitete Paul und Ivy bis zur Tür. »Warten Sie einen Augenblick«, forderte sie die beiden auf und lief die Treppe hinauf.

Paul und der Sergeant tauschten einen verwunderten Blick und zuckten mit den Schultern. Beide sahen sich schweigend in der Eingangshalle um. Sie wechselten kein Wort, bis Mrs Foster wieder auftauchte.

»Verzeihen Sie, dass es so lange gedauert hat«, entschuldigte sie sich, während sie die Stufen herunterkam. In der Hand hielt sie einen Zettel, der sich, als sie näher kam, als Fotografie herausstellte. Sie streckte Paul ein Foto hin. »Das ist Vincent.« Der junge Mann auf dem Foto sah gut aus. Selbstsicher lächelte er in die Kamera. »Ich weiß nicht, ob mein Mann damit einverstanden wäre, doch ich möchte, dass Sie wissen, wie er ausgesehen hat, bevor diese schreckliche Sache …« Sie brach ab und räusperte sich. »Mein Mann möchte keine Fotos mehr von ihm um sich haben.«

»Aber die Fotos auf der Kommode …«, warf Paul ein. »Ich dachte, die …«

»Stammen von Dominic, unserem Erstgeborenen.«

»Aha«, sagte Paul nur.

»Ich verstehe«, sagte die Polizistin und wollte Mrs Foster die Fotografie zurückgeben, die Paul an sie weitergereicht hatte, damit sie auch einen Blick darauf werfen konnte.

Mrs Foster legte ihre Hand auf das Foto und drückte es in Ivys Richtung. »Bitte behalten Sie es. Bringen Sie es mir wieder, wenn Sie den Täter haben, ja?« Mit eindringlichem Blick sah sie erst zu

Ivy, dann zu Paul. »Wir würden so gern damit abschließen. Diese Ungewissheit, verstehen Sie?«

Paul drückte ihre Hand. »Wir tun, was wir können«, lag ihm auf der Zunge, aber es erschien ihm zu lapidar, und so sagte er nichts.

Er traute seinen Ohren nicht, als er seine Kollegin sagen hörte: »Sie kriegen das Foto wieder, Mrs Foster. Versprochen.«

Er nahm sich nur so lange zusammen, bis sie beide wieder im Auto saßen. Dann platzte er heraus: »Sergeant Fergusson, sind Sie von allen guten Geistern verlassen? Wie können Sie der armen Frau derartige Versprechungen machen? Hat man Ihnen das etwa auf der Polizeischule beigebracht? Bei uns lernen junge Polizisten, sich zu genau solchen Versprechungen nicht hinreißen zu lassen, Sergeant. ›Sie kriegen das Foto wieder, Mrs Foster. Versprochen‹«, äffte er sie nach und wackelte dabei auf unbekümmerte Art mit dem Kopf hin und her.

»Kein Grund, mich zu behandeln wie eine Anfängerin«, gab die junge Beamtin zurück.

»Dann verhalten Sie sich gefälligst nicht wie eine!«, herrschte er sie an.

Sie warf ihren Kopf zurück, während er den Motor anließ. »Was genau ärgert dich eigentlich, Paul?«

Das freche Stück war doch, im Gegensatz zu ihm, ganz selbstverständlich bei der vertrauten Anrede geblieben. Er dagegen war automatisch wieder auf Distanz gegangen, was ganz ohne Zweifel sowohl der Situation als auch der Art ihrer Beziehung angemessen war. Es ließ ihn jedoch nun wie einen kompletten Volltrottel dastehen. »Es ärgert mich, dass du … ach, was weiß denn ich!«

*Warum bringt mich diese Frau nur so aus der Fassung?,* fragte er sich. *Was ist schon passiert? Natürlich ist es unprofessionell, einer Mutter zu versprechen, den Mörder ihres Sohnes zu finden, wenn nicht einmal klar ist, ob er nicht doch selbst verantwortlich für seinen Tod war. Aber,* wurde ihm nun bewusst, *eigentlich hat sie das gar nicht versprochen.*

»Du bringst ihr das Foto wieder, auch wenn wir den Täter nicht finden oder es gar keinen Täter gibt?«

»Natürlich. Sie will das Foto in jedem Fall wiederhaben. So oder so.« Ivy wühlte in ihrer Tasche, in die sie vorhin ihr grünes Notizbuch gesteckt hatte, und holte ein Päckchen Kaugummi hervor. Sie schob sich eines in den Mund und hielt Paul die Packung unter die Nase. Paul vermutete, dass dies eine Art Friedensangebot war, und griff zu.

»War es vielleicht, weil ich das mit dem Wegerecht wusste?«, fragte sie und ließ eine Kaugummiblase zerplatzen.

Paul schüttelte den Kopf – als Antwort auf ihre Frage und weil er, abgesehen von seinen Kindern, niemanden kannte, der Kaugummiblasen machte. »Mir ist das englische Wegerecht durchaus ein Begriff«, sagte er.

Ivy glaubte ihm nicht. »Ach ja?«, fragte sie, bevor sie eine weitere Kaugummiblase platzen ließ.

»Ich habe von meinem vierzehnten bis zum sechzehnten Lebensjahr hier gelebt.«

»Wo hier?«

»Surrey. Genauer gesagt in Guildford. Mein Vater war für zwei Jahre nach London delegiert.«

»Ein Banker?«

»Ja, damals war das noch kein Schimpfwort«, bemerkte Paul.

»Was war es dann?«, bohrte Ivy nach.

»Äh, eine Berufsbezeichnung.«

»Nein, ich meine, worüber hast du dich geärgert?«

Paul zuckte die Achseln. »Ich glaube, du hast mich vorhin einfach überrumpelt.« Er sprach nicht genau aus, was er meinte. Dass ihm die vertraute Anrede nicht passte, musste sie ja nicht wissen.

»Ist es dir lieber, wenn wir uns nicht mit dem Vornamen anreden?«, fragte Ivy, und Paul fragte sich, wie sie das erraten hatte. »Von mir aus«, sagte sie leichthin, als er nicht gleich antwortete.

»Nein, wie kommst du darauf?«, versuchte er sich herauszureden.

Als Ivy blinzelnd ihren Pony in Bewegung setzte, hatte Paul begriffen, dass sie ihn durchschaute.

»Dafür ist es jetzt ohnehin zu spät, Ivy«, fügte er hinzu und fragte sich im selben Moment, weshalb er gerade anfing, mit seiner jungen englischen Kollegin zu flirten.

# 10

»Papa!« Lilly hob ihren Rock an und rannte quer über den Rasen auf Paul zu.

»Lilly, meine Güte, ich hab dich kaum erkannt!« Paul hielt seine Tochter ein Stück von sich weg, strich irritiert über das Häubchen auf ihrem Kopf bis zur Schleife ihrer Zöpfe.

Lilly zog ihn zu sich heran. »Keine Angst«, flüsterte sie ihm ins Ohr, »das ziehe ich nur hier an. Ist eine Art Uniform.« Laut sagte sie, und dabei deutete sie auf ihre Freundinnen, die langsam herübergeschlendert kamen: »Schau, das tragen alle hier.«

»Na, dann«, sagte Paul und schaute verlegen zu Ivy, der nicht anzusehen war, was sie dachte. »Lilly, das ist meine Kollegin Ivy Fergusson.«

Lilly musterte die junge Polizistin kurz und nickte. Ihre Augen wechselten zwischen ihr und Paul hin und her. »Meine Mutter und mein Bruder sind auch hier«, ließ sie Ivy in kühlem Ton wissen, und an Paul gewandt: »Wenn du Mama suchst …«

»Ist gut, mein Schatz. Ich werde nachher mit ihr sprechen. Jetzt geh zu deinen Freundinnen, die warten schon auf dich. Wir sehen uns bald.«

Lilly schien nicht ganz einverstanden, verabschiedete sich aber, indem sie Paul umarmte und Ivy ignorierte.

Bis sie an der Holzwerkstatt waren, hatte Paul in knappen Worten erklärt, weshalb Julia und die Kinder auf dem Bruderhof waren. Er hielt es nicht für nötig zu erwähnen, dass Julia und er inzwischen getrennt lebten.

Die Tür stand offen. Brian Arnold war nicht zu sehen. Ein älterer Mann, der ihnen behilflich sein wollte, deutete in den hinteren Teil der Werkstatt. Sie fanden Brian mit einem Kollegen an der Kreissäge, die Füße in einem dicken Teppich aus hellen Holzspänen. Beide trugen einen Gehörschutz. Paul machte sich bemerkbar und wartete, bis

Brian die Kopfhörer abgenommen hatte. Gemeinsam gingen sie nach draußen.

Brian zuckte die Schultern, als Paul ihn nach dem Toten am See fragte. »Gehört habe ich davon, doch das war vor meiner Zeit hier. Ich bin erst einige Monate später auf den Bruderhof gekommen. Vielleicht fragen Sie Hermann Walters. Warten Sie einen Augenblick, ich hole ihn.« Er verschwand in der Werkstatt, um kurz darauf mit Walters zurückzukommen, den Paul vom letzten Besuch kannte.

Brian verabschiedete sich und kehrte an seine Arbeit zurück.

»Wollen wir ein Stück gehen?«, schlug Hermann Walters vor und wies ihnen die Richtung. Er hatte eine Hand unter die Achsel gelegt, mit der anderen strich er sich durch den Bart. »Schlimme Geschichte«, sagte er endlich. »Ja, man hat den Jungen bei uns am See gefunden. Meine Nichte war mit den Kindern unterwegs, als sie den Jungen am Ufer entdeckten. Gott sei Dank waren sie weit genug weg auf der anderen Seite. Wir wussten nicht, wie sie es verkraften würden. Die Kinder haben eine Menge Fragen gestellt. Und wir haben sie alle so gut wir konnten beantwortet. Unsere größte Sorge war, dass sie sich nicht mehr sicher fühlen würden, dass sie nicht mehr unbeschwert einfach Kinder sein könnten.«

»Und?«, fragte Paul.

»Es entsteht viel Leid, wenn Menschen sich gegenseitig etwas antun. Das ist genau der Grund, weshalb wir Gewalt ablehnen. Was die Kinder angeht, glaube ich, sie haben es alle gut überstanden, soweit man das sagen kann.«

»Mr Walters, lebt Ihre Nichte noch auf dem Hof?«

»Nein, sie lebt mittlerweile in den USA auf einem unserer Partnerhöfe. Vor zwei Jahren habe ich sie das letzte Mal gesehen, als meine Frau und ich drüben waren. Sie hatte gerade Zwillinge bekommen. Gleich zwei Mädchen auf einmal – nach sieben Jungen.« Er lachte und rieb sich die Hände.

Sie ließen die Stallungen hinter sich und erreichten bald die ersten Bäume des kleinen Wäldchens. Sie überquerten die Brücke, die über den Bach führte.

»War sonst noch jemand dabei, als man den Toten fand?«

»John Sullivan und Thomas Fisher. Die beiden trafen gemeinsam mit der Polizei ein, nachdem sie Rebekka und die Kinder auf den Hof gebracht hatten. Sie können also nichts zu dem beitragen, was die Polizei ohnehin schon weiß.«

Täuschte Paul sich oder wollte Mr Walters verhindern, dass die beiden nochmals befragt wurden? Nachdenklich musterte er den älteren Herrn, der seinen Bericht fortsetzte. »Die Polizei sagte, der Junge habe schon einige Stunden so gelegen und dass es gut war, dass nichts angefasst oder verändert worden sei. Dann haben sie alles abgesperrt und genau untersucht. Überall waren Männer in weißen Plastikanzügen.«

»Wissen Sie, ob jemand an dem Abend, als es passiert ist, etwas beobachtet hat?«

Hermann Walters schüttelte den Kopf. Er hatte die Hände auf den Rücken gelegt und lief in leicht gebückter Haltung, während er auf den Boden vor seinen Füßen starrte. »Das hat uns die Polizei damals auch gefragt. Nein, von uns hat niemand etwas beobachtet«, sagte er bestimmt. Dann wurde seine Stimme wieder weicher. »Es war ein Montag im Oktober, als man ihn fand. Anders als die anderen Tage der Woche verbringen wir den Sonntagabend in der eigenen Familie. Viele grillen oder picknicken am See, solange das Wetter es zulässt. Die letzten sind gegen zweiundzwanzig Uhr zurückgekehrt. Bis dahin war alles friedlich. Wissen Sie, wir haben uns manchmal gefragt, ob wir es hätten verhindern können.«

Paul wurde hellhörig. »Wie meinen Sie das?«

»Nun, einige Zeit vorher begannen die Probleme mit den jungen Leuten aus dem Dorf. Genau genommen hatten wir die gleichen Probleme bereits ein Jahr zuvor. Als die Temperaturen wärmer wurden, missbrauchten die Jugendlichen unseren See am Wochenende gern für nächtliche Trinkgelage und dergleichen. Mehrmals haben sie ein Lagerfeuer gemacht. Und das ein oder andere Liebespärchen haben wir auch aufgeschreckt.«

»Sie haben Liebespärchen aufgeschreckt?«, wiederholte Paul.

»Ja, auch wenn die nicht das Hauptproblem waren. Als wir immer wieder leere Flaschen und anderen Müll fanden, dehnten wir den Rundgang unseres Nachtwächters bis zum See aus und verstärkten ihn um ein paar Mann.«

Hermann Walters blickte in die ratlosen Gesichter der beiden Polizeibeamten und erklärte ihnen, was es mit dem Nachtwächter auf sich hatte. »Die Nachtwache zeigte mit der Zeit Wirkung. Als die jungen Leute merkten, dass sie dort nicht ungestört sein würden, wurden die nächtlichen Treffen weniger, bis sie schließlich, so dachten wir, gegen Ende des Sommers ganz aufhörten. Und so zogen wir unsere Nachtpatrouille wieder ab. Vielleicht ein wenig verfrüht, wie sich später herausstellte. Ein paar Wochen später war der Junge tot.«

»Mr Walters, der tote Junge, Vincent Foster, war am Abend in einer Diskothek namens *Elements*, wenn Ihnen das ein Begriff ist.«

Walters nickte und Paul fragte: »Wissen Sie, wie weit es von dort bis zum See ist?«

»Zu Fuß? Das dürfte nicht mehr als eine halbe Meile gewesen sein, jetzt ein wenig mehr.« Er bestätigte, was Mr Foster angedeutet hatte. »Wir haben uns lange bemüht, den Weg als öffentlichen Fußweg verlegen zu dürfen, weg vom See. Wir waren der Meinung, das würde erheblich dazu beitragen, die unbefriedigende Situation für alle zu entspannen.«

Hermann Walters führte nicht aus, ob es darüber hinaus das Ziel gewesen war, tagsüber ungestört vor fremden Blicken baden zu können, was Mr Foster als einzigen Grund für die Verlegung des Weges dargestellt hatte. Dass es das gute Recht und ein nachvollziehbares Anliegen der Bruderhof-Gemeinschaft war, an ihrem eigenen See feuchtfröhliche Feiern von Fremden zu unterbinden, dieses Detail hatte Mr Foster unterschlagen.

»*Inspector* Freyhoff, ich nehme an, es gibt einen Grund für Ihre Fragen. Weshalb interessiert es Sie so genau, was damals passiert ist? Ich meine, nach all den Jahren …«

Paul erzählte ihm nicht, dass der tote Deutsche von der *Cowes Week* und Vincent Foster Freunde gewesen und beide auf dieselbe Art und

Weise gestorben waren. Er verriet nur, dass es neue Erkenntnisse in dem Fall gab.

»Zum See ist es nicht mehr weit.« Hermann Walters streckte den Zeigefinger aus. »Wenn Sie möchten, können Sie sich dort umsehen. Momentan sind alle oben auf dem Gelände, sodass Sie niemanden stören werden.«

Paul war froh darüber, dass Mr Walters sie von sich aus zum See führte, auch wenn er den Eindruck hatte, dass er ihn und Ivy extra auf direktem Weg dorthin lotste, um sie möglichst schnell wieder loszuwerden und von den anderen Mitgliedern der Gemeinschaft fernzuhalten. Er hatte über die Jahre ein gutes Gespür dafür bekommen, welche Absichten jemand verfolgte, sei es in einer Vernehmung oder in einer schlichten Zeugenbefragung. Mr Walters war alles andere als erfreut, dass die Polizei innerhalb von wenigen Tagen schon wieder auf dem Hof auftauchte, darüber vermochte auch seine verbindliche Art nicht hinwegzutäuschen.

Doch nun waren sie da und konnten sich an dem Ort umschauen, wo Vincent Foster vor neunzehn Jahren tot aufgefunden worden war. Paul war fest davon überzeugt, wenn er das Rätsel um dessen Tod lösen könnte, würde sich auch der Fall Breitenbach klären und umgekehrt. Zwischen den beiden gab es eine Verbindung, die der Grund für ihren Tod war. Das lag auf der Hand. Worin diese Verbindung bestand, das galt es aufzudecken.

»Einverstanden«, sagte Paul, und Mr Walters erklärte sich bereit, ihnen die Stelle zu zeigen, wo der Junge gelegen hatte.

Sie traten unter den Bäumen des kleinen Waldstücks hervor und nahmen den letzten Hügel, bis der See ausgebreitet vor ihnen lag. Der Himmel war wolkenverhangen und ließ keinen Sonnenstrahl durch, der sich im stillen Wasser hätte spiegeln können.

Sie näherten sich von der offenen Seite, die andere Seite war von Laubbäumen begrenzt. Manche Zweige hingen so tief, dass sie bis ins Wasser reichten. Dazwischen gab es Büsche, Sträucher und Schilf. Dort, wo sich das Buschwerk lichtete oder wie auf der hiesigen Seite gänzlich fehlte, war der See von Gras umgeben. Die letzten Meter zum Wasser gingen in einen hellen, sandigen Boden über. An einer schmaleren Stelle führte ein Holzsteg bis auf die andere Seite und teilte den See in einen großen und einen kleinen Bereich. In der Mitte des großen Bereichs trieb ein Floß.

Auf dem Weg abwärts machten sie automatisch kleinere Schritte, bis sie durch die beiden Trauerweiden zu ihrer Linken hindurchsehen konnten. Ihre rutenförmigen Zweige hingen schwer nach unten. Sie gaben den Blick frei auf einige Spielgeräte. Paul zählte zwei mal sechs Reifenschaukeln, jeweils kreisförmig gruppiert, daneben eine Rutsche und eine weitere, die in einem abgezäunten Teil direkt ins Wasser führte. Hölzerne, nach oben offene Umkleidekabinen unter den Weidenbäumen erlaubten es auch hier draußen, vor fremden Blicken geschützt die Kleidung zu wechseln.

»Gebadet wird nur auf dieser Seite, wo sich der Spielplatz befindet?«, fragte Paul.

»Prinzipiell ist es rings um den See möglich. Aber es ist richtig, die Kinder halten sich meistens auf dieser Seite auf.«

»Wer es etwas ruhiger mag oder ungestört sein möchte, geht auf die andere Seite?«

Mr Walters lachte. »Wir sind gerne zusammen. Gemeinschaft ist uns sehr wichtig, und die Kinder stören uns nicht. Im Gegenteil, sie sind ein ganz wesentlicher Teil unserer Gemeinschaft.« Er ging geradewegs auf den Steg zu und setzte sicher einen Fuß vor den anderen. Dass der Steg dabei mächtig ins Schwanken geriet, ignorierte er.

Paul und Ivy blieb keine Wahl, als es ihm gleichzutun.

»Kommen Sie, kommen Sie«, ermutigte er die beiden und bedeutete ihnen mit kräftigem Winken, ihm zu folgen. »Der Steg passt sich unseren Bewegungen an. Lassen Sie sich davon nicht beeindrucken, sondern gehen Sie einfach darüber.«

Leichter gesagt als getan. Paul musste ein paarmal kräftig mit den Armen rudern, um das Gleichgewicht wiederzufinden. Ivy ging vor ihm. Auch sie hatte die Arme zur Seite genommen und erinnerte Paul mit ihren Tippelschritten an eine Turnerin auf dem Schwebebalken. Alle drei erreichten das andere Ufer trockenen Fußes, doch Paul beschloss, es nicht noch einmal darauf ankommen zu lassen und zurück lieber den längeren, aber trittsicheren Weg außen herum zu nehmen.

»Dort ist es«, sagte Mr Walters endlich und deutete mit einer vagen Handbewegung auf eine Stelle am Wasser. »In diesem Bereich hat man ihn gefunden.«

Sie konnten nicht weiter am Wasser entlangmarschieren, um dorthin zu gelangen, sondern mussten um mehrere dicht verzweigte Bäume herumgehen, die bis ans Ufer gewachsen waren. Sie traten vor ans Wasser und ließen die von dichtem Geäst umrankte Badestelle auf sich wirken.

Nichts an diesem Anblick deutete darauf hin, was einmal dort geschehen war. Der sandige Boden war wie überall am Wasser mit kleinen Kieselsteinen vermischt. Ab und zu hatte es ein Grasbüschel geschafft, sich durch die Erde zu drücken. Ein abgebrochener langer Ast lag halb im Wasser und wurde leicht hin- und herbewegt.

*So ungefähr muss Vincent Foster dagelegen haben*, dachte Paul. Mit Kopf und Oberkörper hatte er schräg auf dem Trockenen gelegen, die Arme und ein Bein abgewinkelt, das andere Bein im Wasser.

Paul warf einen Blick zurück über die Schulter, wo wild wuchernde Büsche einem schmalen Weg vorgelagert waren, der sich mit ein wenig Abstand um diese Seite des Sees wand. Das musste der alte Weg sein, den die Jugendlichen gern benutzt hatten.

Er drehte sich um und deutete nach links. »Dort ging es zum *Elements*, richtig? Und in dieser Richtung befindet sich das Anwesen der Fosters.« Er zeigte in die entgegengesetzte Richtung und legte sich einen Finger an die Lippen, um sich zu konzentrieren. Wenn sich jenseits des alten Weges nur Wald befand, der an weite Wiesen und Felder grenzte, so wie es auf der Karte ausgesehen hatte, war es unwahrscheinlich, dass sich jemand aus dieser Richtung dem See genähert hatte.

Mr Walters bestätigte seine Überlegung. »Meistens kamen sie den Weg von dieser Seite des Dorfs hoch, wo sich auch die Diskothek befindet. Dass jemand den Weg über die Felder gewählt hat, halte ich eher für unwahrscheinlich.«

»Und der alte wird nicht mehr benutzt, seit Sie den neuen als öffentlichen Fußweg angelegt haben?«

»Unsere Kinder nutzen ihn, wenn sie Fahrrad fahren oder durch das Gelände streunen, doch wir haben ihn bewusst so weit zuwuchern lassen, dass sich keiner aus Versehen mehr hierher verirrt.«

»Danke, Mr Walters, für Ihre Hilfe. Wir würden uns gern noch ein wenig alleine hier umschauen, wenn Sie nichts dagegen haben. Und anschließend möchten wir mit den beiden Herren sprechen, die damals als Erste bei dem Jungen eingetroffen sind. Wie, sagten Sie, waren die Namen doch gleich?«

»John Sullivan und Thomas Fisher«, kam es von Ivy wie aus der Pistole geschossen, ohne dass sie dazu ihr grünes Notizbuch bemühen musste, in das sie wieder fleißig mitgeschrieben hatte.

»John Sullivan und Thomas Fisher«, wiederholte Paul. »Wenn ich Sie richtig verstanden habe, leben die beiden noch auf dem Hof«, mutmaßte er ins Blaue hinein.

Mr Walters nickte grimmig. »Sobald Sie hier fertig sind, kommen Sie am besten direkt ins Büro. Es befindet sich in der Nähe des Pförtnerhauses. Ich werde bis heute Abend dort sein.«

»Und Mr Sullivan und Mr Fisher?«, bohrte Ivy nach.

»Werde ich informieren.« Mr Walters war plötzlich sehr kurz angebunden. Ohne ein weiteres Wort zu verlieren, drehte er sich um und verschwand zwischen den Bäumen.

Paul und Ivy kehrten nach kurzer Inspektion der Umgebung ins Dickicht des Weges zurück, der früher einmal zum Dorf geführt hatte, wo sich das *Elements* befand. Sie wollten die Strecke entlanggehen und anschließend von dort aus bis zum Haus der Fosters marschieren, genau wie es Vincent vermutlich an dem Abend getan hatte.

Es stellte sich heraus, dass es das *Elements* tatsächlich noch gab, auch wenn der Besitzer seither zweimal gewechselt hatte und der jetzige keinerlei hilfreiche Auskünfte darüber geben konnte, was an jenem Abend geschehen war. Er hatte so manches gehört, doch nichts davon brachte Paul und Ivy bei ihren Ermittlungen weiter, sodass sie sich zügig verabschiedeten und auf den Rückweg machten.

»Dass Breitenbach eine Visitenkarte von *Amberley Wooden Toys* in der Hemdtasche hatte, erscheint viel weniger merkwürdig, wenn man weiß, dass Vincent Foster und er sich kannten und dass Vincents Eltern aus dem Dorf stammen, in dem der Bruderhof angesiedelt ist, der unter diesem Firmennamen Möbel und Spielzeug verkauft«, bemerkte Ivy, während sie sich im Gänsemarsch durch Zweige und hohes Gras kämpften. »Sicher war ihm der Bruderhof ein Begriff, wenn er bei den Fosters öfter zu Besuch war. Vielleicht hat er den Stand bei der Cowes Parade zufällig entdeckt und sich im Vorbeigehen eine Karte eingesteckt. Vielleicht wollte er sich mit den Fosters in Verbindung setzen, ihnen einen Besuch abstatten. Die Karte sollte als Gedächtnisstütze dienen, damit er es nicht vergaß. Vielleicht wollte er einfach eine Adresse haben, falls er sich nicht mehr so genau erinnerte, wo die Fosters wohnten.«

Paul antwortete nicht. Er zog es vor, sich seine Gedanken im Stillen zu machen. Schweigend ging er voraus und hielt ab und zu einen Zweig fest, damit er Ivy nicht ins Gesicht peitschte. Möglich, dass Ivy richtig lag. Das würde erklären, warum sich weder Brian Arnold noch eine der Townsend-Schwestern an den Deutschen erinnerten. Wenn er sich weder für Kuchen und Marmelade noch für das Holzspielzeug interessiert hatte, sondern nur für die Karte, konnte die Begegnung so flüchtig gewesen sein, dass keiner der drei ihn bewusst wahrgenommen hatte.

Die Strecke zog sich länger hin als erwartet. Je mehr sie sich dem Anwesen der Fosters näherten, desto dichter wurde das Gestrüpp, bis sie schließlich nur noch in gebückter Haltung vorwärtskamen. Als Ivy mit dem Fuß in einer Dornenranke hängen blieb und hinfiel, wollte Paul ihr aufhelfen.

Doch Ivy nahm seine Hand nicht, die er ihr entgegenstreckte. Sie kam alleine hoch, saugte an ihrem Daumen, in den sich ein Stachel gebohrt hatte, einen Tropfen Blut weg, und klopfte sich die Blätter von Bluse und Jeans.

»Ich glaube, es hat keinen Sinn. Wir sollten umkehren«, stellte Paul fest.

»Also, meinetwegen müssen wir nicht umkehren«, entgegnete Ivy schnell. Sie wollte offensichtlich nicht als zimperlich gelten.

»Nein, im Ernst. So wie es aussieht, wurde der Weg spätestens ab hier schon Jahre nicht mehr benutzt. Ich denke, wir konnten uns ein hinreichendes Bild machen und sollten jetzt umkehren.«

Ivy zuckte die Achseln und machte auf dem Absatz kehrt.

Als die beiden am Speisesaal vorbeikamen, lief Julia ihnen fast in die Arme. Sie hatte gerade den Geschirrwagen des Nachmittagskaffees zurückgebracht. Sie bedachte Ivy mit einem kurzen Blick und wandte sich auf Deutsch an Paul: »Kommissar Freyhoff, Sie wieder hier? Ich hätte ein kleines Anliegen. Es geht um dieselbe Sache wie beim letzten Mal. Wäre es möglich, dass wir uns kurz sprechen? Sagen wir, in ein paar Minuten am Büro?«

»Da müssen wir sowieso hin«, erklärte Paul sich einverstanden. Er zögerte, ob er Ivy vorstellen sollte, doch da Julia wieder dieses Theater veranstaltete und er nicht wusste, was er über sie sagen sollte, ließ er es bleiben.

Das Gespräch mit John Sullivan und Thomas Fisher verlief äußerst zäh. Mr Walters hatte nach den beiden schicken lassen, sobald Paul und Ivy im Büro auf zwei Stühlen Platz genommen hatten. Zuerst trat Thomas Fisher, der in der Buchhaltung arbeitete, durch die Tür. Er hatte eine dicke Brille auf der Nase, die seine Augen riesig aussehen ließ. Er wirkte ein wenig gehemmt, wie er da im Türrahmen stand, bis Hermann Walters auf ihn zuging und ihn vorstellte. Als Paul ihm die Hand entgegenstreckte, gab Thomas Fisher ihm die linke Hand. Paul bemerkte, dass Fisher Daumen und Zeigefinger der rechten Hand fehlten. Zu den Ermittlungen konnte er nichts beitragen, was Paul und Ivy nicht schon wussten. Entsprechend schnell entließen sie ihn wieder.

Was John Sullivan anging, gestaltete sich die Befragung noch schwieriger. Hatte Thomas Fisher sich wenigstens Mühe gegeben, so gut es ging zu antworten, verspürte John Sullivan offenbar wenig Lust, sich zu erinnern. Er gab sich wortkarg und zugeknöpft. Jedes Wort musste man ihm aus der Nase ziehen. Bevor er sich schließlich zu einer Antwort in einem ganzen Satz hinreißen ließ, ging sein Blick jedes Mal zu Hermann Walters, der dann das ein oder andere ergänzte und nicht müde wurde zu erwähnen, dass die Polizei das bereits alles wisse. Paul überlegte, ob er Mr Walters bitten sollte, ein wenig spazieren zu gehen, bis sie mit der Befragung fertig waren. Doch da er ohnehin nicht mehr erwartete, etwas Brauchbares aus dem Zeugen Sullivan herauszubekommen, beschloss er, seine Zeit nicht länger zu vergeuden.

»Das wäre dann alles.« Sullivan erhob sich und war schon an der Tür, als Paul sich ein »Zumindest vorerst, Mr Sullivan« nicht verkneifen konnte. Sollte der komische Kauz ruhig damit rechnen, dass die Polizei ihn ein weiteres Mal behelligen würde.

Ivy sagte, sie wolle sich ein wenig die Beine vertreten, und zog sich diskret zurück, als sie Julia wartend vor der Tür trafen.

Paul schmunzelte. Als ob Ivy sich im Laufe des Nachmittags bei ihren Erkundungen nicht schon genug die Beine vertreten hätte. Er sah Ivy hinterher, wie sie mit den Händen in den Taschen über den Rasenplatz schlenderte.

Julia folgte seinem Blick und wollte wissen, wo Pauls deutscher Kollege sei. Lohse sei wieder in Deutschland, erklärte er ihr. Über seine englische Kollegin verlor er kein Wort, und Julia fragte nicht nach ihr. Sie sah auch so auf den ersten Blick, dass dieses rehäugige Wesen höchstens Mitte zwanzig war, mit den Augen klimpern und mit dem Hinterteil wackeln konnte. Bestimmt war sie ungebunden, ohne Geschichte, Verpflichtungen und Ansprüche. Die ideale Kombination also für einen Mann in den besten Jahren, der Bestätigung brauchte, weil seine Frau ihn gerade verlassen hatte.

*Das ist natürlich übertrieben,* sagte Julia sich. Die Trennung lag schon ein paar Monate zurück, und Paul war nicht der Typ Mann, der Trost und Bestätigung bei einer anderen Frau suchte. Und wenn schon – schließlich konnte er tun, was er wollte. Ihre Ehe existierte nur noch auf dem Papier und die Scheidung war nur eine Frage der Zeit, auch wenn sie es beide nicht besonders eilig damit hatten – darin waren sie sich einig. Und doch musste sie sich eingestehen, dass es ihr einen

Stich versetzt hatte, als Paul dieser jungen Frau lächelnd hinterhergeschaut hatte.

Verstohlen betrachtete sie ihn von der Seite, wie er lässig neben ihr her schlenderte. Sie roch sein dezentes Aftershave und musste daran denken, wie sie morgens im Bad immer nebeneinander gestanden hatten, während sie beide die Zähne putzten. Manchmal waren sich ihre Augen im Spiegel begegnet und Paul hatte sie, den Blick auf den Spiegel gerichtet, an sich gezogen und so lange ein ulkiges Zahnpastalächeln gezeigt, bis sie es ihm gleichtat und sie beide prustend ausspucken mussten. Sie vermisste die Vertrautheit von damals und die Wärme in seinem Blick.

Julia sah zu ihm auf, wartete darauf, dass Paul sie ansah, doch er schaute nur geradeaus, während er ihr von den neuesten Ermittlungsergebnissen berichtete. Er erzählte, dass Alexander Breitenbach und Vincent Foster miteinander befreundet gewesen waren, zu der Zeit, als Breitenbach als junger Austauschstudent für zwei Semester an der *East Sussex University* in Brighton eingeschrieben gewesen war.

»Sag mal, hörst du mir überhaupt zu?«, fragte Paul vorwurfsvoll. Er blieb stehen und sah sie irritiert an.

Es war kein Blick, wie Julia ihn sich ersehnt hatte. Und es war genau die Frage, die Julia normalerweise stellte. Nämlich dann, wenn Paul wieder einmal so sehr mit einem Fall beschäftigt war, dass er kaum fähig war, einem ihrer Gedanken zu folgen. Die Kombination aus beidem war verwirrend für Julia und machte sie unfähig, sich in einem vollständigen Satz zu äußern. »Ich … äh … was hast du gesagt?«, brachte sie schließlich hervor.

»Was ist los mit dir?« Er war gereizt, das sah man an der leicht schrägen Zornesfalte, die sich über seiner Nase eingegraben hatte. »Wenn es dich nicht interessiert, brauchst du es einfach nur zu sagen.«

»Nein, das ist es nicht. Bitte entschuldige, ich war nicht ganz bei der Sache. Also, die beiden kannten sich tatsächlich, ja?«

Paul legte ihr noch einmal die Einzelheiten dar. Er berichtete ihr von der Vermutung, ohne dabei zu erwähnen, dass sie von Ivy stammte, dass Breitenbach die Visitenkarte von *Amberley Wooden Toys* am

Bruderhof-Stand im Vorbeigehen eingesteckt haben könnte, weil er eventuell die Fosters besuchen wollte.

Julia wusste nicht, was sie davon halten sollte. Sie fragte sich, ob es nicht beunruhigend war, dass die beiden sich tatsächlich gekannt hatten. Der tote Deutsche und Vincent Foster hatten vor zwanzig Jahren vermutlich genau zu den jungen Leuten gehört, die am Amberley-See nächtliche Gelage abgehalten hatten.

Sie versuchte sich zu konzentrieren und Pauls Informationen mit dem zusammenzubringen, was sie schon wusste: Breitenbach kehrt nach Deutschland zurück, worauf Vincent Foster kurz darauf quasi direkt neben dem Bruderhof an einer Überdosis K.-o.-Tropfen stirbt. Fast zwanzig Jahre später stirbt sein Freund auf dieselbe Art und Weise. Nicht neben dem Bruderhof, aber in unmittelbarer Nähe des Bruderhof-Stands auf der Cowes Parade, wo Brian Arnold und die beiden Townsend-Schwestern zugegen waren.

Paul predigte stets, der Täter brauche in der Regel beides: ein Motiv zur Tat und die Gelegenheit, die Tat auszuführen. Ein Motiv hätten im Zusammenhang mit einem Mordfall oftmals eine ganze Reihe von Leuten, wenn man sie nur genau genug unter die Lupe nähme. Ein Alibi machte dem Ermittler das schönste Motiv zunichte, wenn es wasserdicht war.

Julia traute sich kaum, den Gedanken zu Ende zu denken, geschweige denn, ihn auszusprechen, doch sowohl Brian Arnold als auch die Townsend-Schwestern, so folgerte sie, waren bei beiden Todesfällen in der Nähe gewesen. Alle drei hätten vermutlich Gelegenheit gehabt. Ob einer der drei tatsächlich ein Motiv gehabt haben könnte oder skrupellos genug wäre, die beiden Männer vergiftet zu haben?

*Julia, was spinnst du dir da gerade zusammen*, rief sie sich zur Räson. *Die Bruderhöfer sind Kriegsdienstverweigerer und absolute Pazifisten. Ihnen einen Mord zu unterstellen, aus welchem Grund auch immer, ist absolut an den Haaren herbeigezogen.*

Sie dachte an Brian, Rachels aufmerksamen Ehemann und liebevollen Vater ihrer sieben gemeinsamen Kinder. Und an die Townsend-Schwestern, die beide bereits über sechzig waren. Zwei harmlos aussehende grauhaarige Damen mit Dutt und Kopftuch.

*Arsen und Spitzenhäubchen*, durchzuckte es sie plötzlich wie ein Stromschlag. Die beiden liebenswürdigen alten Damen hatten im Film, ohne mit der Wimper zu zucken und in durchaus fürsorglicher Absicht, einsame alte Männer mit einer Giftmischung ins Jenseits befördert, um sie »Gott näher zu bringen«.

Nun, die Townsend-Schwestern waren den beiden geisteskranken alten Tanten vielleicht äußerlich ähnlich, doch ganz gewiss waren sie nicht verrückt.

Viel eher würde Paul sie selbst für verrückt erklären, würde sie ihm verraten, welch hanebüchenen Gedanken in ihrem Hirn herumspukten. »Komm mir bitte nicht mit irgendwelchen Filmen«, würde er ihre Theorien kopfschüttelnd abtun. »Das Stück war am Broadway wegen seines Unterhaltungswerts erfolgreich und nicht, weil es so nah an der Realität war.«

Und natürlich hätte Paul recht. Das Ganze war ohne Zweifel an den Haaren herbeigezogen. Doch um einen Kriminalfall zu lösen, davon war Julia überzeugt, reichte es manchmal nicht aus, sich allein auf die Fakten zu stützen. Gelegentlich musste man auch ein bisschen kreativ sein.

»Du bist so still. Hast du was?«, fragte Paul.

»Nein, es ist nichts«, erwiderte Julia.

Paul warf einen Blick in den Rückspiegel. Julia stand mit verschränkten Armen da und sah ihnen hinterher. Er beobachtete sie, wie sie den Kopf schräg hielt und dann das Kinn anhob, bis sie um die Ecke gebogen waren und er sie nicht mehr sehen konnte.

Seit langer Zeit war es das erste Mal gewesen, dass sie ihn wieder richtig angeschaut hatte. Er war ihrem Blick ausgewichen, hatte so getan, als bemerke er nicht, wie sie sich ihm zugewandt und zu ihm aufgeblickt hatte.

Paul war froh, dass er nicht darauf reagiert hatte. Denn genauso schnell und überraschend wie ihr Interesse an ihm erwacht war, war es wieder verschwunden gewesen. Geistesabwesend hatte sie ins Leere gestarrt und ihm überhaupt nicht zugehört.

Er wurde nicht schlau aus Julia. Kaum säte sie einen neuen, winzig kleinen Keim dessen, was sie einmal miteinander verbunden hatte, trampelte sie im nächsten Moment wieder darauf herum. So manches Mal hatte er geglaubt, es gäbe eine Annäherung zwischen ihnen, nur um kurz darauf festzustellen, dass er sich getäuscht hatte. Dass sie je wieder zu ihm zurückkehren würde, wagte er nicht mehr zu glauben. Sein Freund David hatte erklärt, er müsse Geduld haben. Er hatte gesagt, dass jede Frau für ihren Mann immer ein großes oder kleines Mysterium bleiben würde und dass doch ein ganz eigener Reiz darin liege, immer wieder neu zu entdecken, wie Gott diese merkwürdigen und wunderbaren Geschöpfe geschaffen habe. Gut, David hatte hin und wieder eine merkwürdige Art sich auszudrücken, und manchmal fand Paul die Ansichten von David und den anderen befremdlich, doch im Grunde genommen fühlte er sich sehr wohl in ihrer Runde.

Er musste feststellen, dass Geduld nicht seine Stärke war. Er liebte Julia, keine Frage, und so schnell würde sich das vermutlich auch nicht ändern. Er liebte ihre feinen Sommersprossen auf der Nase und den Wangen, die man nur sehen konnte, wenn man ganz nah an sie herantrat. Er liebte den Duft ihres Haares, ihr Lächeln, mal spielerisch verschmitzt, mal geheimnisvoll und betörend. Er liebte es, wenn sie ausgelassen mit den Kindern scherzte, hatte sie insgeheim dafür bewundert, wie sie, als die Kinder noch klein waren, scheinbar immer genau zu wissen schien, was ihnen gerade fehlte.

Paul lächelte unwillkürlich. Er liebte ihren Gang, der zwar nicht weiblich anmutig, aber ihr ganz eigener war. Die schnellen Schritte ihrer langen Beine, die es fast immer eilig hatten. Er liebte sogar diese kleine Delle über ihrer linken Augenbraue, die sich bildete, wenn Julia angestrengt über eine Sache nachdachte oder mit etwas ganz und gar nicht einverstanden war. An dieser kleinen Delle konnte man erkennen, dass sie etwas ärgerte, noch bevor sie es in Worte packte. Nicht, dass man darauf angewiesen wäre oder lange Zeit dazu hätte. Julia war eine Frau, die sagte, was sie dachte. Lieber brach sie einmal zu viel einen Streit vom Zaun, als eine Sache unter den Teppich zu kehren, so wie er es zu Hause gelernt hatte.

Über seinen Ausbruch gegenüber Ivy am Vormittag war er immer noch erstaunt. So etwas passte überhaupt nicht zu ihm. Normalerweise reagierte er nüchtern und besonnen. Selten brachte ihn etwas aus der Ruhe. Gab es ein Problem, zog er es vor, die Dinge lieber mit sich alleine auszumachen.

Eine Eigenschaft, die Julia so manches Mal auf die Palme gebracht hatte. Sie sagte, man müsse ihn immer erst aus der Reserve locken. Wenn er sich zu lange mit seinem Motorrad beschäftigte oder den fünften Tag in Folge morgens seine Laufschuhe anzog, anstatt mit ihr zu sprechen, spekulierte sie gern wild darauf los, welche Laus ihm über die Leber gelaufen sein könnte oder was ihn bedrückte. Das tat sie so lange, bis er endlich mit der Sprache herausrückte.

Paul starrte in die Ferne und hing zum gleichmäßigen Motorengeräusch des Autos seinen Gedanken nach. So vieles hatte er gemeinsam mit Julia erlebt, erschaffen, geteilt. Dadurch war ein Band zwischen ihnen entstanden, das fest genug war, jeden Sturm zu überstehen. Davon war er immer überzeugt gewesen, bis Julia ihm aus heiterem Himmel eröffnet hatte, dass sie so nicht weitermachen wolle.

Wie unterschiedlich Menschen dieselben Dinge doch wahrnahmen. Da teilte man über viele Jahre Tisch und Bett und meinte, den Menschen an seiner Seite zu kennen, und dann so etwas. Aus und vorbei. Damit musste er sich wohl abfinden. Und je früher er das tat, umso besser war es wahrscheinlich. Sein Blick streifte den Ehering an seinem Finger, den er noch immer trug.

»Du und deine Frau, ihr seid nicht mehr zusammen, oder?«, riss Ivy Paul aus seinen Gedanken.

Er schüttelte stumm den Kopf. Diese Frau war ihm unheimlich. Er hatte, als er ihr von Julia und den Kindern erzählt hatte, absichtlich kein Wort darüber verloren. Nun hatte er beim besten Willen keine Ahnung, wie sie das erraten hatte.

»Aber wieso tut sie so, als würdet ihr euch nicht kennen?«

Paul zuckte mit den Achseln. »Sie hält es für besser so.«

Ivy streckte die Füße aus und lehnte den Kopf zurück. »Also, ich weiß nicht, wie es dir geht, aber ich für meinen Teil könnte etwas zu essen vertragen. Wie wäre es, wenn wir nachher noch in Portsmouth einkehren? Ich zeige dir meinen Lieblingspub am *Royal Beach*, wo es den besten Fisch weit und breit gibt. Dazu ein warmes Bier … na, wie hört sich das an?« Ivys Mundwinkel zuckten, als Paul sie entgeistert ansah. Er versuchte, sich nicht anmerken zu lassen, dass er darauf hereingefallen war. Doch was machte es schon? Sollte sie ruhig ihren Spaß haben.

»Von mir aus«, stimmte Paul zu. Das deftige englische Frühstück von Mrs Berwick hatte lange vorgehalten, doch allmählich bekam er Hunger. »Solange man dort satt wird und ein ordentliches *Lager* bekommt, gut gekühlt, versteht sich.«

Ivy lachte. »Keine Sorge. Auch wenn ich der Meinung bin, dass die Leute vom Festland etwas experimentierfreudiger in puncto Bier sein sollten. Dann kämen sie auch auf den Geschmack eines *Ale*, dessen Aroma sich erst in etwas wärmerem Zustand voll entfaltet.«

»Also schön«, sagte Paul. Für Brighton war es heute ohnehin zu spät. Er fasste zusammen, was sie wussten, und umriss in groben Zügen, was als Nächstes anstand: »Für morgen sollten wir uns die *East Sussex University* vornehmen. Mal schauen, welche Informationen wir über Breitenbach finden. Beide, Vincent Foster und er, haben gemeinsam dort studiert. Da haben sie sich kennengelernt und vermutlich auch die meiste Zeit verbracht. Frau Breitenbach erwähnte, dass ihr Sohn in einem der Studentenwohnheime ein Zimmer hatte, und auch Vincent Foster wohnte dort. Seine Eltern hat er nur ab und zu am Wochenende besucht. Wir sollten also herausfinden, mit wem die beiden studiert und zusammengewohnt haben, mit wem sie sonst noch befreundet waren und was sie die ganze Zeit so getrieben haben. Vielleicht gibt es Professoren, die die beiden von damals kennen. Bestimmt haben alle davon erfahren, als Vincent Foster starb. So jemand bleibt mit Sicherheit im Gedächtnis. Vielleicht erinnert sich auch einer der ehemaligen Kommilitonen an etwas, das uns im Zusammenhang mit den Vorwürfen weiterführt, Foster habe mit GHB gedealt.«

Er überlegte kurz. »Darüber hinaus sollten wir alle Akten nochmals daraufhin durchgehen, welche Verbindung es sonst noch zwischen den beiden gegeben haben könnte. Wer hatte ein Interesse daran, sowohl damals als auch heute, den beiden zu schaden oder sie sogar umzubringen, und aus welchem Grund? Und wer hatte die Gelegenheit dazu? Wer war an jenem Abend im *Elements* mit dabei, wenn Foster seinen Mörder nicht zufällig getroffen hat? Alles, was wir in den Akten dazu finden, könnte uns auf eine Spur führen, die uns weiterbringt. Aber zuerst sollte ich Daniela Breitenbach zurückrufen. Sie sagte schließlich, es sei dringend.«

Er bat Ivy: »Könntest du vielleicht …«

Ivy wählte bereits die Nummer.

Charlotte zog das Nachthemd über den Kopf und blickte zur Kommode. Für einen Moment zögerte sie. Dann ging sie hinüber und setzte sich auf den zerschlissenen Hocker, der davorstand. Mit den Fingerspitzen strich sie über den Samtbezug. Spürte den Knöpfen nach, die ihn festhielten. Langsam hob sie den Kopf und betrachtete sich im Spiegel.

*Die Zeit heilt gar nichts. Sie macht einen nur älter*, dachte sie.

Ob Großmutter Eleanor auch jemals solche Gedanken gehabt hatte? Charlotte hatte sie unzählige Male beobachtet, wenn sie am Abend vor dem Flügelspiegel gesessen und ihr langes, dünner werdendes silbriges Haar gebürstet hatte, das sie tagsüber zu einem ordentlich aufgesteckten Dutt getragen hatte, seit Charlotte denken konnte.

100 Bürstenstriche jeden Abend.

53 Jahre und fast zwei Millionen Bürstenstriche alleine. Mit der Gewissheit, dass er nicht wiederkommen würde.

Charlotte hatte das ganze Schlafzimmer, Kleiderschrank, Frisierkommode samt Hocker und Doppelbett von ihr zur Hochzeit bekommen. »Mir reicht ein Bett«, hatte Eleanor gesagt. »Ihr könnt es besser gebrauchen.« Sie hatte Charlotte das in Seidenpapier eingeschlagene Päckchen gegeben und dabei ihre Hand gedrückt.

Charlotte zeichnete das Muster der gehäkelten Spitzendeckchen mit den Augen nach. Seit diesem Tag lagen sie unter der schweren, kalten Glasplatte, die die Kommode bedeckte.

Weiß und rein und unberührt.

Fast automatisch zog sie die oberste Schublade auf. Sie griff mit beiden Händen hinein. Sie schob den dünnen Schal zur Seite. Sie spürte die Schleife, die das Bündel zusammenhielt. Verharrte einen Moment, bevor sie das Päckchen behutsam herauszog. Sie legte es auf ihre Knie. Betrachtete es und richtete das blaue Band. Langsam erhob sie sich und trug es an seinen Platz.

Sorgfältig strich sie ihr Kopfkissen glatt, bevor sie sich darauf sinken ließ, und löschte das Licht.

# 11

Die Hügel von Amberley breiteten sich sanft und still vor Julia aus. Der frühe Nebel hing noch über den Wiesen und zeichnete alle Konturen weich. Als hätte ein Künstler sie sachte verwischt. *Wie ein perfektes Gemälde*, dachte Julia, während sie den See hinter sich ließ. Nur ihre eigenen Schritte, die beim Laufen über die kleinen Steinchen rieben, waren zu hören. Sie überlegte für einen Moment, ob sie den Schotterweg verlassen und lieber im feuchten Gras joggen sollte, verwarf den Gedanken aber gleich wieder.

Julia atmete die kühle Luft tief ein. Der Sauerstoff belebte ihren Körper bis in alle Glieder und erfrischte ihren Geist. Sie fand es herrlich, hier draußen mit sich allein zu sein. Zu wissen, dass der neue Tag noch vor ihr lag. Sie durfte ihn füllen und gestalten, gespannt sein, was er mit sich brachte. Der Rhythmus auf dem Bruderhof gab ihr einen Rahmen, der ihr gut tat. Das hatte sie in den letzten Tagen immer deutlicher gespürt. Der geregelte Tagesablauf mit seinem verlässlichen Wechsel zwischen Arbeit und Pausen, die gemeinsamen Mahlzeiten und das, was man dabei miteinander teilte, halfen Julia, einen Gang herunterzuschalten. Wo ihr Tag zu Hause bis ins Letzte durchstrukturiert und durchorganisiert war – sein musste, sonst wäre ihr Pensum an Arbeit und die Betreuung der Kinder gar nicht zu schaffen –, war hier Raum, sich und seine Gedanken zu sammeln, sich zu spüren und wiederzufinden.

Zuerst war Julia die Veränderung bei Ben aufgefallen. Er war so viel ausgeglichener geworden, passte sich scheinbar mühelos den Gleichaltrigen seiner Gruppe an. Etwas, was ihm zu Hause so schwergefallen war, dass Julia mit dem Gedanken gespielt hatte, tatsächlich einen Psychologen zurate zu ziehen, wie es ihr die Erzieherinnen in Bens Kindergarten ans Herz gelegt hatten. Wenn es ihm doch einmal zu viel wurde und er lieber für sich sein wollte, hatte er auf dem Hof genügend Möglichkeiten und niemand bedrängte ihn.

Doch die meiste Zeit war er mit Eifer bei allen Aktivitäten dabei. Er half und arbeitete von sich aus mit, so gut er konnte. Am liebsten war er mit Johann bei den Tieren im Stall, wo sie sich um die Hühner und Hasen kümmerten oder sich Abenteuerspiele auf den Ponykutschen ausdachten.

*Hier könnten gestresste Großstädter glatt in Kur gehen*, dachte Julia und schmunzelte. Die Bruderhöfer arbeiteten viel, sogar am Samstag, doch Hektik oder gar Stress war etwas, was ihr auf dem Bruderhof noch kaum begegnet war. Und dass sie abends deutlich früher zu Bett ging als zu Hause, hatte im Handumdrehen dazu geführt, dass von ihrer Morgenmuffligkeit nichts mehr übrig geblieben war.

Sie legte ein wenig an Tempo zu, bis die reetgedeckten Häuser des Dorfes ganz nah waren. Der Weg, auf dem Julia lief, stieß nach einer Biegung auf die asphaltierte Straße. Julia verlangsamte ihren Schritt und betrachtete die gepflegten Vorgärten, an denen sie vorbeikam. Englischer Rasen, wie er grüner nicht sein konnte, neben wilden Kräutern. Eine üppige Blumenpracht in Beeten und Kübeln, die sich bis an die Stufen der Haustüren erstreckte. Das kleine Dorf war offensichtlich sowohl mit genügend Sonne und Regen als auch mit einer Menge grüner Daumen gesegnet.

An der roten *Pillar Box* in der Dorfmitte zog Julia eine Postkarte aus der Gürteltasche hervor und steckte sie in den Briefkastenschlitz. Gestern Abend hatte sie die Karte an ihre Eltern geschrieben. Sie wusste, wie wichtig ihnen diese kleine Geste war. Sie würden sich an Bens krakeliger Unterschrift freuen und die Karte an die Wand pinnen, sobald sie aus dem Urlaub zurückkehrten. Ihnen war die Trennung sehr zu Herzen gegangen. Sie hatten Paul immer gemocht und wie einen eigenen Sohn behandelt. Als Julia damals endgültig von Frankenberg weggezogen war, hatten sie geglaubt, dass Julia in Paul einen zuverlässigen Mann gefunden hatte, bei dem sie gut aufgehoben war. Diese Gewissheit hatte es ihnen leichter gemacht, Julia gehen zu lassen. In letzter Zeit jedoch machten sie sich Sorgen um ihre Tochter und die beiden Enkelkinder. Immer wieder redeten sie davon, dass sie sich eventuell doch vorstellen könnten, in die Nähe von Heidelberg zu ziehen, sodass sie die Kinder häufiger sehen könnten. Paul und Julia hatten ihnen diesen Schritt schon oft nahegelegt. Und Lilly und Ben könnten sie keine größere Freude machen.

Die paar Geschäfte, die es in der Straße gab – ein Bekleidungsgeschäft, ein Schreibwarengeschäft, ein *Charity Shop* und eine Apotheke –, waren noch geschlossen. Nur die Bäckerei hatte geöffnet, und Julia stieß die Tür auf.

Die Verkäuferin, eine Dame mittleren Alters, bediente allein. Sie grüßte Julia und fragte, was es sein dürfe. Julia sagte, dass sie noch einen Moment brauche. Sie hatte insgeheim gehofft, so etwas wie richtiges deutsches Brot zu bekommen. Doch dies war schon innerhalb Londons eine Herausforderung, hier draußen auf dem Land und weitab von der Großstadt damit zu rechnen, war geradezu vermessen.

Julia sah sich zwischen all den süßen Teilchen und hellen Backwaren um. Sie entschied sich für zwei *Scones*, bestellte dazu Butter, Heidelbeermarmelade und Kaffee und ließ sich eine Zeitung geben. Sie stellte sich an einen der Tische und schlug die *SUN* auf. Die frischgebackenen Eltern Kate und William waren mit dem kleinen Thronfolger George Alexander Louis fürs Erste zu den Schwiegereltern nach Buckleberry in Berkshire gezogen. Von dort gab es erst einmal keine Babyfotos mehr, und so hatte man sich entschlossen, diese Lücke mit einem Fotowettbewerb wenn schon nicht blaublütiger, dann wenigstens genauso entzückender Babys zu füllen. Ansonsten gab es Strandfotos von urlaubenden Promis und die spannende Frage, ob Kate Moss ihre beste Zeit endgültig hinter sich hätte, nun da ihr vierzigster Geburtstag kurz bevorstand.

Julia strich dick Butter auf ihr süßes gelbes Brötchen, krönte es mit einem schwarzen Klecks Heidelbeermarmelade und biss herzhaft hinein. Sie hob ihre Kaffeetasse und prostete den beiden Kates zu. »Auf uns«, sagte sie, nahm einen Schluck Kaffee und schloss dabei die Augen.

Als sie sie wieder öffnete, begegnete sie dem belustigten Blick der Verkäuferin. »Lassen Sie es sich schmecken«, sagte sie.

Julia nickte kauend.

»Machen Sie Urlaub hier?«

»So etwas in der Art«, erwiderte Julia und erklärte, dass sie auf dem Bruderhof wohne.

Die Verkäuferin hatte den Bruderhöfern gegenüber offenbar keine Vorbehalte. Sie lobte ihre Höflichkeit und dass die Kinder noch gut erzogen seien. »Sie kommen manchmal ins Dorf, wissen Sie, und verkaufen Obst und Gemüse. Ich kaufe sehr gern etwas von ihnen, weil es unbehandelt und selbst angebaut ist.«

Julia rührte in ihrem Kaffee und ließ sie reden. Für ihre Reportage war es interessant zu erfahren, was die Leute im Dorf über die fromme Gemeinschaft, die sich von den anderen absonderte, dachten.

»Diese altmodische Kleidung, die sie tragen, war zuerst etwas gewöhnungsbedürftig für uns. Aber ehrlich gesagt, ist sie mir lieber als diese kurzen Röcke und Hosen und die hochhackigen Schuhe, die die jungen Mädchen sonst heute so anziehen!«

Eine neue Kundin kam mit ihrem Hund durch die Tür, und die Verkäuferin begrüßte sie mit Namen. Offenbar war sie mit deren Wünschen vertraut und richtete, ohne zu fragen, die tägliche Bestellung, während sie erklärte, wer Julia war.

Die Kundin, eine robuste ältere Dame, drehte sich zu Julia um und beäugte sie in ihrer Sportkleidung von oben bis unten. Ihr Dalmatiner schnupperte an Julias Bein und hätte vermutlich gern ein Stück von ihrem *Scone* abbekommen.

»So, so, Sie wohnen dort oben. Also, ich finde, diese Leute könnten sich ruhig mehr in das Dorfleben integrieren. Gemeinschaft untereinander ist nicht alles, man muss auch an die anderen denken.« Sie zog die Oberlippe beim Reden ein wenig nach innen und Julia musste sich beherrschen, ihr nicht auf den Mund zu starren.

»Aber das tun sie doch«, wandte die Verkäuferin ein.

»Das sagst du immer, Rose, aber du kennst meine Meinung dazu. Und dass sie den Kriegsdienst strikt verweigern, finde ich gelinde gesagt verantwortungslos. Wenn jeder so denken würde …« Sie schaute Julia prüfend an, als wolle sie herausfinden, wie sie darüber dachte.

Julia stopfte sich den Rest ihres *Scones* in den Mund, um nicht angesprochen zu werden. Die letzten Krümel spülte sie mit Kaffee hinunter und klappte ihre Zeitung zu.

»Sagen Sie mal«, der Blick der Hundebesitzerin wurde plötzlich lauernd, »man munkelt, dass die Polizei neue Ermittlungen wegen des verstorbenen Foster-Jungen anstellt. Ist da etwas dran?« Sie wandte sich an die Verkäuferin Rose: »Leonor hat es mir erzählt und die hat es von Maude. Vielleicht war es ja doch Mord«, flüsterte sie über die Theke.

Rose riss die Augen auf, und beide Frauen sahen Julia erwartungsvoll an.

»Ich weiß nicht, ja ... doch, ich habe auch gehört, dass sie sich für den Foster-Fall interessieren«, antwortete sie vage und spielte den Ball zurück. »Was genau ist damals eigentlich passiert?« Sie blickte von einer zur anderen.

Die Dalmatinerbesitzerin richtete sich auf und holte mit weit geöffnetem Mund Luft. »Das kommt ganz darauf an, wen Sie fragen. Ich für meinen Teil glaube, dass es früher oder später so kommen musste.«

Julia wurde hellhörig. »So?«

»Vincent war ein hübscher Bengel, genau wie sein zwei Jahre älterer Bruder. Beide waren meine Schüler, ich bin Grundschullehrerin, wissen Sie. Beide aus reichem Haus, beide intelligent, das war es nicht. Aber wo Dominic geradlinig, zielstrebig und ehrgeizig war, war Vincent eher nachlässig und schaute, wie er sich mit möglichst wenig Aufwand durchmogeln konnte. Charmant war er. Die Mädchen liefen ihm hinterher. Er hätte vermutlich jede haben können, und ich möchte gar nicht wissen, wie viele er ...« Sie winkte ab. »Jedenfalls war es sehr schwer, ihn zu führen. Die Mutter ließ ihm alles durchgehen, und der Vater interessierte sich nur für den Erstgeborenen, so hatte es zumindest den Anschein. Dass Vincent mit diesem Zeug, das ihn schließlich umbrachte, dealte, wie man sich erzählte ...« Sie zuckte mit den Schultern. »Mich hat es nicht überrascht. Weder dass er solche Sachen machte, noch dass man ihn schließlich am Amberley-See im Dreck liegend gefunden hat. Bei manchen Kindern ahnst du schon, dass es einmal so enden wird.«

Julia hatte nachdenklich zugehört. Ein Jurastudent, der schon als Kind Mittel und Wege gesucht hatte, um die Regeln zu umgehen? Wie passend! Sie wusste nicht, wie ernst sie die Aussage der Frau nehmen sollte. Hinterher war es immer leicht zu sagen, dass man so etwas hatte kommen sehen.

Die Kundin nahm die Brötchen und legte sie in ihren Korb. Sie schnalzte mit der Zunge, und der Hund spitzte die Ohren, machte aber keine Anstalten, zur Tür zu kommen, bis sein Frauchen die Leine auspackte. »Aber nicht, dass Sie mich zitieren, meine Liebe«, sagte sie in strengem Ton an Julia gewandt und verabschiedete sich.

Rose hatte die ganze Zeit still hinter der Theke gestanden und den Worten der Kundin mit gesenktem Blick gelauscht. Jetzt wanderten ihre Augen unruhig hin und her, als kämpfe sie innerlich mit sich.

Julia legte das Geld in die Schale und zog irritiert die Augenbrauen zusammen, als es die Verkäuferin nicht gleich nahm. »Alles in Ordnung?«, fragte sie besorgt.

Die Verkäuferin nickte stumm und gab ihr das Wechselgeld zurück.

Nachdenklich verließ Julia die Bäckerei. Vor dem Geschäft blieb sie einen Moment unschlüssig stehen und überlegte, ob sie für die anderen noch etwas zum Frühstück kaufen sollte. Lilly und Ben würden sich über ein paar süße *Scones* freuen. Ihr Blick fiel auf die Uhr und sie erschrak. Es war bereits kurz vor halb acht. Sie hatte Rachel und den Kindern einen Zettel hinterlassen, dass sie joggen sei und dass sie mit dem Frühstück nicht auf sie zu warten brauchten. Doch wenn sie sich nicht beeilte, wären alle aus dem Haus, bis sie zurück war.

Sie wollte sich gerade in Bewegung setzen, als die Tür hinter ihr aufging. Die rundliche Verkäuferin musste hinter der Theke etwas erhöht auf einer Art Podest gestanden haben. Zumindest kam sie Julia nun sehr viel kleiner vor. Sie schnaufte, dass sich ihr ganzer Brustkorb heftig hob und senkte, als sei sie gerannt. Sie hielt Julia einen Zettel hin und schnappte nach Luft. Zögernd nahm Julia ihn entgegen. Ein

Name und eine Adresse standen darauf. Sie versuchte die fremde Handschrift zu entziffern.

»Wenn die Polizei noch einmal auftaucht, könnten Sie denen das geben?«

»Was ist das? Ich meine, wieso geben Sie es nicht selbst der Polizei?« Fragend sah Julia die Frau an.

Diese schüttelte den Kopf und kniff die Lippen zusammen, bis sie schließlich hervorbrachte: »Ich will, dass die es wissen. Es heißt immer, man soll die Toten ruhen lassen. Aber wenn die Polizei sich jetzt noch einmal dafür interessiert ... Es ist einfach nicht richtig.«

Julia wurde nicht schlau aus den stammelnden Worten der Verkäuferin. Wenn es Informationen gab, von denen die Polizei im Zusammenhang mit dem Tod von Vincent Foster erfahren sollte, warum gab sie dann ausgerechnet Julia diesen Zettel und ging nicht direkt damit zur Polizei?

Als Julia die Frau noch einmal fragte, schüttelte sie erneut den Kopf und machte eine abwehrende Handbewegung. »Ich halte mich da raus«, sagte sie. Dann drehte sie sich um und drückte die Tür auf. »Aber wissen sollen sie es«, murmelte sie. Zumindest meinte Julia, das verstanden zu haben.

Ratlos stand sie da und beobachtete durch die Scheibe, wie die Verkäuferin sich mit einem Taschentuch die Augen tupfte. Sie schaute auf den Zettel: *Reese Hancock* stand da und eine Adresse in Fairlight.

Julia faltete den Zettel zusammen und steckte ihn ein. Sie warf einen letzten Blick durch die Glasscheibe, doch die Verkäuferin war nicht mehr zu sehen. Langsam setzte Julia sich in Bewegung.

Nur Rachel war noch da, als Julia bei den Arnolds den Kopf zur Tür hereinstreckte. Sie war gerade dabei, den Frühstückstisch abzuwischen. »Schon sportlich unterwegs heute Morgen?«, begrüßte sie Julia. »Eier sind leider alle, aber wenn du noch etwas essen willst ...« Sie deutete auf die Toastscheiben, die eingepackt neben der Spüle lagen.

Julia lehnte dankend ab und erklärte, dass sie bereits gefrühstückt habe. Sie verschwand nach oben und sprang unter die Dusche. Schnell zog sie sich Jeans und T-Shirt an, schnappte sich ihr Smartphone und den Autoschlüssel und teilte Rachel mit, dass sie sie bei der Arbeit entschuldigen sollte. Sie müsse dringend etwas erledigen. Sie zögerte kurz. Dann fragte sie: »Fairlight, weißt du zufällig, wo das liegt?«

Rachels Unterkiefer sackte nach unten. »Fairlight. Du willst wissen, wo Fairlight liegt?«

»Äh, ja.«

Rachel schüttelte langsam den Kopf.

»Nicht? Ist nicht schlimm. Ich werde es schon finden.«

Im Auto warf sie einen Blick auf die Karte. Fairlight war ein kleiner Küstenort neben Hastings, keine zwanzig Kilometer von Amberley entfernt. Komisch, dass Rachel ihr nicht hatte helfen können. Sie gab die Adresse ins Navigationsgerät ein: Fairlight, 78 Battery Hill.

Sie wählte Pauls Nummer und drückte sie sofort wieder weg. Was sollte sie ihm sagen? Ob er mal eben nach Fairlight fahren könne? Nur weil eine Bäckereiverkäuferin ihr einen Zettel mit einer Adresse in die Hand gedrückt hatte, die eventuell etwas mit Vincent Foster zu tun haben könnte? Nein, das ging nicht. Wahrscheinlich würde Paul ihr erklären, dass sie die Adresse zu gegebener Zeit überprüfen würden, aber ohne weitere Informationen vorerst kein dringender Anlass dazu bestünde.

Sie musste selbst hinfahren und herausfinden, was es mit dem Namen Reese Hancock auf sich hatte. Dann konnte sie entscheiden, ob man etwas mit den Informationen anfangen konnte.

Sie schnallte sich an und nahm die A 21 in Richtung Süden. Bis Hastings waren es etwa fünfzehn Kilometer auf der Landstraße. Dort wechselte sie auf die A 259, bis die Fairlight Road rechts abzweigte.

Julia musste langsam fahren. Die dichten Hecken wuchsen bis direkt an die kurvenreiche, unübersichtliche Straße. Sie war sehr eng und man musste aufpassen, dass einem kein Auto entgegenkam, das die Fahrbahnbegrenzung überfuhr. Julia versuchte sich ganz links zu halten.

Nach ein paar Hundert Metern stieg die Fairlight Road zum Battery Hill an. Die Sträucher wurden links und rechts von Bäumen abgelöst. Ihre Kronen trafen sich über der Straße und bildeten ein dichtes Blätterdach, das einen großen Teil des Lichts schluckte. Als es wieder hell wurde, tauchten auf der rechten Seite Häuser auf. Das Navigationssystem zeigte an, dass es nur noch ein paar Meter sein konnten. Die Straße ging bergab, Gefälle, warnte ein Schild.

Sie fuhr langsam und zählte die Hausnummern.

Nummer 78, das musste es sein.

Julia fuhr auf den Bürgersteig, der an dieser Stelle sehr breit war. Sie beugte den Kopf ein wenig hinunter, um durch die Beifahrerscheibe sehen zu können. Auf der rechten Seite befand sich eine Garage mit einem Giebeldach. Das Haus schräg dahinter hatte keinen Vorgarten, der Boden war bis zur Haustür asphaltiert.

Die dunklen Dachziegel hatten weiße Flecken, doch die Fassade sah hell und gepflegt aus. Sie stieg aus dem Auto und ging langsam über den Vorplatz. Zwei Fenster im Erdgeschoss waren gekippt, unter dem Dach waren die Fensterflügel weit geöffnet. Offensichtlich war jemand zu Hause.

Julia hatte sich unterwegs kaum Gedanken gemacht, was sie sagen wollte. Sie wusste nicht einmal den vollen Namen der Bäckereiverkäuferin, die ihr den Zettel gegeben hatte, geschweige denn, welche Verbindung sie zu Reese Hancock hatte. Vielleicht hätte sie versuchen sollen, bei Rose nachzubohren, als sie sie vor der Bäckerei einfach mit dem Zettel in der Hand hatte stehen lassen. Doch das hätte vermutlich nichts genutzt. Rose hatte etwas loswerden wollen, was sie schon zu lange mit sich herumtrug, und sie hatte nicht vorgehabt, mehr preiszugeben als den Namen und die Adresse, die sie aufgeschrieben hatte.

Neben der Klingel las sie das Namensschild. Glenn Roberts.

Julia warf noch einmal einen Blick auf die Hausnummer und verglich sie mit ihrem Zettel. 78 stimmte. Das sah nicht sehr vielversprechend aus. Vielleicht hatte sich Rose in der Hausnummer geirrt? Sie drückte den Klingelknopf und wartete.

Eine Frau öffnete die Tür einen Spaltbreit, gerade so weit, dass sie Julia in Augenschein nehmen konnte. Offenbar machte Julia einen vertrauenserweckenden Eindruck. Die Tür wurde kurz geschlossen und die Kette gelöst.

»Ja, bitte?« Die Frau war um die fünfzig, hatte eine Schürze umgebunden und war offensichtlich bei der Hausarbeit oder beim Kochen gestört worden.

Julia stellte sich vor und fragte nach einer Reese Hancock.

Die Frau schüttelte den Kopf und wischte sich die Hände an der Schürze ab, bevor sie den Zettel nahm, den Julia ihr hinhielt. Dann sagte sie, bevor sie und ihr Mann vor zwei Jahren eingezogen seien, habe eine Familie namens Hancock hier gewohnt. »Eine Frau mit zwei Kindern, soweit ich weiß. Wir haben die Familie nicht kennengelernt.«

Julia vermutete, dass sie das Haus über einen Makler gekauft hatten. »Und haben Sie vielleicht eine Adresse?«

»Warten Sie, ich schaue nach«, sagte die Frau. Sie ließ Julia draußen stehen und lehnte die Tür an. Nach einer Minute kehrte sie zurück. Sie zuckte bedauernd die Achseln. »Tut mir leid, ich dachte, ich hätte eine neue Adresse. Vermutlich hat mein Mann sie weggeschmissen. Aber vielleicht versuchen Sie es nebenan bei den Wellingtons.«

Julia bedankte sich und klingelte ein Haus weiter. Von Mrs Wellington erfuhr sie, dass das Haus der Hancocks versteigert worden war und dass Reese und die Jungen mittlerweile in Bexhill-on-Sea lebten. »Was wollen Sie von ihr?«, fragte sie auf einmal misstrauisch.

Julia fiel nichts Besseres ein, als dass sie Reese im Rahmen eines Schüleraustauschs kennengelernt habe und sie nun wiedertreffen wolle. Sie hoffte im selben Moment, dass Reese Hancock weder zwanzig noch sechzig war, denn sonst blieb ihr, um glaubhaft zu klingen, nichts anderes übrig, als die Geschichte noch weiterzuspinnen.

»Aus Deutschland, sagen Sie? Ich kann mich nicht erinnern, dass Reese jemals in Deutschland war«, hörte Julia Mrs Wellington murmeln. Vielleicht war sie nicht gänzlich überzeugt, doch sie ging und holte etwas zum Schreiben.

»Bexhill-on-Sea, 136 Pembury Grove«, las Julia laut vor und Mrs Wellington nickte. »Reese hat dort einen Job in einem Computerladen gefunden. Grüßen Sie sie von mir, ja?«, rief sie Julia hinterher, als sie schon am Gartentor war.

Julia hob die Hand. »Das mache ich. Sie haben mir sehr geholfen.«

Sie warf einen Blick nach oben. Der Himmel hatte sich zugezogen. Dicke Wolken hingen über den Bäumen. Das Wetter änderte sich schnell. Von den verheißungsvollen ersten Sonnenstrahlen am Morgen war nichts mehr übrig geblieben. Julia fröstelte und war froh, dass sie in ihr Auto steigen konnte.

Sie wendete und fuhr die Straße zurück, die sie gekommen war. Bis Bexhill-on-Sea waren es ungefähr fünfzehn Kilometer auf der A 259. Von Hastings aus ging es ein Stück auf der Küstenstraße entlang. Das Meer war so grau und unruhig wie der Himmel. Dicke Schaumkronen durchzogen die Wellen, die aussahen, als wollten sie jeden Moment auf die Straße schwappen. Die Seaside Road führte weiter direkt an der Küste entlang. Julia folgte der A 259, die nun einen Bogen machte.

Die Adresse, die Mrs Wellington Julia gegeben hatte, lag ein paar Kilometer landeinwärts in der Nähe eines Industrieparks. Die Häuser in der Pembury Grove waren alle einstöckig, hatten ein dunkles Ziegeldach, und der Vorgarten bestand aus hellem Rasen. Nummer 136 war ein Eckhaus und das letzte in der Reihe. Zwei Kinderfahrräder lagen auf dem Rasen. Auf ihr Klingeln hin hörte Julia von drinnen eine Frauenstimme. Kurz darauf öffnete ein Junge von etwa acht und sah Julia erwartungsvoll an.

»Hallo, ist deine Mama zu Hause?«

Statt ihr zu antworten, drehte er den Kopf und rief: »Mama, hier ist so eine Frau, die dich sprechen will.«

»Ich komme gleich«, hörte Julia sie rufen.

Der Junge blieb im Türrahmen stehen und sah Julia weiter an.

»Und wer bist du?«, versuchte Julia die Zeit zu überbrücken.

»Ich bin Jason«, antwortete der Junge. »Und du?«

Als Julia ihren Namen sagte, tauchte Jasons Mutter auf. Julia schätzte, dass sie ein paar Jahre älter war als sie selbst, doch das konnte auch an ihrem verhärmten Gesichtsausdruck liegen. Sie hatte ein Handtuch über den Schultern und rubbelte sich ihr kurzes Haar trocken, während sie Julia beäugte. »Ja, bitte?«

Julia lächelte sie an. »Entschuldigen Sie, dass ich einfach so hereinplatze. Vielleicht hätte ich vorher anrufen sollen, aber ich hatte nur diese Adresse.« Die Frau legte einen Arm um Jason und zog ihn ein bisschen zurück. Julia merkte, dass sie sich besser eine Erklärung zurechtgelegt hätte. »Ich soll Ihnen Grüße bestellen von Mrs Wellington.«

Zum ersten Mal zeigte die Frau den Ansatz eines Lächelns, was Julia ihre harten Züge einen Moment vergessen ließ. Der Junge entwand sich der Umarmung seiner Mutter und verschwand im Haus.

»Also, der Grund, warum ich hier bin, ist der, dass Rose aus der Bäckerei in Amberley mir Ihre Adresse gegeben hat. Sie sind doch Reese Hancock, oder?«, fragte Julia und warf einen kurzen Blick auf das Namensschild.

Die Frau hob kurz die Augenbrauen und nickte. »Und wer sind Sie, wenn ich fragen darf?«

»Wie unhöflich von mir«, entschuldigte Julia sich und stellte sich vor.

Reese Hancock senkte das Kinn und spitzte die Lippen. Sie sah Julia abwartend an, die eigentlich gehofft hatte, wenn sie den Namen Rose erwähnte, würde sie erfahren, in welcher Beziehung die Bäckereiverkäuferin zu ihr stand.

Julia zuckte resigniert die Achseln und gab es auf, um den heißen Brei herumzureden. »Ehrlich gesagt, Mrs Hancock, habe ich keine Ahnung, wer Sie sind und weshalb ich hier bin. Aber Rose, von der ich nur den Vornamen kenne, denkt offensichtlich, dass Sie der Polizei etwas sagen könnten, was mit Vincent Foster zu tun hat«, preschte sie vor.

Mrs Hancocks Augen verengten sich zu schmalen Schlitzen. »Sind Sie von der Polizei?«, fragte sie misstrauisch und trat einen Schritt zurück.

Julia hob beschwichtigend die Hände. »Nein, das bin ich nicht. Ich bin nur an der Wahrheit interessiert.«

»An der Wahrheit über Vincent Foster?«, fragte Reese Hancock spöttisch. Sie legte ihre Hand auf den Türknauf und blickte eine ganze Weile zu Boden. Dann sah sie Julia direkt in die Augen. Ihr Blick zeigte Entschlossenheit und Trotz. »Vincent Foster war ein Mistkerl, egal, was Ihnen sonst jemand erzählt. Das ist die Wahrheit und vermutlich auch der Grund, weshalb Rose Sie zu mir geschickt hat. Ich denke nicht, dass ich der Polizei etwas zu sagen hätte.« Sie lachte bitter. Dann sagte sie kalt: »Der Kerl ist tot, und das ist am Ende alles, was zählt.«

Julia hatte den Eindruck, dass sie so nicht weiterkommen würde. Reese Hancock war kurz davor, das Gespräch zu beenden, ohne dass Julia etwas wirklich Brauchbares herausgefunden hätte. Dass sie keine hohe Meinung von Vincent Foster hatte, war eindeutig, doch offensichtlich hatte sie kein Interesse daran, noch mehr preiszugeben.

Da kam Julia ein Gedanke. Sie musste es versuchen. »Alexander Breitenbach, sagt der Name Ihnen auch etwas?«

Über Reese Hancocks Gesicht huschte ein Ausdruck von Verwunderung. »Sie fragen mich, ob ich Alex Breitenbach kenne?« Sie senkte den Blick. Ihre Augen bewegten sich schnell hin und her. Sie schien angestrengt nachzudenken, und Julia fragte sich worüber. Wenn sie ihn Alex nannte, kannte sie ihn. Versuchte sie zu kombinieren, was Julia mit ihren Fragen bezweckte, ohne selbst zu viel verraten zu müssen? Julia wurde langsam ungeduldig.

»Ist der etwa auch tot?«, fragte Reese Hancock plötzlich, und die Art, wie sie lauernd auf eine Antwort wartete, jagte Julia einen Schauer über den Rücken.

»Alexander Breitenbach ist auch tot«, bestätigte sie.

Reese Hancock nickte langsam. Sie sah zufrieden aus, aber auch neugierig. »Wie?«, fragte sie nur.

Julia holte tief Luft und sagte: »Hören Sie, Mrs Hancock, was halten Sie davon, wenn Sie mir erzählen, woher Sie Vincent Foster und Alexander Breitenbach kannten, und ich erzähle Ihnen dafür, was mit Alexander Breitenbach geschehen ist.«

Wieder überlegte Reese Hancock, doch dieses Mal sah sie Julia die ganze Zeit in die Augen, als schien sie zu überschlagen, ob es sich lohnte, sich auf den Handel einzulassen.

»Wissen Sie was«, Julia hob scheinbar resigniert die Arme, »ich glaube, es ist besser, wenn ich gehe. Ich verschwende hier nur Ihre und meine Zeit.« Sie drehte sich um und ging Richtung Gartentor. Als sie nicht aufgehalten wurde, fluchte Julia innerlich. Sie hatte zu hoch gepokert und würde nun überhaupt nichts erfahren.

»Warten Sie!«, rief Reese Hancock schließlich.

Julia drehte sich um.

»Kommen Sie rein!«

Im Inneren ihres Hauses gab sich Reese Hancock mit einem Mal nicht mehr zugeknöpft. Sie hatte die Konsequenzen überschlagen, und die Neugier hatte gesiegt. Sie schickte die Kinder nach draußen. Die beiden Jungen schnappten sich ihre Fahrräder und drehten ein paar Runden.

Am Küchentisch und bei einer Tasse Kaffee erfuhr Julia, dass Rose mit Nachnamen Anderson hieß und eine Freundin von Reeses verstorbener Mutter gewesen war. Das Haus in der Battery Hill sei ihr Elternhaus gewesen, nun ja, eher das ihrer Mutter. Einen Vater hatte es nicht gegeben, solange Reese Hancock denken konnte. Das müsse wohl in der Familie liegen und setze sich nun bei ihren eigenen Kindern fort.

»Sie zuerst!«, forderte sie Julia plötzlich auf. »Sie sagten, Alex Breitenbach sei tot.«

Julia zögerte kurz, rechnete aber nicht damit, dass Reese Hancock anschließend ihr Wort nicht halten würde. »Also gut«, sagte sie. »Alexander Breitenbach war wie jedes Jahr zur Segelregatta auf der *Cowes Week*.« Dann erzählte sie, dass die Polizei davon ausging, dass ihm jemand K.-o.-Tropfen in sein Getränk gemischt habe, wahrscheinlich genau wie bei Vincent Foster damals. Und genau wie bei Vincent Foster sei die Dosis tödlich gewesen.

Reese Hancock hatte mit ausdrucksloser Miene zugehört. Julia meinte ein Aufblitzen in ihren Augen bemerkt zu haben, als sie die K.-o.-Tropfen erwähnte, und eine Viertelstunde später wusste sie, was diese winzig kleine Gefühlsregung bedeutete und dass sie sich nicht getäuscht hatte.

Reese Hancock stellte ihre Kaffeetasse ab und umfasste sie mit beiden Händen. »Meine Freundin Charlotte und ich haben die beiden in einer Bar in Brighton kennengelernt«, begann sie endlich. »Wir fuhren damals freitags ziemlich oft nach Brighton. Dort konnte man viel unternehmen, feiern, Leute kennenlernen.« Sie zuckte die Achseln. »Ist vermutlich heute noch genauso. Charlottes Freund studierte dort. Und ich dachte, für mich wäre vielleicht auch jemand dabei.«

Sie stand auf und holte ein Päckchen Zigaretten, das auf der Fensterbank lag. »Auch eine?«, fragte sie.

Julia schüttelte den Kopf.

Reese Hancock zündete sich eine Zigarette an und blies den Rauch an die Decke. Und dann erzählte sie Julia die ganze Geschichte.

Julia wurde blass. Wenn es stimmte, was sie gerade gehört hatte, und es gab keinen Grund, daran zu zweifeln, war Vincent Foster tatsächlich ein Mistkerl gewesen. Genau wie Alexander Breitenbach.

»Und haben Sie die beiden angezeigt?«, fragte sie.

»Zuerst nicht. Ich habe mich zu sehr geschämt. Ich dachte, es sei meine eigene Schuld und dass ich besser hätte aufpassen müssen.«

»Und dann?«

»Schließlich habe ich mich meiner Mutter anvertraut.« Sie lachte bitter. »Die war zuerst wütend auf mich und hat mir die Schuld gegeben. Dann half sie mir doch, zumindest tat sie das, was sie unter Hilfe verstand. Sie meinte, ich könne auf keinen Fall zur Polizei gehen. Ich solle nur an das Gerede denken, wenn das herauskäme. Dann wäre ich diejenige, auf die man mit Fingern zeigen würde. Ihre Freundin Rose, mit der sie über alles geredet hat, war derselben Meinung.«

»Was war mit Ihrer Freundin Charlotte, haben Sie mit ihr darüber gesprochen?«

Reese Hancock schüttelte den Kopf. »Einmal haben wir darüber gesprochen, wenn man das überhaupt so nennen kann. Wir haben uns gegenseitig vorsichtig abgeklopft. Wollten möglichst unauffällig herausfinden, was die andere von dem Abend noch wusste. Irgendwann haben wir gemerkt, dass keine von uns sich erinnern konnte, was genau passiert war, nachdem die beiden uns mit dem Auto nach Fairlight gefahren hatten. Sie sagten, es läge ohnehin auf dem Weg nach Amberley, wo Vincents Eltern wohnten.«

Sie zündete sich eine weitere Zigarette an. »Ich sprach es schließlich aus. Und Charlotte nickte nur und fing an zu heulen. Da wusste ich, dass sie dasselbe mit ihr gemacht hatten.«

»Und sind Sie dann gemeinsam zur Polizei?«, wollte Julia wissen.

»Gemeinsam?« Ihre Stimme hatte einen sarkastischen Unterton. »Charlotte hat mir mit versteinerter Miene gesagt, dass ich sie da rauslassen soll. Ich bin alleine zur Polizei, egal, was meine Mutter und Rose meinten. Sie mussten ja nichts davon erfahren. Ja, ich war naiv damals, doch ich fand, dass die Kerle bestraft werden sollten.«

Sie presste die Kiefer so fest zusammen, dass ihre Wangen sich bewegten. Eine Weile schwieg sie. Dann warf sie resigniert die Arme in die Luft. »Es wurden verschiedene Untersuchungen durchgeführt. Es konnte nicht festgestellt werden, dass ich betäubt worden war. War schon zu lange her. Die beiden wurden befragt, ich wurde wieder befragt. Schließlich sagte man mir, es würde für eine Anklage nicht ausreichen, Behauptungen aufzustellen.«

Julia versuchte sich gegen die Wut zu wehren, die innerlich in ihr aufstieg. Sie dachte an Fälle, von denen Paul ihr berichtet hatte. Immer wieder waren es die Opfer, die als Täter dargestellt wurden. Natürlich waren auch falsche Beschuldigungen möglich und kamen ab und an vor. Sie musste einen kühlen Kopf bewahren.

*Wenn es zu keiner Anklage gekommen ist,* überlegte Julia, *existieren vermutlich auch keine Unterlagen mehr darüber, die die Ermittler hätten finden können. Sicher gibt es entsprechende Bestimmungen zum Schutz des zu Unrecht Beschuldigten. Oder der Schuldigen, die man aufgrund mangelnder Beweise nicht hatte belangen können.*

»Rose weiß also gar nicht, dass Sie Anzeige erstattet haben?«

»Nein, und vermutlich tut es ihr heute leid. Ich mache ihr keinen Vorwurf. Im Grunde hatte sie recht. Es hatte keinen Sinn, zur Polizei zu gehen.«

»Und Ihre Freundin Charlotte?«

»Wir haben keinen Kontakt mehr. Charlotte sprach kaum mehr ein Wort mit mir. Ich bin bald darauf aus Fairlight weggezogen und erst vor einigen Jahren zurückgekehrt, als es meiner Mutter schlechter ging.« Reese Hancock rieb fest über ihre Finger, als wollte sie einen Fleck entfernen. Dann entspannten sich ihre Züge und sie legte den Kopf schief. »Charlotte wohnt noch immer dort und hat einen Stall voller Kinder. Ich war überrascht. Ich dachte immer, sie heiratet Brian, doch sie hat seinen Bruder geheiratet. Brian lebt jetzt bei so einer frommen Gemeinschaft drüben in Amberley.«

Ein Schauer fuhr Julia bis in alle Glieder. *Was hat Reese Hancock da gerade gesagt?* Julia hörte das Blut in ihren Ohren rauschen. Ihre Schläfen pochten.

»Wenn wir uns in den letzten Jahren über den Weg gelaufen sind, Charlotte und ich, haben wir uns gegrüßt, das war's«, redete Reese Hancock weiter.

Julias Magen krampfte sich zusammen. Sie hatte das Gefühl, sie müsse sich gleich übergeben. Die Visitenkarte hatte also nicht zufällig in Alexander Breitenbachs Hemd gesteckt. Es gab eine Verbindung beider Toten zum Bruderhof und die Spur führte direkt zu Brian. Plötzlich sah sie Brian vor ihrem inneren Auge an einer Hauswand stehen. Wie besessen versuchte er mit seinen schwitzenden Helfern in aller Herrgottsfrühe die hässlichen roten Buchstaben wegzuschrubben, die die Bruderhof-Gemeinschaft als »Fromme Heuchler« brandmarkte.

Sie stützte ihren Kopf in die Hände und massierte ihre Schläfen.

»Alles in Ordnung mit Ihnen?«, erkundigte sich Reese Hancock besorgt.

Julia ließ sich ein Glas Wasser geben und trank ein paar Schlucke, die in ihrer Kehle schmerzten. »Es geht schon wieder, danke«, sagte sie und benetzte ihre Lippen. Sie musste sichergehen. »Sie reden von Brian Arnold, oder?«

»Nein, von Brian Collins.«

»Brian Collins?«, wiederholte Julia. Sie verstand gar nichts mehr.

Derselbe Vorname. Die fromme Gemeinschaft. Die Verbindung zum Bruderhof. Das alles konnte kein Zufall sein.

»Sagen Sie, Mrs Hancock, könnte ich vielleicht die Adresse von Charlotte bekommen?«

Reese Hancock zog die Augenbrauen zusammen und schaute Julia mit einem Mal feindselig an. »Ich glaube, es ist besser, wenn Sie jetzt gehen. Ich will nicht in etwas hineingezogen werden.«

Sie stand auf, und auch Julia erhob sich.

An der Haustür packte sie Julia plötzlich am Arm. »Hören Sie, bevor Sie auf dumme Gedanken kommen: Ich habe mit dem Tod von Alexander Breitenbach nichts zu tun. Auf der *Cowes Week* war ich nicht. Dass beide an K.-o.-Tropfen gestorben sind, dazu kann ich nur sagen, dass es offenbar doch noch so etwas wie Gerechtigkeit gibt. Aber weder Charlotte noch ich haben damit etwas zu tun, ist das klar?« Ihr Ton klang bedrohlich.

Julia machte sich los und entzog ihr den Arm. Sie stürzte ins Freie.

Reese Hancock stand da und sah ihr hinterher, als Julia sich noch einmal umdrehte.

Schnell lief sie zum Auto und ließ den Motor an. In ihrem Kopf wirbelten die Gedanken durcheinander. Am besten sollte sie Paul anrufen, doch sie zögerte. Sie beschloss, noch einmal nach Fairlight zu fahren. Charlotte wohnte dort, so viel stand fest.

Ihren Großvater kannte Charlotte nur von zwei Schwarz-Weiß-Fotos, die auf Großmutter Eleanors Nachttisch eingerahmt gewesen waren. Eines zeigte ihn als jungen Offizier in Uniform, das andere war kurz nach ihrer Hochzeit entstanden. Sie schauten nicht in die Kamera, sondern auf einen imaginären Punkt daneben, als betrachteten sie gemeinsam etwas. Sie lächelten nicht, zumindest nicht, wenn man sich nur auf die Lippen konzentrierte. *Grandma* hatte gesagt, das sei früher nicht üblich gewesen. Doch das Strahlen in ihrer beider Augen ließ erahnen, wie glücklich sie gewesen sein mussten.

Er war ihre große Liebe gewesen. Ihre erste und einzige. »Die Erinnerung reicht, um ein ganzes Leben davon zu zehren«, sagte sie manchmal, den Blick verträumt in die Ferne gerichtet, als sähe sie ihren John dort, während sie das goldene Medaillon um ihren Hals fest umklammert hielt.

*Für immer Dein*, war darauf graviert. John hatte es ihr geschenkt, am Abend bevor er das letzte Mal mit dem Zug zu seiner Einheit gefahren war.

Er hatte sie auf dem Bahnsteig innig geküsst, als hätte er geahnt, dass es das letzte Mal sein würde. Er hatte eine Hand auf die kleine, feste Wölbung unter ihrem Mantel gelegt und seine Nase in ihren Haaren vergraben. »Dass du mir gut auf euch beide aufpasst«, hatte er ihr ins Ohr geflüstert. Dann war er auf den anfahrenden Zug gesprungen. Tapfer hatte er der Frau, die er liebte, zugelächelt, bis sein Bild langsam am Horizont verschwand.

Wieder und wieder hatte sie es ihrer Enkelin erzählen müssen, die mit großen Augen und angezogenen Beinen neben ihr auf dem Bett gesessen und fasziniert den alten Geschichten gelauscht hatte.

Zweifellos hatte das ihre Vorstellung von romantischer Liebe entscheidend geprägt. Die Art, wie ihre Großmutter Eleanor das Andenken ihres viel zu früh verstorbenen Mannes in ihrem Herzen bewahrt hatte, war für sie der Inbegriff vollkommener Liebe, und als Brian in ihr Leben trat, war Charlotte überzeugt gewesen, in ihm einen Menschen gefunden zu haben, der ihr das bedeuten konnte, was John für Eleanor gewesen war.

Brian war sensibel und aufmerksam gewesen. Er weckte in ihr die Zuversicht, dass das Leben es doch gut mit ihr meinte.

Charlotte betrachtete das Foto, das ihre Großmutter makellos schön und verliebt an der Seite dieses stattlichen jungen Mannes zeigte, der ihr Großvater war. Sie versuchte sich vorzustellen, wie er wohl als alter Mann ausgesehen hätte. Es gelang ihr nicht.

Wie Großmutter Eleanor ausgesehen hatte, in den letzten Jahren vor ihrem Tod, war ihr dagegen sehr präsent, obwohl es schon vierzehn Jahre her war. Eine halbe Ewigkeit.

Eleanor war sich sicher gewesen, dass sie John im Himmel treffen würde. »Wenn ich einst bei Jesus bin, werde ich auch John wiedersehen«, hatte sie zu Charlotte einmal gesagt, und Charlotte hatte sich ausgemalt, wie der junge Mann und die alte Frau sich begegneten. Würden sie am anderen bemerken, was sie äußerlich betrachtet trennte? Charlotte wünschte Eleanor, dass sich ihre Hoffnung erfüllt hatte und sie mit John vereint war. Sie wünschte ihr, dass sie wieder jung und schön war oder dass John mit ihr gealtert wäre oder dass das Alter einfach keine Rolle mehr spielte.

Charlotte blickte in den Spiegel. Sie war ihrer Großmutter sehr ähnlich. Dasselbe gewellte dunkle Haar mit dem herzförmigen Ansatz auf der Stirn – Charlotte hatte sich im Gegensatz zu ihrer Großmutter immer ein wenig dafür geschämt und es deshalb vorgezogen, einen Pony zu tragen –, dieselben geheimnisvollen dunklen Augen, in deren Blick stets eine Spur von Melancholie lag, spätestens seit jener Nacht, die alles verändert hatte.

Sie rückte näher heran und betastete prüfend ihr Gesicht. Sie versuchte die Sorgenfalte zwischen den Brauen wegzumassieren, bemerkte die feinen Linien um ihre Augen. *Ja, es hat auch gute Tage gegeben.*

Sie lehnte sich zurück und bedachte die Fotografie ihrer Großmutter mit einem Lächeln.

# 12

»Mrs Breitenbach möchte mit Ihnen sprechen, *Inspector.*« Sheila Watts' Stimme klang durch das Telefon.

»Die Mutter?«

»Nein, die Ehefrau. Sie sagte, es sei dringend.«

»Und hat sie erwähnt, worum es geht?«

»Nein, das wollte sie mir nicht sagen. Sie wollte nur mit Ihnen sprechen.«

»Danke, Mrs Watts. Stellen Sie sie durch.«

Während des Telefonats mit Daniela Breitenbach fand Paul heraus, dass einer der Seglerfreunde ein ganz erhebliches Interesse daran gehabt haben könnte, Alexander Breitenbach umzubringen. Frau Breitenbach teilte ihm mit, sie habe, als sie den Nachlass ihres Ehemannes zu ordnen begonnen hatte, etwas sehr Seltsames entdeckt. Bei der Durchsicht seiner Unterlagen sei ihr aufgefallen, dass der Name Olav Noll immer wieder auftauchte, an den meisten Stellen nur mit den Initialen abgekürzt. Jedenfalls habe sie Aufzeichnungen, die beweisen würden, dass Olav Noll ihrem Mann eine größere Summe Geld geschuldet habe.

Sie habe sich gefragt, ob das für die Ermittlungen vielleicht wichtig wäre. Auch wenn ihr Mann ihr nicht mehr besonders nahegestanden habe, habe sie ein Interesse daran, dass die Umstände seines Todes aufgeklärt und der Täter gefasst würde.

Paul bedankte sich für den Hinweis und informierte in der Vormittagsbesprechung die englischen Kollegen auf dem Revier.

»Das wirft ein ganz neues Licht auf den Fall«, bemerkte *Chief Inspector* Lloyd und rieb sich die Hände. »Wir sollten den Kerl schleunigst unter die Lupe nehmen und überprüfen, ob an den Aussagen von Mrs Breitenbach etwas dran ist. Falls sie recht hat, wäre das durchaus ein Motiv. Spielt uns den Unschuldigen vor und behauptet, dass ihm kein Grund einfällt, weshalb irgendjemand ein Interesse daran gehabt haben könnte, seinen Freund umzubringen. Das werden wir doch sehen, wer hier wen an der Nase herumführt.«

Paul warf Ivy einen Blick zu, bevor er das Wort ergriff. Sie war offensichtlich auch skeptisch. Zumindest teilte sie Lloyds vorschnelle Begeisterung nicht. »Natürlich müssen wir den Hinweis von Mrs Breitenbach ernst nehmen.« Bis dahin war Paul mit Lloyd einer Meinung. »Doch wir sollten besonnen vorgehen und keine voreiligen Schlüsse ziehen.« Er gab zu bedenken, dass die Behauptung von Frau Breitenbach zuerst noch durch handfeste Belege bewiesen werden müsse, bevor man sich Noll vorknöpfen könne.

Lloyd verschränkte die Arme vor der Brust und schob sich mit seinem Stuhl ein Stück vom Tisch weg. Er saß Paul gegenüber und starrte ihn über den Tisch hinweg an, ohne etwas zu sagen.

Bisher hatte er sich aus den Ermittlungen weitgehend herausgehalten. Er war nur hin und wieder zu den Besprechungen erschienen, da er mit einem anderen Fall beschäftigt war. Aus diesem Grund hatte Lloyd es ohne Beschwerde hingenommen, dass Paul Freyhoff und Volker Lohse als Ermittlungspartner zur Verstärkung hinzugezogen worden waren. Erste Anlaufstelle für die Kollegen in Newport war Portsmouth gewesen. Mit der Segelregatta und allem, was an großen und kleinen Kriminaldelikten üblicherweise damit einherging, war man ausgelastet gewesen. Ein Mord bei einem so wichtigen Ereignis und dann noch an einem Ausländer, einem Deutschen, hatte gerade noch gefehlt und besondere Maßnahmen erfordert.

Lloyd machte langsam Druck. Das hatte Paul bereits am Morgen bemerkt, als Lloyd wissen wollte, weshalb er und Ivy offensichtlich mehr Energie in den Foster-Fall steckten, der längst zu den Akten gelegt worden sei, als sich um den Fall Alexander Breitenbach zu kümmern. Seiner Ansicht nach waren die beiden eindeutig zu viel zwischen Portsmouth und Hastings unterwegs, anstatt an dem Ort zu ermitteln, wo Alexander Breitenbach gestorben war, nämlich in Cowes auf der Isle of Wight.

Paul hatte darauf hingewiesen, dass Lohse und er dort begonnen hatten. Doch nachdem die Ermittlungen auf der Isle of Wight ins

Stocken geraten seien, sei man der Spur nach Amberley gefolgt. Und wie sich herausgestellt habe, bestand nun Grund zu der Annahme, dass es eine Verbindung zwischen dem Foster-Fall und dem Tod von Alexander Breitenbach gebe. Beide seien schließlich durch eine Überdosis GHB vergiftet worden, beide hatten sich gekannt und waren befreundet gewesen.

Lloyd hatte dieses offensichtliche Argument nicht gelten lassen wollen. »Sie verrennen sich. Sie werden sehen, das Ganze führt in eine Sackgasse«, hatte er Paul kopfschüttelnd prophezeit.

Die Aussage von Frau Breitenbach schien ihm gerade recht zu kommen. Er stürzte sich förmlich darauf und sah Olav Noll wahrscheinlich schon als verurteilten Mörder im Parkhurst-Hochsicherheitsgefängnis auf der Isle of Wight einsitzen.

Paul stand auf und stützte die Arme auf den Tisch. »Ich schlage vor, wir fahren doppelgleisig. Wir überprüfen Olav Noll, das steht außer Frage. Als Erstes schauen wir uns die Unterlagen an, von denen Mrs Breitenbach gesprochen hat. Wenn sie tatsächlich recht hat und ihr Mann Noll einen Batzen Geld geliehen hat, gibt es dafür sicher Gründe. Wir schauen uns seine Finanzen an. Was sagen die Bücher? Gibt es Lücken, irgendwelche Ungereimtheiten, Gründe dafür, dass er sich das Geld nicht einfach von der Bank geliehen hat? Noll führt ein Sanitätsfachgeschäft und beschäftigt mehrere Angestellte. Hören wir uns bei denen um. Die wissen meistens, was man über den Chef munkelt. Aber gleichzeitig sollten wir die offensichtliche Verbindung zwischen den beiden Fällen Foster und Breitenbach nicht ignorieren.«

Nun platzte Lloyd der Kragen. »Freyhoff, lassen Sie endlich diesen alten Fall beiseite. Der ist nicht umsonst zu den Akten gelegt worden. Der Junge hat aus Versehen zu viel von dem Zeug konsumiert, das er vertickt hat. So traurig das ist, so einfach ist es auch. Konzentrieren Sie sich auf Breitenbach und seine Seglerfreunde. Deswegen hat man Sie geholt und allein deswegen sind Sie hier!«

Das war eindeutig eine Kampfansage. Eine Stecknadel hätte man fallen hören können, so still war es auf einmal in dem Raum. Manche schauten nervös nach unten.

Paul hatte nicht vor, auf die Provokation einzugehen und sich in diesem Rahmen auf einen Schlagabtausch mit Lloyd einzulassen. Wenn Lloyd sich querstellte und ihn daran zu hindern versuchte, auch in Richtung des Foster-Falls weiter zu ermitteln, musste der *Superintendent* notfalls ein Machtwort sprechen. Doch so weit wollte er es nicht kommen lassen.

Er versuchte den Ball zurückzuspielen und die Wogen zu glätten. Er zog seinen Stuhl zurück und setzte sich hin. »Also gut, Lloyd, was schlagen Sie vor, wie wir am besten vorgehen sollen?«

Mit einem Einlenken hatte der *Chief Inspector* offenbar nicht gerechnet. Es schien ihm völlig den Wind aus den Segeln zu nehmen. »Ach, lassen Sie mich in Ruhe und machen Sie, was Sie für richtig halten. Ich habe mich noch um einen anderen Fall zu kümmern.« Er schob geräuschvoll seinen Stuhl ganz zurück und erhob sich schwerfällig. Dann drehte er sich noch einmal um und drohte mit dem Zeigefinger. »Aber Sie sollten möglichst bald Ergebnisse liefern.«

Als er die Tür hinter sich geschlossen hatte, atmeten alle erleichtert auf.

Paul setzte sich mit den Speyerer Kollegen in Verbindung. Er bat sie, die Unterlagen, von denen Frau Breitenbach gesprochen hatte, in Augenschein zu nehmen und daraufhin zu überprüfen, ob Noll tatsächlich Schulden bei Alexander Breitenbach hatte. Wenn ja, musste man Noll, der wieder in Deutschland war, erneut unter die Lupe nehmen. Die Untersuchung auf der Isle of Wight hatte nichts Belastendes ergeben, weder für ihn noch für einen anderen der Seglerfreunde. Man hatte alle drei vernommen und ihre persönlichen Sachen sowie das Boot und die Hotelzimmer untersucht, die sie für die Zeit ihres Aufenthalts auf der Insel gemietet hatten.

Da die Tropfen leichter und unauffälliger zu besorgen waren als eine herkömmliche Waffe und genauso leicht wieder entsorgt werden konnten, musste man sich auf das Motiv konzentrieren. So viel hatte gleich zu Beginn festgestanden. Da keiner der drei Freunde ein Motiv gehabt zu haben schien und Alexander Breitenbach nur in mittelbarer Nähe zu ihnen tot aufgefunden worden war, hatte man sie nach einigen ergebnislosen Befragungen mit der Auflage entlassen, sich in den folgenden Tagen verfügbar zu halten. Kaum war Noll nach Deutschland zurückgekehrt – es hatte keine Veranlassung bestanden, die Deutschen noch länger festzuhalten –, hatte sich Frau Breitenbach gemeldet.

»Der Abend war schön gestern«, sagte Ivy mit weicher Stimme, als sie im Auto saßen.

Paul wurde es unbehaglich zumute. Diese Geschichte lief in eine völlig falsche Richtung, wenn er nicht aufpasste. Sie hatten am Abend zuvor zusammen gegessen, ein Bier getrunken und sich den *Spinnaker Tower* angesehen. Ivy hatte ihm erzählt, dass ihre Heimatstadt von den Seeleuten Pompey genannt wurde, und ihn im Hafen von Portsmouth herumgeführt. Als ihnen nur noch verliebte, Händchen haltende Paare entgegengekommen waren, hatte Paul gemeint, es sei Zeit für ihn und sie hätten morgen einen anstrengenden Tag.

»Ja, es war nett gestern«, erwiderte er in neutralem Ton, »aber wir sollten uns jetzt auf den Fall konzentrieren.«

Ivy schien nicht beleidigt zu sein. »Der Fall, ja«, sagte sie. »Es gibt da etwas, das will mir seit letzter Nacht nicht mehr aus dem Kopf.«

Paul hielt die Luft an. Sie würde doch nicht wieder damit anfangen …

»Was ist«, fragte sie »wenn jemand die Spur mit der Visitenkarte absichtlich gelegt hätte?«

Sie sprach tatsächlich von dem Fall. Paul atmete auf, während Ivy ihre Gedanken weiter ausführte.

»Vielleicht wollte jemand, dass wir auf den alten Foster-Fall stoßen. Mal angenommen, jemand aus Alexander Breitenbachs Umfeld hätte von Vincent Fosters Tod und der Überdosis K.-o.-Tropfen gewusst. Und der hätte nun absichtlich dieselbe Art gewählt, Alexander Breitenbach zu töten, damit wir auf eine falsche Fährte gelockt werden und um von sich selbst abzulenken. Überleg mal, wenn die Visitenkarte nicht in seiner Hemdtasche gesteckt hätte, hätten wir vermutlich etwas länger gebraucht, doch wir wären früher oder später auf eine Verbindung gestoßen, allein wegen derselben Umstände, die bei beiden zum Tod geführt haben. Wer außer Alexander Breitenbachs Mutter wusste noch von Vincent Foster und wie er damals zu Tode kam?«

»Sein Vater, seine Brüder, seine Frau, vielleicht seine Segelfreunde.« Paul zuckte mit den Schultern und zog die Mundwinkel nach unten. »Ob er mit seinen Freunden darüber geredet hat? Ich weiß nicht.« Er warf Ivy einen kurzen Seitenblick zu. »Du meinst also, Lloyd hat recht und wir verrennen uns da in etwas?«

Ivy wiegte den Kopf hin und her. »Ich sage nicht, dass er zwangsläufig recht hat. Wir tun das Naheliegende, wenn wir danach suchen, was die beiden über ihre Freundschaft hinaus verbunden haben könnte. Doch die Frage ist, ob jemand, der ein Motiv hätte, Breitenbach umzubringen, es so aussehen lassen wollte, als gäbe es eine Verbindung zwischen den beiden Todesfällen. Bei Foster wissen wir gar nicht, ob es überhaupt Mord war. Wir gehen davon aus, weil es bei Breitenbach ganz danach aussieht und wir es für unwahrscheinlich halten, dass zwei Todesfälle auf dieselbe Art und Weise bei zwei Personen, die sich gut kannten, nur Zufall sein kann. Mal angenommen, Noll hätte von Foster gewusst. Er hat Schulden bei Breitenbach, vereinbart die Segelregatta, weiß, er kann das Geld nicht zurückzahlen, und denkt sich: Stirbt Breitenbach auf der Isle of Wight an einer Überdosis K.-o.-Tropfen, kommt vielleicht niemand auf die Idee, dass die Todesursache keine natürliche gewesen ist. Das wäre die bequemste Variante. Falls doch wegen Mordes ermittelt würde, kann er davon ausgehen, dass früher oder später die Verbindung zu Breitenbachs Studienfreund Foster hergestellt wird, der ein paar Kilometer entfernt auf dieselbe Art gestorben ist.«

»Und damit es schneller geht, steckt er Breitenbach eine Visitenkarte von *Amberley Wooden Toys* ins Hemd, die uns nach Amberley führen soll? Ich weiß nicht.« Paul fuhr sich mit der Hand über Mund und Kinn und schüttelte den Kopf. »Oder aber Breitenbach entdeckt den Bruderhof-Stand, steckt sich eine Karte ein, weil er die Fosters besuchen möchte, und erzählt seinen Freunden davon. Noll wird hellhörig, sieht seine Chance und besorgt sich die Tropfen. Aber ob er die auf die Schnelle so einfach bekommen hätte? Außerdem hat keiner der Freunde auf Breitenbachs Tod so reagiert wie seine Mutter. Nur sie hat sofort auf eine mögliche Verbindung hingewiesen, was bedeuten würde, dass Breitenbach ihnen von Foster nichts erzählt hat.«

»Oder er hat es nur einem erzählt«, warf Ivy ein und ließ die Schlussfolgerung im Raum stehen.

»Oder er hat es nur einem erzählt«, wiederholte Paul bedeutungsschwer. »Seinem Mörder.« Er nickte nachdenklich. »Das wäre möglich. Warten wir ab, was die Untersuchung von Noll ergibt, dann sehen wir weiter. Und in der Zwischenzeit reden wir mit ein paar Leuten an der *East Sussex University*. Wie hieß noch gleich dieser Vorort von Brighton?«, fragte Paul und versuchte beim Fahren das Navigationsgerät zu bedienen.

»Falmer«, antwortete Ivy. Sie berührte wie zufällig Pauls Hand, als sie das Navigationsgerät übernahm. »Ich mache das schon«, sagte sie.

# 13

Die Warren Road zweigte direkt von der Battery Hill ab. Reese Hancock und Charlotte Collins hatten nur zweihundert Meter voneinander entfernt gewohnt. Dass Reese Hancock ihr die Adresse nicht hatte geben wollen, war nicht weiter tragisch gewesen. Julia hatte sie ganz einfach über die Telefonauskunft herausbekommen.

Im Schritttempo fuhr sie die schmale, holprige Straße entlang. Die rechte Seite war mit Sträuchern zugewuchert, die über einen halbhohen Maschendrahtzaun quollen. Zweige streiften immer wieder Julias Auto.

Die Häuser hatten eine glatte Fassade, die erst unter den spitzen Giebeldächern in rote Backsteine überging. Julia fragte sich, ob die Straße am Ende auf eine andere führte. Sie hatte das ungute Gefühl, dass sie irgendwann abrupt enden würde und sie das Sackgassenschild übersehen hatte. Ihr graute davor, vielleicht den ganzen Weg rückwärts zurückfahren zu müssen, denn eine Wendemöglichkeit war nicht in Sicht.

Julia registrierte, dass sie von einigen Anwohnern kritisch beäugt wurde. Hier konnte man nicht unbemerkt herumschnüffeln. Wer durch diese Straße fuhr, fiel auf.

Endlich war sie am Haus mit der Nummer 18 angelangt. Ein in der Höhe unregelmäßiger Bretterzaun ließ bis auf das Dach kaum etwas erkennen. Zwischendrin fehlte eine Latte, und Julia konnte einen flüchtigen Blick auf den Garten erhaschen.

Sie traute sich nicht, einfach anzuhalten und auszusteigen. Lieber wollte sie das Auto ein Stück entfernt abstellen und zu Fuß wiederkommen. Hinter einer Biegung entdeckte sie, dass die Straße wieder auf die Battery Hill führte. Sie parkte um die Ecke und stieg aus.

»Danke, Professor, Sie haben uns sehr geholfen.« Paul und Ivy verabschiedeten sich und verließen das Unigebäude.

»Wir sollten schleunigst herausfinden, ob an den Gerüchten etwas dran ist«, sagte Paul. »Die beiden Kerle werden mir langsam unsympathisch«, bemerkte er grimmig.

Sie gingen die Stufen hinab und überquerten den großen Vorplatz Richtung Parkplatz.

Ivy zog ihr Handy aus der Tasche. »Am besten, ich frage bei den Kollegen nach, ob sie im Computer etwas finden. Falls es aber nie zu einer Anklage gekommen ist, wird es schwierig werden. Dann bleibt uns nur zu hoffen, dass im Brightoner Archiv noch irgendwelche Unterlagen existieren.«

»Über die Namensliste sollten wir auch an Informationen gelangen«, erinnerte Paul sie.

Im Sekretariat hatten sie sich eine Liste all derer geben lassen, die zur selben Zeit wie Vincent Foster und Alexander Breitenbach immatrikuliert gewesen waren. »Wenn derartige Gerüchte schon bis zu den Professoren vorgedrungen sind, dann müssen einige der ehemaligen Kommilitonen erst recht Bescheid gewusst haben.«

Sie wollten die Liste durchgehen und mit denjenigen anfangen, die die gleichen Studiengänge belegt hatten oder noch in der Nähe wohnten. Sie mussten herausfinden, mit wem die beiden damals befreundet gewesen waren, wer sie gut gekannt hatte. Auch Vincents Eltern könnten ihnen vermutlich helfen.

»Zumindest seine Mutter sollte etwas darüber wissen, mit wem ihr Sohn Umgang hatte«, meinte Ivy. »Seinen Vater schätze ich nicht so ein, dass er sich sonderlich dafür interessiert hätte.«

»Da könntest du recht haben«, pflichtete Paul ihr bei. »Vielleicht weiß auch sein Bruder etwas, falls die beiden ein gutes Verhältnis hatten. Ich fand es übrigens seltsam, dass es keine Fotos von Vincent gab, sondern nur noch von seinem Bruder.«

»Darüber habe ich mich auch gewundert.« Ivy ließ sich auf der Beifahrerseite auf den Sitz fallen. »Halten Eltern solche Andenken nicht erst recht besonders in Ehren, wenn sie ein Kind verloren haben? Oder der Verlust schmerzt zu sehr, als dass sie ständig damit konfrontiert werden wollen.«

Paul fuhr rückwärts aus der Parklücke und schlug den Weg zum Studentenwohnheim ein, wo Alexander Breitenbach gewohnt hatte. Vielleicht existierten dort noch Unterlagen darüber, wer seine Mitbewohner gewesen waren. »Für mich passt das nicht zusammen«, sagte er. »Mr Foster hat sich beklagt, dass Hunderte zur Beerdigung kamen und sich nun alle abgewandt hätten. Das Übliche eben. Die Familie trauert, und die Leute wissen nach einer Weile nicht mehr, wie sie damit umgehen sollen. Man zieht sich zurück oder vermeidet aus falsch verstandener Rücksichtnahme, von dem Verstorbenen zu sprechen.«

»Um keine Wunden bei der Familie aufzureißen«, ergänzte Ivy. »Doch die braucht gar nicht daran erinnert zu werden. Für sie ist der Verlust ständig gegenwärtig. Manche errichten einen Altar aus Fotos. Was andere totschweigen, versuchen sie vermutlich umso deutlicher in Erinnerung zu bringen.«

»Es muss ja nicht gleich ein Altar sein, aber gar keine Fotos …« Paul schüttelte den Kopf. Er blinkte und hielt vor einem Gebäudekomplex des Studentenviertels. »Irgendwo hier muss es sein. Ziemlich schicke Gegend, wenn du mich fragst.«

Pauls Handy klingelte. Er erkannte Julias Nummer. »Ja? Ich bin gerade unterwegs. Kann ich dich später zurückrufen?«

Er blieb stehen und bedeutete Ivy, schon vorauszugehen. »Also gut. Was gibt es so Dringendes?«

Julia erzählte ihm, was sie über Vincent Foster und Alexander Breitenbach herausgefunden hatte.

»Das passt zu dem, was man uns erzählt hat«, bestätigte Paul. »Sag mal, wie bist du an diese Informationen gekommen und was tust du in Bexhill-on-Sea?«

Als er erfuhr, dass Julia bereits in Fairlight ganz in der Nähe von Charlotte Collins' Haus war, der Frau, die genau wie Reese Hancock ein Interesse am Tod der beiden gehabt haben könnte, protestierte Paul heftig. »Begreifst du eigentlich, dass wir hier in einem Mordfall ermitteln, Julia? Das ist kein aufregendes, kleines Abenteuer, in dem du einfach …«

»Hör auf, so mit mir zu reden!«, fuhr sie ihn an.

Einige Sekunden herrschte Schweigen. Dann sagte Paul in ruhigem Ton: »Ivy und ich sind hier sicher gleich fertig. Anschließend fahren wir direkt nach Fairlight und sprechen mit Charlotte Collins. Bitte unternimm nichts, bevor wir da sind«, bat er eindringlich. »Am liebsten wäre es mir, du würdest zum Bruderhof zurückfahren und … Julia? Hallo?«

Sie hatte aufgelegt.

---

Im Garten war Rachel nicht. In der Wäscherei auch nicht. Julia fand sie schließlich in der Küche, wo sie mit einigen anderen Frauen Pfirsichmarmelade einkochte. Neben den riesigen Kochtöpfen waren sauber gespülte Gläser aufgereiht und warteten darauf, mit der heißen Masse befüllt zu werden. Auf der anderen Seite stand eine ganze Menge fertiger Gläser auf dem Kopf. Über allem schwebte der süßliche Geruch der prallen Früchte, die mit viel Zucker für die Wintermonate konserviert werden sollten.

Rachel fragte nicht, wo sie gesteckt hatte, doch die Irritation darüber, dass Julia am Morgen ohne ein Wort der Erklärung verschwunden war, war ihr anzumerken. Widerwillig band sie die Schürze los und folgte Julia nach draußen, nicht ohne sie darauf hinzuweisen, dass sie gleich wieder hineinmüsse und die anderen mit ihr rechneten.

Auf der Rückfahrt von Fairlight hatte Julia sehr mit sich gerungen. Zuerst hatte sie sich wütend in ihr Auto gesetzt. Sie ärgerte sich maßlos über die Art, wie Paul mit ihr gesprochen hatte. Sie hatte das Handy ein Stück von ihrem Ohr weggehalten und die Augen verdreht, als Paul sie lautstark gerügt hatte, weil sie mit Charlotte Collins reden wollte.

Sie war diejenige, die all diese Dinge in Erfahrung gebracht hatte. Sie lieferte ihm Fakten und Namen auf dem Silbertablett und er hatte nichts Besseres zu tun, als sie zu behandeln wie ein kleines Kind. Wie kam er dazu, ihr vorzuwerfen, dass sie die Ermittlungen behindere? Und außerdem war er schon wieder mit dieser jungen Frau unterwegs, dieser Ivy!

Dass Brian möglicherweise einmal eine Beziehung mit Charlotte Collins gehabt hatte, hatte sie Paul verschwiegen. Daran war er selbst schuld, fand sie, wenn er so mit ihr umsprang, anstatt über ihre Unterstützung froh zu sein.

Trotzdem fragte sie sich, ob es richtig war, ihm diese Information vorzuenthalten. Sie versuchte sich damit zu beruhigen, dass sie gar nicht sicher sein konnte, dass es tatsächlich Brian Arnold war, von dem Reese Hancock gesprochen hatte.

Rachel und Brian waren überaus gastfreundlich und sehr bemüht um Julia und ihre Kinder gewesen. Insbesondere Rachel war fast so etwas wie eine Freundin für sie geworden. Julia fand, sie sei es ihr schuldig, der Sache ordentlich auf den Grund zu gehen, bevor sie Brian unnötig belastete. Denn das würde sie zwangsläufig tun, wenn sie ihn Paul gegenüber ins Spiel brachte. Sie war sich sicher, mit ihrem Abwarten kein allzu großes Risiko einzugehen, denn dass Rachels Mann in irgendeiner Weise in den Tod zweier Menschen verwickelt sein könnte, war eigentlich völlig undenkbar. Trotzdem quälten sie Zweifel.

»Darf ich dich etwas fragen?« Julia grub die Fingernägel vor lauter Anspannung in ihre Handballen, während sie neben Rachel herging.

»Um was geht es, Julia?« Rachel blieb stehen und wandte sich ihr direkt zu, doch ihr Blick war abweisend.

»Ich wüsste gern …« Julia biss sich auf die Lippen. Beiläufig zu fragen war nicht mehr möglich. Dazu hatte sie zu sehr den Eindruck erweckt, als sei das, was sie wissen wollte, von entscheidender Bedeutung. Doch wie sollte dieses Gespräch weitergehen, wenn die Antwort »Ja« lautete? »Du hast erzählt, dass Brian nicht vom Bruderhof stammt.«

Rachel nickte langsam. Auch sie schien sich zu fragen, wo das Gespräch hinführen sollte. Forschend blickte sie Julia in die Augen.

»Ich muss wissen, ist es üblich … ich meine, der Name Arnold … es gib hier einige, die genauso heißen. Hat Brian deinen Namen angenommen, als ihr geheiratet habt?« Julia hielt die Luft an.

Wieder nickte Rachel. Über ihre hellblauen Augen hatte sich ein dunkler Schatten gelegt. In ihnen spiegelte sich Besorgnis. Und Traurigkeit. »Es ist nicht wie bei euch«, sagte Rachel leise.

»Wie meinst du das?«, wollte Julia wissen.

»Du und dein Mann. Ihr habt jeder euren Namen behalten.«

Julia erschrak. »Woher weißt du …?«

»Lilly hat ihn Papa genannt und gesagt, dass er bei der Kriminalpolizei arbeitet. Hannah hat es mir erzählt.« In ihrer Stimme schwang Enttäuschung mit.

»Verstehe«, sagte Julia und rieb die Hände verlegen an ihrer Hose. Sie kam sich vor wie eine Verräterin.

Und gleichzeitig fühlte sie sich verraten. Durch die Art, wie Rachel sie ansah. Durch den Umstand, dass sie nicht nachfragte, wie Julia darauf kam und weshalb die Namensfrage für sie so wichtig war. Rachel musste gewusst haben, dass sie auf Brians Vergangenheit stoßen würde, als Julia sie am Morgen nach Fairlight gefragt hatte.

Brian hatte etwas mit der Sache zu tun. Und Rachel wusste Bescheid. Daran gab es nun keinen Zweifel mehr. Die Erkenntnis schnürte ihr die Kehle zu. Ein dicker Kloß im Hals hinderte sie daran zu sprechen. Das Schlucken schmerzte. »Brian. Sein Name war Collins, oder?«, presste Julia schließlich zwischen den Zähnen hervor. Ihre Augen brannten.

Rachels Augen wanderten unruhig umher. Sie taumelte ein paar Schritte rückwärts und wandte sich um. »Ich muss zurück in die Küche«, flüsterte sie.

Julia sah wie durch einen Schleier, wie sie erst langsam und dann immer schneller davonlief. Mechanisch wählte sie Pauls Nummer und sagte ihm, er solle Charlotte Collins nach Brian fragen.

# 14

John Egerton öffnete die Tür mit freiem Oberkörper. Er musterte Paul und Ivy, die sich als Polizisten auswiesen, mit kritischem Blick. Mürrisch teilte er ihnen mit, dass seine Tochter Charlotte zum Einkaufen gefahren sei und frühestens in einer halben Stunde zurückkomme.

»Dürfen wir trotzdem hereinkommen?«, fragte Paul. »Vielleicht können Sie uns auch weiterhelfen.«

John Egerton zögerte einen Augenblick, dann zuckte er die Achseln. Er schien nicht begeistert, doch drehte er sich wortlos um und ließ die Tür offen, während er sich entfernte.

Paul und Ivy sahen das als Aufforderung an, ihm zu folgen. Im Flur schoben sie sich an einem Kinderwagen vorbei und stiegen über einen Haufen Schuhe in allen Größen. Draußen auf der Straße hatte eine ganze Reihe von Kindern gespielt. Vermutlich gehörten ein paar davon hierher.

Die Wohnküche war gerade groß genug, dass ein Esstisch und ein Buffetschrank Platz darin fanden. Paul zählte acht Stühle. Auf dem Herd standen noch die Töpfe vom Mittagessen, und in der Spüle stapelte sich das Geschirr. Krümel lagen auf dem Tisch neben einem Teller mit Keksen, einer Tasse und einer Porzellankanne.

John Egerton stellte, ohne zu fragen, zwei weitere Tassen dazu. Er setzte sich ans Kopfende und deutete mit seiner großen Pranke wortlos erst auf die Stühle an seiner Seite und dann auf den Tee.

Paul wollte ablehnen, doch Ivy warf ihm einen scharfen Blick zu. Sie bedankte sich und goss für sie beide ein.

John Egerton schob sich einen Keks in den Mund und starrte auf den Tisch. Um die Kaugeräusche nicht hören zu müssen, nahm Paul auch einen und biss eine kleine Ecke ab.

Ivy ergriff die Initiative und fragte John Egerton nach seinen Enkeln. Fünf habe er, gab er zur Auskunft. Ja, die wohnten alle hier, zusammen mit ihm, seiner Tochter und seinem Schwiegersohn. Robin sei Fischer, genau wie er. Jeden Morgen würden sie gemeinsam hinaus aufs Meer fahren, drüben in Hastings.

Paul erzählte, dass er sich vor ein paar Tagen die *Net-Shops* mit seinen Kindern angesehen habe. In den hohen, schmalen Bretterhütten hängten die Fischer ihre Netze zum Trocknen auf, da der Strand bei Flut zu schmal war, um sie dort auszubreiten.

John Egerton nickte. »Früher hätten sie uns von der Stadtverwaltung den Strand wegen der Touristen am liebsten ganz weggenommen. Heute sind sie froh, dass wir noch da sind, gerade wegen der Touristen. Es ist ein harter Beruf, aber ein ehrlicher«, knurrte er und fuhr sich über das stoppelige Kinn seiner sonnengegerbten Haut. Im Sitzen hatte er einen Bauchansatz, und die Haare auf seiner Brust waren schon weiß, doch seine Schultern und seine Arme waren muskulös und zeugten von anstrengender körperlicher Arbeit.

Ivy rührte in ihrem Tee und leckte den Löffel ab. »Robin, Ihr Schwiegersohn, er hat noch einen Bruder, nicht wahr?«

John Egerton stieß einen grunzenden Laut aus und winkte energisch ab. »Lassen Sie mich mit dem bloß in Ruhe! Der sitzt in dieser frommen Sekte in Amberley mit seiner Frau und wer weiß wie vielen Kindern.« Er sah Paul an und fragte: »Sagen Sie bloß, Sie sind wegen ihm hier?«

Paul ging nicht darauf ein, sondern wollte wissen, ob es stimmte, dass Brian mit seiner Tochter Charlotte befreundet gewesen sei, bevor sie Robin geheiratet habe.

»Der Kerl ist hier ein und aus gegangen, als gehöre er schon zur Familie. Biologie und Mathematik hat er studiert und auf ernste Absichten gemacht. Heiraten wollte er sie angeblich, sobald er seinen Abschluss in der Tasche hatte.« Er verzog das Gesicht und gab seiner Tasse einen heftigen Schubs, dass der Tee überschwappte. »Kaum hatte er sie geschwängert, hat er sich aus dem Staub gemacht.«

Paul und Ivy sahen sich erstaunt an. Brian Arnold vom Bruderhof hatte ein Kind aus einer früheren Beziehung mit Charlotte Collins?

»Und sind Sie sicher, dass Brian von der Schwangerschaft wusste?«, fragte Ivy vorsichtig nach.

John Egerton hieb mit der Faust auf den Tisch. »Natürlich hat er es gewusst. Deshalb ist er doch abgehauen.« Er senkte den Blick und schüttelte den Kopf, während er leise weitersprach. »Was hat das arme Ding gelitten … wenn meine Mutter nicht gewesen wäre, ich wüsste nicht, was ich getan hätte. Diese ganze Heulerei. Es war kaum zum Aushalten.«

Die Haustür wurde aufgeschlossen und leise wieder zugedrückt.

»Dad?«, hörte man eine Stimme aus dem Flur. Eine Frau mittleren Alters mit kurz geschnittenen Haaren erschien im Türrahmen und hob erstaunt die Augenbrauen.

Paul stand auf, um sich und Ivy vorzustellen.

»Die beiden sind von der Polizei«, kam John Egerton ihm zuvor. »Ich erzähle ihnen gerade, wie froh wir sind, dass Robin deine Schwester geheiratet hat, nachdem sein feiner Bruder sie hat sitzen lassen.«

»Ach, Vater!«, ermahnte sie ihn mit einem Zwinkern in den Augen. »Immer diese alten Geschichten. Lass es endlich gut sein damit!«

»Wie könnte ich denn, wo sie diesem Blender immer noch hinterhertrauert.«

Seine Tochter ignorierte die Worte ihres Vaters und gab Ivy und Paul die Hand. »Ich bin Victoria Egerton«, sagte sie und schenkte ihnen ein freundliches Lächeln. »Es ist schon so viele Jahre her, aber er redet immer noch davon«, erklärte sie entschuldigend.

Ihr Vater hob den Zeigefinger. »Aber nie vor Grace«, warf er ein. »Das Mädchen kann schließlich nichts dafür.«

Victoria Egerton band sich eine Schürze um und drehte den Wasserhahn auf. »Solltest du dich nicht hinlegen, Dad? Es ist bereits halb drei. Du musst müde sein.« Sie fing an, das schmutzige Geschirr zu spülen, während ihr Vater aufstand.

»Du hast recht«, erwiderte er. »Auch wenn wir nicht viel gefangen haben, die Nacht war anstrengend. Und ich bin schließlich nicht mehr der Jüngste.« Er bog den Rücken nach hinten durch und streckte sich. »Charlotte wird sicher bald wiederkommen«, wandte er sich an Paul.

Unschlüssig blieb er vor ihm stehen und kratzte sich an Kopf und Brust. »Auch wenn ich nicht ganz verstanden habe, was Sie überhaupt von ihr wollen.«

»Ich mache das schon, Dad«, schaltete seine Tochter sich ein. »Leg dich ruhig hin.«

John Egerton hob die Hand zum Gruß und verschwand hinter der Tür.

Victoria Egerton trocknete sich die Hände an der Schürze ab und stützte sich auf die Lehne des Stuhls, auf dem ihr Vater gerade noch gesessen hatte. »Also, was wollen Sie von meiner Schwester?« Sie wandte den Kopf. »Ich glaube, das können Sie ihr gleich selbst sagen. Da kommt sie schon.«

Als Charlotte Collins die Küche betrat, zog Paul in einer Mischung aus Anerkennung und Erstaunen eine Augenbraue hoch. Victoria Egerton war gewiss nicht hässlich, doch neben ihrer schönen Schwester sah sie blass und unscheinbar aus, registrierte er überrascht, während er Charlotte Collins neugierig musterte.

Groß gewachsen, mit geröteten Wangen und ein wenig außer Atem stand sie dort, eine schwere Tasche über der Schulter und den Arm um ein Kleinkind gelegt, das auf ihrer Hüfte saß. Ihr dunkelbraunes Haar war locker hochgesteckt. Einzelne Strähnen hatten sich gelöst und fielen in sanften Wellen auf ihre Schultern. Mit ihren ausdrucksstarken dunklen Augen blickte sie erst Paul und dann ihre Schwester fragend an.

Victoria Egerton machte sie mit den beiden Polizisten bekannt und übernahm ihren kleinen Neffen, der ihr die dicken Ärmchen entgegenstreckte. Sie rührte ihm einen Brei an und setzte sich mit ihm zu den anderen an den Esstisch, da ihre Schwester sie gern dabeihaben wollte.

»Es ist so, Mrs Collins«, begann Paul, »wir ermitteln in einem Mordfall und haben Grund zu der Annahme, dass Sie das Opfer kannten.«

Charlotte Collins warf ihrer Schwester einen erschrockenen Blick zu. Diese zuckte mit den Schultern und schüttelte den Kopf. Sie wusste auch nicht, worum es ging.

»Sagt Ihnen der Name Alexander Breitenbach etwas?«

Ihre Augen weiteten sich, dann tauschte sie wieder einen Blick mit ihrer Schwester. Sie starrte auf den Tisch, ohne zu antworten.

»Mrs Collins, Alexander Breitenbach ist tot.«

Charlotte Collins sah ihm für den Bruchteil einer Sekunde in die Augen und Paul sah etwas darin aufblitzen, was er nicht hätte benennen können.

»Es ist sehr wichtig für uns zu wissen – kannten Sie Alexander Breitenbach?«

Kaum merklich nickte sie.

»Und ist es richtig, dass er und Vincent Foster …«

»*Inspector*«, unterbrach Victoria Egerton ihn, »ist es wirklich nötig, dass Sie all diese Fragen stellen?« Sie deutete auf ihre Schwester, die leichenblass geworden war und mit versteinerter Miene auf den Tisch starrte. »Meine Schwester hat eine ziemlich schwere Zeit hinter sich, was das angeht. Wer hat Sie zu uns geschickt – etwa Reese Hancock?« Sie stieß einen abfälligen Laut aus und warf die Arme in die Luft. »Natürlich Reese, es kann nur Reese gewesen sein.«

Sie wischte dem Kleinen auf ihrem Schoß mit einem Tuch über den Mund und stand auf. Sie wippte auf den Füßen hin und her und klopfte leicht auf seinen Rücken, während sie weitersprach. »Sie wollte Charlotte schon damals mit in die Sache hineinziehen.«

»Sie meinen die Anzeige?«, fragte Paul.

Victoria Egerton zuckte die Achseln. »Was hätte das bringen sollen, hm? Verstehen Sie mich nicht falsch, wir haben nichts gegen die Polizei im Allgemeinen, aber seien wir ehrlich, in solchen Fällen ist sie machtlos.«

Einen Moment lang sagte keiner etwas.

Paul atmete tief ein. »Mrs Collins, uns ist bewusst, dass das sehr schwer für Sie sein muss. Trotzdem müssen wir Sie fragen. Ist es wahr, dass Alexander Breitenbach und Vincent Foster Sie und Ihre Freundin Reese Hancock im Juni 1994 zuerst betäubt und dann vergewaltigt haben?«

Victoria Egerton war hinter ihre Schwester getreten und hatte ihr eine Hand auf die Schulter gelegt. Sie blickte kurz zur Tür, hinter der John Egerton verschwunden war. Dann sagte sie mit einem vorwurfsvollen Seitenblick auf Paul: »Könnten Sie bitte etwas leiser sprechen?«

Paul beachtete sie nicht. »Also, Mrs Collins?«, fragte er.

»Es ist wahr«, antwortete sie kaum hörbar, ohne den Blick zu heben.

Ihre Schwester strich ihr beruhigend über den Arm. »Bitte, *Inspector*, erwähnen Sie das bloß nicht unserem Vater gegenüber.« Sie sprach mit gedämpfter Stimme. »Er weiß nichts davon. Es wäre schrecklich für ihn, wenn er es erfahren würde.«

Paul nickte. »Verstehe. Wer weiß sonst noch davon? Ihr Mann, Mrs Collins?«

Sie nickte.

»Unsere Großmutter wusste davon«, sagte Victoria Egerton. »Sie lebte bei uns, seit unsere Mutter uns verlassen hatte.

Charlotte Collins schüttelte den Kopf. »Nein, Großmutter wusste nichts.«

»Doch, sie wusste es«, sagte ihre Schwester leise.

»Und Brian Arnold?«

Charlotte Collins hob den Blick. Sie schien überrascht zu sein, dass Paul nach ihm fragte.

»Es stimmt doch, dass Sie eine Beziehung zu ihm hatten, bevor Sie seinen Bruder geheiratet haben? Und ein gemeinsames Kind mit ihm«, schob Paul hinterher.

Völlig unerwartet schluchzte Charlotte Collins laut auf. Sie schlug sich eine Hand vor den Mund und stieß achtlos den Stuhl gegen ihre Schwester, als sie aufsprang und aus dem Zimmer rannte.

Mit besorgter Miene blickte ihre Schwester ihr nach. Sie kämpfte offenbar mit sich, ob es besser wäre, ihr nachzugehen oder sie alleine zu lassen. Seufzend ließ sie sich auf einen Stuhl sinken. Der Kleine auf ihrem Schoß zappelte, also setzte sie ihn auf den Boden. Sie stützte die Ellbogen auf und legte ihr Kinn auf die Hände. Sie rieb sich mit den Fingerspitzen über Stirn und Augenbrauen, als wolle sie Kopfschmerzen wegmassieren. »Ich dachte, es wäre vorbei. Aber offenbar wird sie nie zur Ruhe kommen.«

Sie sagte es wie zu sich selbst. »Hören Sie«, sie blickte abwechselnd von Paul zu Ivy. »Unser Vater denkt, Brian sei damals verschwunden, weil er sich aus der Verantwortung stehlen wollte. Das hätte er nie getan. Er liebte Charlotte sehr und die beiden wollten sowieso bald heiraten. In Wirklichkeit konnte er es nicht ertragen, nicht zu wissen, ob tatsächlich er der Vater des Kindes war oder einer dieser beiden ...« Sie biss sich auf die Lippen und schloss die Augen. »Ich habe mich oft gefragt, ob es ein Fehler war, Charlotte von einer Anzeige abzuraten. Großmutter meinte, es sei besser so. Das Gerede der Leute hier im Dorf ... Sie hätten mit Fingern auf sie gezeigt, wenn es bekannt geworden und zu einer Verhandlung gekommen wäre.«

Sie verschränkte die Arme und drehte den Kopf zu ihrem Neffen, der auf dem Boden spielte. »Charlotte ging es sehr schlecht. Sie zog sich völlig in sich zurück. Sprach kaum mehr ein Wort, aß nichts und fing bei jeder Gelegenheit an zu weinen. Tja, kein Wunder. Wir machten uns alle große Sorgen.« Sie zuckte die Schultern. »Brian war damit überfordert.«

Paul und Ivy zeigten sich irritiert, als sie erzählte, dass Brians Bruder Robin ihre Schwester geheiratet habe, noch bevor das Kind geboren wurde.

»Er hat sich in dieser schweren Zeit sehr um sie gekümmert.« Sie zuckte die Achseln. »Wahrscheinlich hatte er schon vorher ein Auge auf sie geworfen, aber Charlotte war mit Brian zusammen. Sie haben sie gesehen – nun, wir werden alle nicht jünger –, aber Sie hätten sie früher sehen sollen. Bevor diese ganze Sache passiert ist, hätte Charlotte an jedem Finger zehn haben können.«

»Hat Brian die beiden Männer gekannt?«, wollte Ivy wissen.

»Vincent Foster und Alexander Breitenbach? Nur vom Sehen, soweit ich weiß. Alle drei haben an der Uni in Brighton studiert.«

Die Tür ging auf und Charlotte Collins kam herein. Sie setzte sich wieder an den Tisch. Ihre Augen waren gerötet, doch sie schien sich im Griff zu haben.

Paul zögerte sie anzusprechen, doch er musste noch etwas wissen. »Mrs Collins, in erster Linie interessieren wir uns für Brian Arnold, aber …«

»Brian hat damit nichts zu tun«, sagte Charlotte Collins bestimmt.

Paul erinnerte sich an die Aussage ihres Vaters, dass sie ihm nach wie vor hinterhertrauere. Er erklärte, dass die Polizei in alle Richtungen ermitteln müsse. Vincent Foster und Alexander Breitenbach seien beide auf dieselbe Weise ermordet worden, nämlich mit einer Überdosis K.-o.-Tropfen, ebenjenen Tropfen, mit denen höchstwahrscheinlich Charlotte Collins und ihre Freundin vor der mutmaßlichen Tat betäubt worden seien.

»Genau wie bei Vincent Foster?«, fragte sie ungläubig.

Paul nickte. »Mrs Collins, wo waren Sie am vorletzten Sonntag gegen vierzehn Uhr?«

Charlotte Collins musste nicht lange überlegen. »Wir waren alle zusammen auf der Isle of Wight zur *Cowes Week*.«

Bei Paul und Ivy schellten die Alarmglocken. Charlotte Collins war also dort gewesen! An dem Ort, wo Alexander Breitenbach gestorben war. »Sie waren auf der *Cowes Week*«, stellte Paul fest.

»Ja, Sonntag ist dort Familientag. Wir gehen jedes Jahr mit der ganzen Familie hin. Am Northwood House gibt es einen großen Spielplatz. Dort sind immer Aktionen für die Kinder.«

Von der Cowes Parade bis zum Northwood House benötigte man zu Fuß gerade einmal zwei Minuten, überschlug Paul im Kopf. Er war die Strecke abgelaufen, die Alexander Breitenbach mit seinen Freunden vom *Shepards Wharf Marina* über den Cowes Jachthafen bis zur Cowes Parade genommen hatte, wo er schließlich tot aufgefunden wurde. Paul war von dort aus in alle Richtungen gegangen. Mit den Kollegen von Newport und Portsmouth hatte er versucht zu rekonstruieren, wo Breitenbach in der letzten halben Stunde vor seinem Tod entlanggelaufen sein mochte und wo er möglicherweise seinen Mörder getroffen hatte. *Ist er vielleicht Charlotte Collins begegnet?*

Paul betrachtete ihr schönes Gesicht. Die gerade Nase, ihre langen Wimpern, die vollen Lippen, die zugegebenermaßen gerade etwas verkniffen wirkten. »Haben Sie Alexander Breitenbach am Sonntag gesehen?«

Charlotte Collins hob den Kopf und sah ihn mit ihren dunklen Augen unverwandt an. Sie erweckte nicht den Eindruck, als hätte sie etwas zu verbergen. Aufgewühlt zwar durch den Besuch und die schmerzhafte Konfrontation mit der Vergangenheit, doch ohne Angst und Unsicherheit begegnete sie seinem forschenden Blick. »Nein, ich habe ihn nicht gesehen. Sie verdächtigen mich?«, fragte sie ohne jegliche Emotion in der Stimme.

Paul zuckte die Schultern. »Wie gesagt, wir ermitteln in alle Richtungen«, antwortete er vage.

Charlotte Collins nickte und stand auf. »Wenn Sie sonst keine Fragen mehr haben …« Sie drehte sich um und verließ den Raum.

Der Kleine auf dem Boden fing an zu quengeln. Victoria nahm ihn hoch und gab ihm einen von den Keksen auf dem Tisch. Dann begleitete sie Paul und Ivy zur Tür.

Ein Ball rollte Ivy draußen im Garten direkt vor die Füße. Sie kickte ihn zu einem etwa achtjährigen Jungen zurück, der die Hand hob.

Am Gartentor begegnete ihnen ein gut gebauter Mann mit breiten Schultern und blonden, von der Sonne fast weiß gebleichten Haaren. Paul fiel die Ähnlichkeit sofort auf. Das musste Brian Arnolds Bruder Robin sein. Paul nickte ihm zu und schob sich an ihm vorbei.

Er steckte die Hände in die Hosentaschen und ging schweigend neben Ivy zum Auto.

Langsam schleppte Charlotte sich die Treppe nach oben. Alle zwei Stufen umklammerte sie das glatte Geländer, um dann ihren Griff zu lockern und mit der Hand ein wenig nach oben zu rutschen.

Dass Brian gegangen war, trug sie ihm nicht nach. Es war nicht seine Schuld gewesen. Am wenigsten war es seine Schuld gewesen.

Ihre Füße waren so schwer, als würden Bleigewichte an ihnen ziehen. Sie wollten sie in den hässlichen Teil ihrer Vergangenheit zurückzerren, über den Charlotte mit viel Anstrengung den Mantel des Vergessens gebreitet hatte.

Sie war an der letzten Treppenstufe angelangt, verharrte dort einen Moment und tastete sich dann an der Wand entlang bis zum Schlafzimmer.

Sie musste ihre Gedanken mit seinen vereinen. Nicht zulassen, dass die Erinnerungen an jenes dunkle Kapitel sie einholten, das sie am liebsten ausradiert hätte. Sie konnte nichts ungeschehen machen. Sie konnte nur damit leben.

Sie stieß die Tür auf und taumelte zur Kommode. Sie riss an der Schublade. Mit zittrigen Fingern zog sie ein Bündel Briefe hervor. Sie ließ sich auf ihr Bett fallen, klopfte ihr Kissen im Rücken zurecht und lehnte sich aufrecht sitzend daran. Sie starrte auf die blaue Schleife und schob ihre Hand darunter. Sie zitterte immer noch.

*Wie eine Süchtige*, dachte Charlotte und versuchte ihre Hand mit der anderen festzuhalten. Tränen der Wut rollten über ihre Wangen, als sie merkte, dass es ihr nicht gelingen wollte.

Sie hörte, wie jemand die Treppe hochkam. An seinem festen Tritt erkannte sie, dass es Robin war, der gleich darauf im Türrahmen stand.

Charlotte sah nicht auf. Zum ersten Mal schämte sie sich für das Bündel Briefe, das auf ihren Knien ruhte und den Mann, der jede Nacht neben ihr lag, schmerzlich daran erinnern musste, dass ihre Liebe einem anderen gehörte. Wie konnte sie ihm das antun? Ihm, der mehr für sie getan hatte als jeder andere.

Mit zögernden Schritten trat Robin an ihr Bett. Behutsam legte er ihr eine Hand auf die Schulter. Charlotte schluchzte auf unter seiner Berührung. Sie schlug die Hände vors Gesicht und weinte.

Sanft schob Robin ihre Beine ein wenig zur Seite, damit er neben ihr Platz hatte. Er legte die Arme um sie und zog sie fest an sich. Flüsterte ihr ins Ohr, dass alles gut werden würde, und strich ihr fortwährend über den Rücken.

Je länger er das tat, desto mehr spürte Charlotte, wie die Tränen versiegten und ein Gefühl der Erschöpfung sich bis in alle Glieder ausdehnte. Sie wollte sich hinlegen und befreite sich aus Robins Umarmung. Sie rutschte nach unten, klopfte auf ihr Kissen und ließ die Briefe mit einem schnellen Griff darunter verschwinden. Fast automatisch schob sie noch einmal prüfend die Hand darunter, um sicherzugehen, dass keine Knicke entstanden, so wie sie es schon seit zwei Jahrzehnten getan hatte. Dann platzierte sie ihren Kopf genau in der Mitte und ließ sich ins Kissen sinken.

Das Bett knarrte, als Robin sich erhob. Sorgfältig deckte er sie zu. Sie hatte ihm den Rücken zugewandt und schloss die Augen, als er ihr einen Kuss auf die Wange hauchte. Er strich ihr über das Haar und schlich auf Zehenspitzen hinaus.

# 15

Nachdem er sich mit gesenktem Kopf angehört hatte, was die beiden Kriminalpolizisten ihm zu sagen hatten, nickte Brian Arnold langsam. Zu viert saßen sie in einem Büro neben dem Archiv, wo sie ungestört waren. Rachel hatte eine Hand auf Brians Arm gelegt und sah sehr besorgt aus.

»Es stimmt«, sagte Brian und sah Paul in die Augen. »Charlotte und ich waren früher einmal … befreundet.« Er bestätigte, dass ihm sowohl Alexander Breitenbach als auch Vincent Foster im Zusammenhang mit der Vergewaltigung von Charlotte bekannt gewesen waren.

»Und warum erzählen Sie das erst jetzt und nicht, als ich Ihnen das Foto von Breitenbach gezeigt oder Sie nach dem Toten am See gefragt habe?«

Brian Arnold zuckte die Achseln und fuhr sich mit der Hand durch seinen Bart. »Auf dem Foto habe ich Alex nicht gleich erkannt. Sie fragten mich, ob ich ihn an unserem Stand gesehen habe. Das hatte ich nicht. Und als man Vince am See fand, lebte ich noch nicht auf dem Bruderhof.«

»Also wirklich, Mr Arnold«, reagierte Paul ungehalten, »das ist Wortklauberei. Sie wollen mir doch nicht ernsthaft erzählen …«

Brian unterbrach ihn. »Nein, *Inspector*, natürlich wusste ich, worum es Ihnen ging. Ich will gar nichts beschönigen und entschuldige mich für mein Verhalten. Es ist nur … die beiden haben eine Menge Leid über einige Menschen gebracht und ich fand, dass es reicht.«

*Er würde doch nicht …* Paul beugte sich ein wenig vor und kniff die Augen zusammen.

»Ich wollte verhindern, dass das geschieht, was jetzt passiert, nämlich dass meine Familie und ich, womöglich auch der Bruderhof, in die Sache hineingezogen werden. Die beiden haben ein großes Unrecht begangen an einer Person, die mir einmal sehr nahestand. Dass sie nun auch gerade mit Tropfen …« Er hob resigniert die Hände.

»Naheliegend, dass Sie sich fragen, was ich damit zu tun habe, doch Sie wissen sicherlich, dass wir Gewalt grundsätzlich ablehnen. Egal, was jemand getan hat.«

Paul wartete, bis Brian Arnold fertig war. Dann holte er tief Luft, verschränkte die Finger ineinander und lehnte sich ein Stück weiter nach vorne. »Mr Arnold, es ist genau, wie Sie sagen: Das Ganze wirft Fragen auf. Beginnen wir von vorn. Charlotte Collins war also zur Zeit der mutmaßlichen Vergewaltigung durch Vincent Foster und Alexander Breitenbach Ihre Freundin.« Er nickte Brian auffordernd zu.

»Charlotte und ich wollten heiraten, sobald ich mein Studium beendet hätte.« Er warf seiner Frau einen Seitenblick zu, die zwar nicht aufsah, doch kurz seinen Arm drückte. »Wir hatten uns zwei Jahre zuvor auf einem Dorffest in meinem Heimatort Rye kennengelernt. Da war ich in meinem zweiten Jahr in Brighton. Charlotte war siebzehn und hatte eine Ausbildung zur Krankenschwester begonnen. Sie wollte Hebamme werden. Ich fuhr nicht jedes Wochenende nach Hause. Charlotte besuchte mich ab und zu dort, manchmal alleine, manchmal mit ihrer Freundin.«

»Reese Hancock?«

Brian nickte. »An jenem Freitagabend hatten wir uns gestritten und ich fuhr mit dem Zug schon früher nach Hause. Charlotte und Reese lernten Vince und Alex am späten Abend in einer Bar kennen.«

Paul hakte ein und wollte wissen, wie gut er die beiden Kommilitonen gekannt habe.

»Wir kannten uns kaum. Ich wusste zwar, wer die beiden waren, aber ich glaube nicht, dass sie mich jemals bewusst wahrgenommen hatten. Sie nahmen ihr Studium nicht besonders ernst, kamen beide aus reichem Haus. Bei mir war das anders. Meine Eltern hatten nicht viel Geld, und aus meiner Familie hatte nie einer studiert. Ich bekam ein Stipendium, da konnten sie nichts sagen.«

Er strich sich nachdenklich mit Daumen und Zeigefinger übers Kinn. »Vince und Alex boten den Mädchen an, sie mit dem Auto nach Hause zu fahren. Sie mischten ihnen K.-o.-Tropfen ins Getränk und … Sie kennen die Geschichte. Charlotte wollte mir erst gar nicht sagen, was passiert war. Sie war in ihrem Wesen völlig verändert. Manchmal schrie sie und weinte stundenlang und dann war sie wieder ganz still, in sich zurückgezogen, fast apathisch. Ich kam kaum mehr an sie heran.«

»Sie war schwanger«, stellte Paul fest und war auf die Reaktion gespannt.

Brian atmete laut hörbar ein und blinzelte ein paarmal. Paul gewann den Eindruck, dass er dieses Detail ganz gerne unterschlagen hätte. Seine Frau saß nahezu regungslos da. Sie hielt den Blick gesenkt und wirkte angespannt, doch es sah nicht so aus, als ob sie über die Schwangerschaft nicht Bescheid gewusst hätte.

»Ja, sie war schwanger«, bestätigte Brian. Er zuckte hilflos die Achseln. »Ich bin nicht stolz darauf, dass ich mich aus der Verantwortung gestohlen habe.«

»Das heißt, Sie sind der Vater?«, wollte Ivy wissen.

»Nein, das bin ich nicht«, antwortete Brian leise.

Ivy und Paul warfen sich einen erstaunten Blick zu. Das hatte sich bei Victoria Egerton ganz anders angehört, und sie war immerhin Charlotte Collins' Schwester. Sie bezweifelten, dass er, vielleicht mit Rücksicht auf seine züchtige Ehefrau, in dieser Sache ehrlich war. »Sind Sie nicht?«, fragte Ivy noch einmal nach.

»Nein, wir haben nie … aber ich hätte sie auf jeden Fall nicht damit alleinlassen dürfen. Doch Charlotte war mir so fremd geworden. Und dann die Vorstellung, dass die beiden … Ich hatte das Gefühl zu ersticken. Wollte nur noch weg.«

Ob er nun der Vater sein konnte oder nicht, Paul war bestrebt, zur Sache zu kommen. »Mr Arnold, Sie sagten, Sie wohnten noch nicht auf dem Bruderhof, als man die Leiche am Amberley-See fand. Wo waren Sie also, als Vincent Foster starb?«

»Vermutlich in Portsmouth oder Southampton. So genau weiß ich das nicht.«

Paul kräuselte die Lippen und nickte langsam. »Das ist eine sehr vage Angabe. Wer kann bestätigen, dass Sie zum Zeitpunkt des mutmaßlichen Mordes nicht in Amberley, sondern in Portsmouth oder Southampton waren?«

»Ich fürchte, das kann niemand bestätigen. Ich machte damals eine ziemlich üble Zeit durch, wissen Sie. Schmiss mein Studium hin, trank zu viel Alkohol, prügelte mich gern. Ich schlug mich irgendwie durch. Ab und zu jobbte ich am Hafen, doch nie etwas Festes. Irgendwann zog es mich wieder zurück. Ich wusste, dass meine Eltern sich große Sorgen machten. Doch ich fuhr nicht bis nach Hause nach Rye. Unterwegs betrank ich mich wieder. In Hastings wurde ich aus dem Zug geworfen. Ich war völlig am Ende und wusste nicht, wo ich hin sollte. Ein Mann vom Bruderhof, der jemanden zum Zug gebracht hatte, nahm mich schließlich mit.«

Paul zog die Augenbrauen hoch. »Und die haben Sie gerettet, verstehe. Tja, schöne Geschichte. Sie kriegen Ihr Leben wieder auf die Reihe, haben geheiratet, Kinder bekommen.« Er öffnete die Handflächen und deutete dabei in Rachels Richtung. Dann sah er Brian scharf an. »Aber davor, haben Sie sich nicht vielleicht auch mit Vincent Foster geprügelt? Sie treffen ihn am See, werden wütend über das, was er Ihrer Freundin angetan hat, und zahlen es dem Kerl heim. So war es doch, Mr Arnold!«

Brian ließ sich nicht provozieren. Mit fester Stimme sagte er: »Ich kam auf den Hof, als Vince bereits drei Wochen tot war. Mit seinem Tod habe ich nichts zu tun.«

Die beiden Townsend-Schwestern wurden noch einmal befragt. Sie gaben an, dass sie die meiste Zeit zu dritt am Stand gewesen waren. Mittags ab zwölf Uhr hätten sie nacheinander jeweils eine Stunde Pause gemacht. Brian sei am Nachmittag der Letzte gewesen. Er habe sich eines der Rennen anschauen wollen. Das deckte sich mit dem, was Brian Arnold ausgesagt hatte. Detailliert hatte er beschreiben können, wie das Rennen verlaufen war, doch die Informationen dazu konnte er sich auch nachträglich beschafft haben.

»Glaubst du wirklich, dass er es getan haben könnte?«, fragte Julia. Mit verschränkten Armen stand sie vor Paul und blickte unsicher zu ihm auf. Sie waren ein Stück zusammen gegangen, um zu besprechen, was sich Neues ergeben hatte. Ivy hatte das Auto genommen, weil sie noch etwas erledigen musste. Sie wollte Paul eine Stunde später wieder in Amberley abholen.

Paul nahm die Hände aus den Hosentaschen und machte eine ratlose Geste. Er fand, dass zumindest einiges dafür sprach.

Julia wandte ein, dass die Bruderhöfer jegliche Form von Gewalt ablehnten. Sie war hin- und hergerissen. »Dann hätte er vielleicht Vincent Foster töten können, so kaputt wie er damals war, aber doch nicht vor zwei Wochen Alexander Breitenbach. Brian gehört seit so vielen Jahren dazu, er hat Frau und Kinder. Das würde er nicht alles aufs Spiel setzen, ganz abgesehen davon, dass er dazu gar nicht fähig wäre.«

Darin stimmte Paul nicht mit ihr überein. »Jeder ist zu fast allem fähig, wenn bestimmte Faktoren zusammenkommen. Die Tatsache, dass jemand zu einer pazifistischen Gemeinschaft gehört, bedeutet noch lange nicht, dass er niemals Gewalt anwenden könnte.«

»Ich weiß. Trotzdem, könnte nicht eine der beiden Frauen, die Foster und Breitenbach vergewaltigt haben, Rache geübt haben? K.-o.-Tropfen als Mordwaffe, das würde gut zu einer Frau passen.«

Paul wiegte den Kopf hin und her. »Was den Fall Breitenbach angeht, war Charlotte Collins genau wie Brian Arnold zum Tatzeitpunkt in der Nähe, was ihr natürlich Gelegenheit gegeben hätte. Merkwürdig, dass sie dort war, andererseits auch wieder nicht, wenn der Sonntag auf der *Cowes Week* alljährlich zum Familienausflug genutzt wird. Dennoch, für mich gehören die beiden Fälle zusammen, und Foster hat sich mit jemandem geprügelt, bevor er starb. Das muss nicht zwangsläufig sein Mörder gewesen sein, aber es wäre naheliegend.«

»Und Reese Hancock?«

»Wir müssen sie überprüfen. Wenn sie ein Alibi hat, ist sie raus.«

Nervös wippte Julia auf ihren Fersen und starrte auf Pauls Füße. Sie wusste nicht mehr, was sie denken sollte. Sie wollte nicht glauben, dass Brian zwei Menschen auf dem Gewissen haben könnte. Das Ganze drohte ihr über den Kopf zu wachsen. Sie war gekommen, um eine Reportage über die Menschen zu schreiben, die in dieser Idylle gemeinschaftlich zusammenlebten. Sie war nicht nur distanziert außen vor geblieben, sondern hatte teilhaben dürfen an der Gemeinschaft, an Rachels Familie. Ihre Kehle schnürte sich zu, wenn sie an Rachel dachte. »Es tut mir leid, dass ich vorhin einfach aufgelegt habe«, sagte sie leise.

»Schon gut«, antwortete Paul. »Mir tut es leid, dass ich dich so angefahren habe. Schließlich hast du uns geholfen. Aber wenn ich daran denke, dass du alleine bei dieser Frau … Ich schätze, ich hatte einfach … Angst um dich.«

Ihre Blicke begegneten sich.

In Julias Augen standen Tränen. Sie schlug die Hände vors Gesicht. »Ach, Paul«, schluchzte sie. »Ich glaube, ich kann hier nicht mehr bleiben.«

Paul sah sie überrascht an. »Hey, Julia«, sagte er mit sanfter Stimme und legte seine Hand auf ihre Schulter. »Was ist los?«

»Die Kinder haben sich so wohl gefühlt. Ben, er ist … und Lilly.« Sie war am Morgen mit ihrer Gruppe zum Zelten gefahren. »Am liebsten würde ich sie sofort wieder abholen. Wie soll ich Rachel denn begegnen? Und Brian. Wenn Brian tatsächlich …« Sie schluchzte laut auf.

Paul trat dicht an sie heran. Zaghaft umarmte er sie.

Julia hielt die Arme verschränkt. Alles in ihr war angespannt. »Am besten, ich packe die Kinder ein und fahre einfach nach Hause.«

Paul zog sie ganz an sich heran und schloss die Arme fest um sie. »Nun mal langsam, Jule, noch ist gar nichts bewiesen.« Er sprach mit leiser Stimme und strich ihr beruhigend über den Rücken. »Denk an deine Reportage. Die kannst du doch nicht einfach so hinschmeißen.«

»Ach, die Reportage ist mir egal.« Julia wollte die Hände nach oben werfen, doch Paul hielt sie fest.

»Ist sie nicht«, sagte er. »Und wenn du eine Nacht darüber geschlafen hast, weißt du das auch wieder. Und stell dir vor, am Ende kommt vielleicht heraus, dass Breitenbachs Segelfreund Noll der Schuldige ist, der uns mit den Tropfen auf die falsche Fährte führen wollte. Dann wäre Fosters Tod doch nur ein Unfall gewesen. Und du hättest deswegen die ganze Story hier sausen lassen. Das wäre jammerschade.«

»Ich habe dir noch gar nichts von dem Graffiti erzählt.«

»Graffiti?« Paul hielt sie ein Stück von sich weg, um ihr in die Augen schauen zu können.

»Vor ein paar Tagen schon. Irgendjemand hat in der Nacht mit roter Farbe ›Fromme Heuchler‹ an Brians Haus geschrieben.« Julia beichtete ihm, dass sie absichtlich nichts gesagt hatte. »Ich wollte erst herausfinden, ob …« Sie suchte nach den richtigen Worten.

»Na los, gib's schon zu«, neckte er sie. »Du wolltest auf eigene Faust herumschnüffeln. Ein bisschen Miss Marple spielen.«

Julia lächelte fast. Sie lehnte sich an Pauls Brust und schloss die Augen. Es tat gut, gehalten zu werden. Von ihm gehalten zu werden. Das hatte sie, ohne es zu wissen, vermisst. Sie atmete tief ein. Vielleicht hatte Rachel recht. Vielleicht hatte sie zu schnell alles hingeworfen. Sie roch Pauls Duft und vergrub ihre Nase in seinem Hemd. Sie spürte, wie Pauls Hand auf ihrem Rücken nach oben wanderte und sanft ihren Nacken massierte. Langsam hob sie den Kopf. Ihre Nase berührte seinen Hals.

Paul sah sie an und strich ihr eine Haarsträhne aus der Stirn. In seinem Blick lag Sehnsucht. Liebevoll fuhr er mit den Fingerspitzen über ihre Schläfe, berührte sacht ihre Wange. Julia bekam eine Gänsehaut am ganzen Körper. Sie schob ihre Hände nach oben. Sie strich mit ihrem Daumen über sein Kinn. Als ihre Lippen sich berührten, schloss sie die Augen.

Nach dem Abendessen ging Julia mit Ben in den Stall. Anschließend machten sie einen Spaziergang zum Teleskop und versuchten vergeblich, die Raumfahrtstation zu entdecken, die momentan mit bloßem Auge zu erkennen sein sollte und alle neunzig Minuten die Erde umrundete.

In der Nacht fand sie kaum Schlaf. Ständig kreisten ihre Gedanken um Brian und was er möglicherweise mit Foster und Breitenbach gemacht hatte. Um zwei Uhr stand sie auf und drehte den Schlüssel leise im Schloss um. *Sicher ist sicher,* dachte sie. So musste sie wenigstens nicht dauernd auf die Tür starren.

Ein paarmal nickte sie ein, um kurz darauf wegen eines vermeintlichen Geräuschs aufzuschrecken. Sie lauschte in die Nacht, doch alles war still. Nur das Nachtwächterlied erklang wie gewohnt zu jeder vollen Stunde, und Julia war froh, dass sie nicht allein war.

»... Gott muss wachen, Gott muss schützen. Herr, durch deine Güt' und Macht schenk uns eine gute Nacht.« Jeden Refrain betete sie leise mit. Sie dachte dabei an ihre Kinder.

Und an Paul. Ja, Paul.

Wohlig zog sie ihre Schultern hoch und atmete tief ein. Sie meinte, seinen Geruch wahrzunehmen, wenn sie die Nase zu ihren Haaren drehte. Sie schlang die Arme um sich. Erinnerte sich mit geschlossenen Augen daran, wie er sie gestern im Arm gehalten hatte.

Und dieser Kuss. Fremd und vertraut zugleich.

Ein Neuanfang?

Nachdenklich betastete sie ihre Lippen. *Ist es wirklich so einfach?* Vielleicht war es einfach, und sie musste es nur zulassen. Vielleicht bedeutete, um ihre Ehe zu kämpfen, das Kämpfen aufzugeben. Es einfach geschehen zu lassen und zu sehen, was passierte.

*Was Rachel wohl dazu sagen würde?* Julias Magen krampfte sich zusammen. Sie drehte sich zur Seite und starrte an die Wand. Sie wickelte die Decke eng um sich, ließ ihre Arme darunter verschwinden und deckte sich zu bis zum Hals. Trotzdem hörte sie nicht auf zu frieren.

# 16

»Warum frühstücken wir nicht mit den Arnolds?«, maulte Ben und trat gegen den Sitz.

Julia griff nach hinten und legte eine Hand auf sein Bein. »Das machen wir jeden Morgen. Heute wollte ich gern einmal allein mit dir frühstücken.«

»Das machen wir doch immer zu Hause«, beschwerte er sich. »Die Arnolds sehe ich nur noch ein paar Tage.«

*Und ich habe keine Ahnung, wie ich das überstehen soll*, dachte Julia.

Sie hielt in der Nähe der Bäckerei an und forderte Ben zum Aussteigen auf.

Die Türglocke läutete. Es war niemand im Raum.

Rose Anderson machte große Augen, als sie durch eine Tür hinter der Theke erschien und Julia erkannte. Ihre Züge entspannten sich, als ihr Blick auf Ben fiel. »Du bist aber ein hübscher Bursche«, begrüßte sie ihn.

Julia bestellte *Scones*, Marmelade und Kakao und für sich einen Kaffee. Ben tunkte das süße Brötchen in die Marmelade und war plötzlich sehr zufrieden.

Julia stellte ihre Kaffeetasse ab und beobachtete Rose Anderson, die geschäftig hinter der Theke hantierte und ganz in ihre Arbeit versunken schien. Plötzlich hielt sie inne. Sie klopfte sich das Mehl von den Händen und strich ihre Schürze glatt. Dann kam sie hinter der Theke hervor und trat zögernd auf Julia zu. »Wegen des Zettels …« Sie legte eine Hand auf ihr Schlüsselbein. Die Anspannung war ihr deutlich anzumerken.

Julia wollte ihr helfen. »Ich soll Ihnen schöne Grüße von Reese Hancock bestellen, Mrs Anderson«, log sie.

»Ach, da fällt mir ein Stein vom Herzen«, sagte sie und lachte erleichtert auf. Sie schien sich nicht darüber zu wundern, dass Julia selbst mit ihr gesprochen hatte. »Geht es ihr gut?«

»Ja, sie hat jetzt einen Job und ein Haus in Bexhill-on-Sea. Und zwei prächtige Jungs. Machen Sie sich keine Sorgen.«

»Und die Polizei? Ich meine, hinterher habe ich gedacht … nicht, dass sie am Ende meinetwegen Ärger bekommt.«

*Das kann ich nicht garantieren*, dachte Julia. »Die Polizei kümmert sich um die Sache«, antwortete sie ausweichend. »Sie haben das Richtige getan, Mrs Anderson.«

Die Untersuchung von Olav Noll ergab nichts. Zumindest nichts, was für die Aufklärung des Breitenbach-Falls von Bedeutung gewesen wäre. Die Polizei fand in den Unterlagen von Alexander Breitenbach zwar Belastendes, was Noll anging, und konfrontierte ihn damit, doch der kam schnell darauf, wer hinter den Anschuldigungen steckte. Seine Bücher wiesen keine Lücken oder Ungereimtheiten auf, dafür aber die der Breitenbachs. Frau Breitenbach selbst hatte die Unterlagen manipuliert. Sie hatte Aufzeichnungen über Olav Noll nachträglich eingefügt und es so aussehen lassen, als stammten sie von ihrem Mann. Ein Experte, den man hinzugezogen hatte, hatte dies auf den ersten Blick erkannt und bestätigt.

Das Lügenkonstrukt von Frau Breitenbach brach in sich zusammen, als zwei Polizisten mit Noll vor ihrer Tür standen und der Mann ihr auf den Kopf zusagte, dass sie eine schlechte Verliererin sei. Während sie Noll wütend beschimpfte, gestand sie nebenbei, dass er recht hatte. Das kürzte die ganze Sache ab.

Paul verschränkte die Hände im Nacken und lehnte sich in seinem Bürostuhl zurück. »Noll wäre also raus.«

Ivy trommelte mit ihrem Kugelschreiber auf der Tischplatte. »Hat sie wirklich geglaubt, sie kommt damit durch?«

»Vielleicht.« Paul zog die Mundwinkel nach unten und zuckte die Achseln. »Sie wollte ihm eins auswischen. Vielleicht genügte es ihr, ihm richtig Ärger zu machen. Über die Konsequenzen für sich hat sie vermutlich nicht nachgedacht.«

»Oder sie hat sie billigend in Kauf genommen«, ergänzte Ivy. Sie stand auf und schob die Daumen in ihre Hosentaschen. Sie schlenderte ein paar Schritte auf Paul zu und blieb vor seinem Schreibtisch stehen. »Da sieht man mal wieder, wozu unbescholtene Frauen fähig sind, wenn man ihre Liebe verschmäht.« Sie blies sich den Pony aus dem Gesicht und schaute Paul herausfordernd an.

Paul tat, als bemerke er es nicht. *Mit Liebe hat das nichts zu tun*, dachte er. »Schon seltsam. Dass ihr Mann sie ständig betrogen hat, nimmt sie einfach so hin. Hat keine Skrupel, sich umgekehrt in eine fremde Ehe hineinzudrängen. Zuerst mit Erfolg, dann besinnt sich Noll und weist sie zurück.«

»Genau. Als Ehefrau betrogen zu werden, daran hat sie sich vermutlich mit der Zeit gewöhnt. Du erinnerst dich, ihre Schwiegermutter war der Meinung, das gehöre nun mal dazu. Gut, ganz so weit ging die Toleranz dann doch nicht. Immerhin lebten sie und Breitenbach getrennt. Dann probiert sie etwas Neues aus, gefällt sich in der Rolle der Geliebten, die die Ehefrau aussticht. Als Nolls Frau dahinterkommt, beendet er, ohne zu zögern, die Beziehung und Frau Breitenbach ist am Boden zerstört.«

Paul nickte. »Laut Aussage von Noll ist das gerade einmal sechs Wochen her. Sie ruft ihn ständig an, will sich nicht damit abfinden.«

»Und als wir einen Schuldigen am Tod ihres Mannes suchen, versucht sie den Verdacht auf ihn zu lenken.«

»Gut«, sagte Paul. Er klatschte und rieb sich die Hände. »Dann werde ich jetzt zu Lloyd gehen und ihn über die Neuigkeiten informieren. Er wird enttäuscht sein, nachdem er sich so auf Noll eingeschossen hat.«

Paul wusste, Lloyd würde an die Decke gehen, wenn er ihn vor versammelter Mannschaft fragte, ob er immer noch der Meinung sei, Ivy und er hätten sich in etwas verrannt. Er entschied, ihn allein in seinem Büro über die neue Entwicklung zu informieren. Allerdings konnte er es sich nicht verkneifen, eine Anspielung auf seine vermeintlich guten Kontakte zum *Superintendent* zu machen und Lloyd quasi dazu zu nötigen, sich ganz hinter ihn zu stellen.

Er beugte sich über Lloyds Schreibtisch und sagte in vertraulichem Ton: »So wie ich Sie einschätze, Lloyd, zählen für Sie genau wie für mich nur Fakten. Wenn der *Superintendent* fragen sollte, kann ich ihm dann berichten, dass wir uns einig sind und uns nun ganz auf die Verbindung zwischen Breitenbach und Foster konzentrieren?«

»Sicher können Sie das, Freyhoff«, erklärte Lloyd schnell. »Fakten, nichts als Fakten.« Er unterstrich jedes Wort, indem er mit der offenen Hand in die Luft hackte. »Genau das sage ich auch immer.«

Paul schmunzelte, als er das Büro verließ und die Tür hinter sich schloss. Dass er dem *Superintendent* bisher nur ein einziges Mal die Hand geschüttelt hatte, konnte Lloyd nicht ahnen.

Julia streifte die Schuhe ab, ließ sich auf den Stuhl am Fenster fallen und legte die Füße auf den Tisch. Sie wählte Pauls Nummer.

»Julia«, begrüßte er sie mit warmer Stimme.

Sie lächelte verträumt. Woher kamen plötzlich all diese Schmetterlinge in ihrem Bauch? Sie fühlte sich wie ein Teenager. Und dabei hatte er nur ihren Namen gesagt. »Ich werde am späten Nachmittag Lilly und ein paar der anderen Kinder vom Zelten abholen. Und mittags dachte ich ... vielleicht können wir uns unterwegs treffen?«

»Das wäre sehr schön. Ich versuche es einzurichten. Aber vorher muss ich mit Ivy ...«

*Schon wieder diese Ivy!* Julia hörte nicht mehr, was er sagte. »Also, wenn es nach mir ginge, würde ich Lohse zurückholen.« Es konnte nicht schaden anzudeuten, dass sie Ivy nicht über den Weg traute. Ganz ohne Zweifel hatte sie ein Auge auf Paul geworfen und nutzte jede Gelegenheit, ihn mit ihren Bambiaugen anzublinzeln. »Vielleicht hat er dir für den Fall nicht viel genützt ...«

»Das kannst du laut sagen. Nein, ich bin sehr froh, dass Ivy seinen Platz übernommen hat.«

Er stand wirklich auf dem Schlauch. Julia versuchte nachzuhelfen. »Solange sie meinen nicht einnehmen will.« Es sollte humorvoll klingen, aber irgendwie war es danebengegangen. Julia spürte es, sobald sie es ausgesprochen hatte. Sie biss sich auf die Lippen, während Paul am anderen Ende schwieg.

»Du musst dir keine Sorgen machen«, sagte er schließlich.

Sie glaubte zu hören, dass er dabei lächelte. Sie atmete auf. Schließlich wollte sie nicht gleich wieder kaputt machen, was gerade erst so vielversprechend angefangen hatte.

Sie musste das geradebiegen. »Eigentlich bin ich ihr fast dankbar«, sagte Julia.

»Ach ja?«

»Wer weiß, ob ich sonst so schnell … ich meine, natürlich macht man sich schon Gedanken, wenn so ein junges Ding …«

»Tut mir leid, Julia, ich muss los«, unterbrach Paul sie. »Du weißt, wir stecken mitten in wichtigen Ermittlungen.«

»Und heute Mittag?«, fragte Julia.

»Ich glaube, dass es heute keine gute Idee ist.«

»Aha«, sagte Julia enttäuscht. »Entschuldige, wenn ich etwas gesagt habe, was dich verärgert hat. Es war blöd von mir, dass ich …«

»Du musst dich nicht entschuldigen, Julia.«

»Nicht?«

»Nein. Ich denke, wir sollten nur nichts überstürzen.«

Es versetzte ihr einen Stich, doch Julia gab vor, derselben Meinung zu sein. Sie beendeten das Gespräch und ließen offen, wann sie sich wiedersehen würden.

Julia knabberte an ihrer Unterlippe. Sie ärgerte sich über sich selbst. Und sie fragte sich, was mit Paul los war. Gut, sie hätte Ivy nicht erwähnen müssen, aber das war noch lange kein Grund, gleich die Handbremse anzuziehen. Sie verschränkte die Arme und schob die Unterlippe vor. Von ihm zurückgestoßen zu werden, war eine ungewohnte Erfahrung für sie. Seit Paul und sie sich getrennt hatten, war immer er derjenige gewesen, der die Tür zurück zu einer Beziehung offen gelassen hatte. Etliche Male hatte er versucht, sie zurückzugewinnen, und sie hatte ihn abgewiesen. Zum ersten Mal seit langer Zeit war sie sich seiner nicht sicher.

Ivy saß über den Foster-Bericht gebeugt an ihrem Schreibtisch und raufte sich die Haare. Sie las noch einmal die Aussagen der Zeugen durch, die man als Besucher des *Elements* am Abend von Fosters Tod befragt hatte. Offenbar war Foster allein gekommen, hatte sich mit ein paar Leuten unterhalten, die er oberflächlich kannte. Hatte etwas getrunken und war auf der Tanzfläche gesehen worden. Keiner wollte etwas Verdächtiges bemerkt haben. Niemand hatte etwas von einem Streit mitbekommen.

Der Besitzer gab an, es seien viele Stammgäste da gewesen, Foster habe mehr oder weniger auch dazugehört. Wann Foster das *Elements* verlassen habe, konnte er nicht sagen. Was er sagen konnte, war, dass Foster einmal dabei erwischt worden war, wie er auf der Toilette kleine Ampullen mit Drogen verkaufte. Foster habe ihm erzählt, dass die Substanz Sportlern bei der Regeneration helfe und der Besitz nicht strafbar sei. Er habe Foster verwarnt und ihm einen Monat Hausverbot erteilt, weil er solche Geschäfte in seinem Laden nicht dulden wollte, egal, ob strafbar oder nicht. Nein, angezeigt habe er ihn nicht, wohl aber bei der Polizei nachgefragt. Die habe im Wesentlichen Fosters Angaben bestätigt, was den Besitz und Konsum von GHB anging.

Ivy stützte den Kopf in beide Hände und massierte ihre Schläfen. Anfang der Neunziger war GHB als Liquid Ecstasy in der amerikanischen Clubszene aufgetaucht, wenig später dann in Großbritannien. Das Aufputschmittel war deutlich billiger als Ecstasy und LSD. Seit einigen Jahren unterlag GHB dem Betäubungsmittelgesetz, der Besitz und Verkauf von GBL dagegen war nach wie vor nicht strafbar.

Ivy starrte auf ihren Bildschirmschoner. Sie bewegte die Maus und suchte im Internet nach weiteren Informationen. Sie überflog die Zeilen. GBL war eine Massenchemikalie. Es wurde tonnenweise produziert und vorwiegend als Industriereiniger eingesetzt. Ein Milliliter kostete nur ein paar Pence. Kein Wunder, dass der Verkauf nicht zu verbieten war.

GBL war salziger und seifiger im Geschmack als GHB und niedriger zu dosieren. GHB galt ab 5 Milliliter, GBL bereits ab 2,5 Milliliter als narkotische Dosis, die zur Bewusstlosigkeit führte. In Verbindung mit Alkohol war die Wirkung unabsehbar und reichte bis zu Atemlähmung und Koma. Ivy las, dass es bereits einige Todesopfer gegeben hatte, die wie Foster an ihrem Erbrochenen erstickt waren. Dies geschah, wenn die Nebenwirkungen wie Schläfrigkeit, Übelkeit und Brechreiz zusammenkamen. So manchen Abhängigen, der GBL regelmäßig konsumierte, hatte bei einer versehentlichen Überdosierung allein der glückliche Umstand vor dem Ersticken bewahrt, dass er zufälligerweise auf der Seite und nicht auf dem Rücken gelegen hatte.

Ivy verzog angewidert das Gesicht und hob die Schultern dabei. Sie wandte sich wieder Fosters Untersuchungsbericht zu. Man hatte Foster überhaupt erst auf GHB getestet, weil man einige Ampullen davon in der Innentasche seiner Lederjacke gefunden hatte.

Konzentrierte man sich allein darauf, hätte eine absichtliche oder versehentliche, in jedem Fall eine selbst verschuldete Überdosierung nahegelegen.

Die Tatsache allerdings, dass er ein blaues Auge, Prellungen an Armen und Oberkörper sowie am rechten Handrücken gehabt hatte, ließ keinen Zweifel zu, dass es vor seinem Tod zu einem Kampf gekommen sein musste. Außerdem hatte man Hautpartikel von einer fremden Person unter seinen Fingernägeln gefunden. Die DNA, die man daraus isoliert hatte und die höchstwahrscheinlich vom Täter stammte, stimmte mit der auf den Zigarettenkippen überein, die man in der Nähe gefunden hatte. Was man nicht gefunden hatte, war die Wodkaflasche zu dem Deckel, auf dem Foster gelegen hatte. Auf dem Deckel hatten sich seine Fingerabdrücke und die zwei weiterer Personen befunden. Ob es sich dabei um den oder die Täter handelte oder nur um die Fingerabdrücke des Verkäufers an der Tankstelle, war nicht auszumachen.

Ivy überprüfte ihre Mails. Immer noch keine Nachricht wegen der DNA. Zwar hatte man mittlerweile herausgefunden, wo sie abgelegt war, doch es gab noch kein Ergebnis. Sie zupfte an ihrem Ohrläppchen und schob es zwischen Daumen und Zeigefinger hin und her.

Paul steckte den Kopf zur Tür herein. »Und, gibt es etwas Neues?«, fragte er.

Sie stützte sich mit den Unterarmen auf die Tischplatte. »Bezüglich der DNA-Analyse nicht. Was Reese Hancock angeht, hat sie für den fraglichen Zeitpunkt ein Alibi. Sie war am Sonntagnachmittag wie auch den Abend und die Nacht mit ihrem jüngeren Sohn wegen einer Gehirnerschütterung im Krankenhaus.«

»Sagt sie oder ist das bestätigt?«

Ivy zog die Augenbrauen hoch, weil er sie behandelte wie eine Anfängerin. Dann lächelte sie zuckersüß. »Also, ich fand, sie klang am Telefon sehr überzeugend. Genügt das etwa nicht?« Als Paul irritiert die Augenbrauen zusammenzog, schüttelte sie in gespielter Empörung den Kopf. »Natürlich habe ich anschließend im Krankenhaus nachgefragt. Wofür hältst du mich?« Dabei warf sie die Arme in die Luft.

Wortlos zog Paul die Tür zu und war verschwunden.

Ivy starrte auf die Stelle, wo er gerade noch gestanden hatte, und ließ den Unterkiefer fallen. *Was war nur los mit diesem Mann?*

Lustlos stocherte Julia beim Mittagessen auf ihrem Teller herum. Nach wie vor ging sie Rachel aus dem Weg. Sie hatte darauf geachtet, sich möglichst weit weg zu setzen. Dass ausgerechnet Rhoda und Simon ihr gegenüber Platz genommen hatten, hob ihre Stimmung nicht gerade. Sie mochte die beiden, keine Frage, doch die zwei strahlten so verliebt um die Wette, dass es kaum zu ertragen war. Rhoda plauderte munter und versuchte sie mit in das Gespräch einzubinden. Julia zwang sich zu einem Lächeln und nickte ab und zu.

Sie war froh, als der Leiter des Mittagessens ankündigte, einen Auszug aus einer Biografie von Martin Luther King vorzulesen. Sie wollte sich von ihren trüben Gedanken ablenken lassen und war bemüht, den Worten zu lauschen, die über diesen großen Mann und sein Vermächtnis durch den Essenssaal drangen. Die Bruderhöfer hatten ein besonderes Verhältnis zu dem Pastor und Bürgerrechtler Martin Luther King, der sich für Gewaltlosigkeit und die Rechte Unterdrückter eingesetzt hatte. Etliche Bruderhöfer waren auf den Friedensmärschen mit dabei gewesen, die Dr. King angeführt hatte. Als zweihundertfünfzig Löffelchen gleichzeitig in ebenso vielen Glasschalen kratzten, war die Pfirsichquarkspeise leer und der Bericht zu Ende.

Julia wollte gerade aufstehen, als sich eine Hand von hinten auf ihre Schulter legte. Sie wusste, dass Rachel es war, noch bevor sie etwas sagte.

»Ich würde gerne mit dir reden. Hast du Zeit?« Ohne eine Antwort abzuwarten, nahm sie Platz und blickte den Leuten hinterher, die um sie herum Stühle an Tische schoben und zum Ausgang strömten. »Wollen wir ein Stück gehen?«

Julia nickte stumm.

»Hermann hat Brian damals am Bahnhof aufgegabelt«, begann Rachel. »Das war drei Wochen, nachdem meine Großcousine Rebekka mit den Kindern den Toten am See entdeckt hat.«

Julia war sich nicht sicher, ob sie das hören wollte. Was sollte es bringen?

»Brian war anders, als du ihn heute kennst. Er war am Boden zerstört, weil er der Frau, die er liebte und der man Schlimmes angetan hatte, nicht helfen konnte. Als sie dann auch noch ein Kind erwartete … Wenn du mich fragst, ob er fähig gewesen wäre, einen Menschen umzubringen, der ihm das Liebste genommen hatte, lautet die Antwort Ja. Das hat mir Brian selbst gestanden, bevor wir uns verlobten. Doch er hat es nicht getan.«

Sie blieb stehen und sah Julia eindringlich an. »Er hat es nicht getan, Julia. Und der Tote auf der *Cowes Week* – ich bitte dich, glaubst du, er würde nach all den Jahren …« Rachel schlug die Hand vor den Mund und verzog das Gesicht, als hätte sie Schmerzen. Ihre hellblauen Augen schwammen vor Tränen.

Julia hatte Mitleid mit ihr. »Rachel.« Zaghaft streckte sie eine Hand nach ihr aus, doch Rachel trat einen Schritt zurück und schüttelte den Kopf. Sie war noch nicht fertig. »Ich weiß nicht, warum es ausgerechnet passieren musste, als Brian mit dem Stand in der Nähe war. Ich weiß es wirklich nicht.« Sie blickte Julia fest in die Augen. »Aber ich weiß, dass er nichts damit zu tun hat.«

*Und ich weiß jetzt, dass du zumindest nichts davon gewusst hast.* Julia nickte langsam. Rachel vertraute ihrem Mann. Sie war offensichtlich davon überzeugt, dass er niemanden getötet hatte. Wenigstens in Rachel hatte Julia sich nicht getäuscht. Was Brian anging, wollte sie gern glauben, dass dieser freundliche Mann und liebevolle Vater kein Mörder war, doch sie hatte ihre Zweifel.

Ihr Handy vibrierte. Neuerdings trug Julia es wieder überall mit sich herum. »Entschuldige bitte.« Sie zog es aus der Tasche. Eine SMS von Paul: *DNA-Analyse hat ergeben, dass es ein Mann war.*

Damit waren Charlotte Collins und Reese Hancock so gut wie entlastet. Und Brian verdächtiger denn je. Julias Lider flatterten.

»Alles in Ordnung, ist etwas mit Lilly?«, erkundigte Rachel sich besorgt.

»Nein, nein.« Julia traute sich kaum, ihr in die Augen zu schauen. »Ich muss … ich muss kurz weg«, murmelte sie und ließ Rachel stehen. Dann drehte sie sich noch einmal um. Sie versuchte zu lächeln. »Danke, dass du mit mir gesprochen hast.«

Am Auto angekommen, wählte sie Pauls Nummer.

»Das DNA-Material vom Tatort stammt definitiv von einem Mann«, bestätigte er. »Wir jagen es zum Abgleich gerade durch die *NDNAD*.«

»Durch die was?«

»Durch die *UK National Criminal Intelligence DNA Database*, das englische Gegenstück zur DAD.«

Julia wusste Bescheid. Die DAD war die Erbgutdatenbank der deutschen Kripo. Dort wurden sowohl Datensätze von registrierten Straftätern als auch Tatortspuren von unbekannten Personen gespeichert.

»Mal schauen, ob wir einen Treffer erzielen«, sagte Paul.

»Und wenn nicht?«

»Dann fordern wir Brian Arnold zu einem Speicheltest auf.«

»Und wenn er dem nicht freiwillig nachkommt, versucht ihr eine richterliche Anordnung zu erwirken?«

»Die wir höchstwahrscheinlich auch bekommen. Er hat ein Motiv und kein Alibi. Wir stellen die Verbindung zu Breitenbach her. Dasselbe Motiv. Arnold hielt sich in unmittelbarer Nähe auf, hatte die Gelegenheit, die Tat zu verüben. Ein Anfangsverdacht ist auf jeden Fall da. Das wird ein Richter sicher genauso sehen, egal, ob Arnold zu einer Pazifistenkommune gehört oder nicht. Bei der Gelegenheit nehmen wir auch gleich den verwendeten Graffitientferner unter die Lupe. Die meisten enthalten große Mengen an GBL.« Er machte eine Pause, bevor er weitersprach. »Julia, vielleicht solltest du mit den Kindern nicht auf dem Hof bleiben. Wenn du willst, könnt ihr erst einmal zu mir kommen. Meine Vermieterin, Mrs Berwick, würde sich ganz sicher freuen.«

»Vielleicht sollten wir wirklich nicht hierbleiben. Story hin oder her. Aber ob wir zu dir kommen, ich weiß nicht, ob das eine so gute Idee ist. Was sollen die Kinder denken? Noch mehr Hin und Her tut ihnen sicher nicht gut.«

»Ja, du hast sicher recht«, sagte Paul schnell.

# 17

Vorsichtshalber nahm Julia Ben mit. Sie meldete ihn aus seiner Gruppe ab und versprach ihm einen Ausflug. In drei Stunden musste sie Lilly vom Zelten abholen. Zeit genug, einen Abstecher nach Fairlight zu machen. Sie wollte noch ein paar Dinge über Brian in Erfahrung bringen.

Paul musste sie davon nichts sagen. Schließlich war Charlotte Collins nicht mehr verdächtig. Julia hoffte nur, dass sie bereit war, mit ihr zu reden.

Dieses Mal parkte sie direkt vor dem Haus. Es gab keinen Grund, sich zu verstecken.

Sie war verblüfft über die Ähnlichkeit. Dieselben dunkelbraunen Augen, dieselbe Nase, dieselbe Statur. Robin Collins' Gesichtsausdruck war härter, doch das konnte auch daran liegen, dass er etwas gegen unangemeldete Besucher hatte. Sie war froh, dass sie Ben mitgenommen hatte. Kinder besaßen die Gabe, Fremden gegenüber ganz automatisch das Eis zu brechen. »Darf ich eure Katze streicheln?«, fragte Ben, während er hinter Julias Rücken hervorlugte.

»Natürlich«, sagte Mr Collins, und Julia fand, dass er sogar dieselbe Stimme hatte. Wenn man sich den Bart wegdachte und die Haare kürzer vorstellte, hätte man glatt meinen können, Brian stünde mit seinen breiten Schultern im Türrahmen.

Julia merkte, dass sie ihn anstarrte. »Äh, ich würde gern mit Ihrer Frau sprechen. Ich wohne momentan in Amberley, wo Ihr Bruder lebt, Mr Collins, und ich möchte …«

»Sie kommen von Brian?«, unterbrach er sie und sein Gesichtsausdruck verfinsterte sich. Er musterte sie von oben bis unten. »Sie sehen gar nicht aus wie eine von denen.«

»Nein, ich bin Journalistin und schreibe eine Reportage über …«

»Hören Sie, Ihr Kleiner kann gern unsere Katze streicheln, aber dann sollten Sie gehen. Bitte lassen Sie uns in Ruhe.« Er war dabei, die Tür zu schließen, als Julia eine Frauenstimme von drinnen hörte: »Ich will mit ihr reden, Robin.«

Die Tür wurde langsam geöffnet. Die Frau stand halb abgewandt da und blickte in die andere Richtung zu ihrem Mann. Sie hatte dunkles, glänzendes Haar, das ihr bis zur Mitte des Rückens reichte. Julia reckte ein wenig den Kopf und sah, wie Robin Collins resigniert die Arme hob und im Inneren des Hauses verschwand.

*Paul hat nicht erzählt, dass Charlotte Collins eine solche Schönheit ist*, dachte Julia, als sie sich umdrehte. Mrs Collins hatte Schatten unter den Augen, und ein paar Sorgenfalten auf der Stirn verrieten, dass sie keine zwanzig mehr war. Das Leben war nicht immer leicht für sie gewesen, das sah man, doch diese vermeintlichen kleinen Makel schienen sie umso interessanter und faszinierender wirken zu lassen. Das war also die Frau, die Brian einmal geliebt hatte.

»Wie geht es Brian?«, fragte sie.

Gemeinsam saßen sie auf einer abgewetzten Holzbank vor dem Haus. Ben spielte mit Charlottes Kindern. Sie hatte sich Julia direkt mit ihrem Vornamen vorgestellt.

Julia erzählte ihr, dass Brian in einer Holzwerkstatt arbeitete und sieben Kinder hatte. Von Charlotte erfuhr sie, dass die beiden seit der Trennung überhaupt keinen Kontakt mehr gehabt hatten.

»Über seine Eltern weiß ich, dass er Kinder hat, weil er ihnen manchmal noch schreibt, doch sie reden kaum über ihn. Sie sind enttäuscht, weil er sich für dieses andere Leben entschieden hat.« Sie blickte Julia mit ihren geheimnisvollen dunklen Augen an. Julia sah den Schmerz darin, als sie sagte: »Einmal war Brian noch bei mir. Das war ein paar Monate, nachdem er verschwunden war. Er hat sich entschuldigt, wollte zu mir zurückkommen. Er versprach, dem Kind ein Vater zu sein, doch es war zu spät. Sie verstehen das vielleicht nicht, Julia, aber Robin war sehr gut zu mir gewesen und ich hatte nicht mehr die Kraft …«

»Sie haben seinen Bruder geheiratet?«

Charlotte nickte. »Robin ist ein guter Mann. Das ist er wirklich. Doch Brian habe ich geliebt. Brian ist meine große Liebe, und das wird er immer bleiben.« Sie sagte es sehr leise und wie zu sich selbst, doch in Julias Ohren hallten ihre Worte laut nach.

Julia starrte auf die Kinder, die mit Ben spielten. Charlottes und Robins gemeinsame Kinder. Das Jüngste konnte noch nicht einmal laufen. Wenn sie sich nicht täuschte, hatte Charlotte vorhin von sechs Kindern gesprochen. Robin und sie waren seit so vielen Jahren zusammen. Wie konnte sie da sagen, dass Brian immer ihre große Liebe bleiben würde?

Julia wandte den Kopf und betrachtete ihr schönes Profil und wie sie melancholisch in die Vergangenheit blickte. »Sie lieben Brian immer noch?«

Statt auf die Frage zu antworten, sagte sie: »Meine Grandma hat ihr ganzes Leben lang nur einen Mann geliebt. Sie waren bloß zwei Jahre verheiratet, doch geliebt hat sie ihn ihr ganzes Leben lang. Sie hat nie wieder geheiratet.« Sie lächelte versonnen. »Brian war etwas Besonderes. So einen Menschen trifft man nur einmal im Leben. Seine Briefe … sie waren so romantisch. Voller Wärme und Zuneigung.«

Julia dachte an den Brief, den Rachel ihr von Brian gezeigt hatte. Von Gefühl und Romantik geprägt war der nicht gewesen, doch dass er Rachel liebte, war keine Frage. Sie wunderte sich, warum Charlotte ihr all das anvertraute, wo sie sich doch kaum kannten. Wahrscheinlich genoss sie es einfach, mit jemandem über Brian reden zu können. Und manchmal waren Fremde für diese Art Gespräch genau richtig. Dieses Phänomen hatte Julia über die Jahre als Journalistin schon öfter erlebt.

»Aus jedem einzelnen spricht seine Liebe zu mir. Wenn ich seine Worte lese, spüre ich, dass er nur mich meint. Was uns verbindet, ist einzigartig.«

»Sie haben sie noch?«

Charlotte zögerte und warf Julia einen unsicheren Blick zu, als wäge sie ab, ob sie ihr noch mehr anvertrauen konnte. Ihre Miene wirkte verlegen, doch in ihrer Stimme schwang Stolz mit, als sie erklärte: »Sie liegen jede Nacht unter meinem Kopfkissen. Seit zwanzig Jahren.«

Julia riss die Augen auf. Sie konnte nicht glauben, was sie gerade hörte. Robin Collins tat ihr leid. Der Mann, mit dem Charlotte verheiratet war, teilte vermutlich jede Nacht das Bett mit seiner Frau und den Briefen seines Bruders, die sie wie einen Schatz unter ihrem Kopfkissen hütete.

»Sie müssen mich für verrückt halten«, stellte Charlotte fest. Offenbar sprach Julias Gesichtsausdruck Bände.

Bevor Julia antworten musste, öffnete sich quietschend das hölzerne Gartentor. Eine junge Frau, die Charlotte wie aus dem Gesicht geschnitten war, und eine Mittvierzigerin wurden von den Kindern stürmisch begrüßt. Charlottes jüngere Ausgabe war offensichtlich ihre Tochter.

»Das ist Grace, meine Älteste«, stellte sie sie vor, nachdem die ihr einen Kuss auf die Wange gegeben hatte. »Und das ist meine Schwester Victoria.«

Julia gab beiden die Hand und sah ihnen hinterher, wie sie mit den Kindern im Haus verschwanden. Ben hatte sich ihnen angeschlossen.

Victoria steckte noch einmal den Kopf nach draußen: »Ist es in Ordnung, wenn Ihr Kleiner hier drinnen *Apple Crumble* mit uns isst?«

Julia hatte nichts dagegen.

»Ich wüsste nicht, was ich ohne meine Schwester täte«, sagte Charlotte. »Sie hilft mir, wo sie kann. Und die Kinder lieben sie.«

Aus eigener Erfahrung konnte Julia ihr nur beipflichten. Es war so wichtig, jemanden in der Nähe zu haben, der einem ab und zu unter die Arme griff. Wie schnell war eines der Kinder krank oder es geschah etwas Unvorhergesehenes, das einem die ganze schöne Planung über den Haufen warf.

Sie musste noch etwas anderes wissen. Von Paul hatte sie erfahren, dass Brian bestritt, der Vater von Charlottes Kind zu sein. »Darf ich Sie etwas sehr Persönliches fragen, Charlotte?« Julia rutschte näher an sie heran und dämpfte ihre Stimme. »Ist Brian der Vater von Grace oder …«

Charlotte wandte den Kopf zum Haus und vergewisserte sich, dass die Fenster über ihnen geschlossen waren und keiner mithörte. Dann wollte sie ganz sichergehen und bat Julia, mit auf die Straße zu kommen. Während sie an den anderen Gärten vorbeischlenderten, erzählte sie, ihr Vater glaube, Grace stamme aus ihrer Beziehung mit Brian. Und Victoria glaube das auch irgendwie. »Ich kann sagen, was ich will. Sie lässt sich nicht davon abbringen.« Sie seufzte. »Dass Brian nachträglich die Verantwortung für das Kind übernehmen wollte, obwohl er nicht der Vater war, rechne ich ihm hoch an.«

*Das hat Robin auch getan*, sagte Julia sich im Stillen. *Und er hat sie tatsächlich übernommen.*

Charlotte blieb stehen und sah Julia unverwandt an. »Wenn Sie es genau wissen wollen, Brian war sehr altmodisch in diesen Dingen. Wir wollten bis nach der Hochzeit warten.« Sie kniff ihre Lippen zusammen, die selbst dann noch schön und voll aussahen. »Es ärgert mich maßlos, wenn mein Vater schlecht über Brian redet. Einmal war ich kurz davor, ihm von den beiden zu erzählen, die Reese und mich … um meiner Tochter willen habe ich es nicht getan«, sagte sie mit tränenerstickter Stimme. »Sie habe ich von Anfang an geliebt, egal, was ihr leiblicher Vater für ein Mensch gewesen sein mag. Für Grace ist Robin ihr Vater, und das soll auch so bleiben.«

Auf einmal sah Julia sie mit anderen Augen. Vor ihr stand eine tapfere Frau, die ihr Kind um jeden Preis schützen wollte. Eine Frau, deren Trauma dazu geführt hatte, dass sie sich in ihren Träumen verzweifelt an den Mann klammerte, der Unschuld, Reinheit und wahre Liebe für sie verkörperte.

Plötzlich bekam Julia eine unglaubliche Wut auf Vincent Foster und Alexander Breitenbach. Was hatten diese Männer nicht alles zerstört, als sie die beiden Mädchen betäubt und missbraucht hatten! Sie betrachtete Charlotte, die äußerlich immer noch schön war, doch tiefe Narben auf der Seele trug. Sie dachte an Reese. An Robin und Grace. Und an Brian und Rachel. Sie ballte ihre Hände zu Fäusten. Ja, wahrscheinlich war tatsächlich jeder Mensch fähig zu töten, wenn nur entsprechende Umstände zusammenkamen. Und doch, nach allem, was sie gehört hatte, traute sie Brian nun weniger denn je zu, zwei Menschen auf dem Gewissen zu haben.

Die Kinder waren ziemlich verdreckt, aber glücklich. Und müde. Doch sie hatten so viel erlebt, dass sie ihre Erschöpfung gar nicht spürten. Lilly sprudelte wie ein Wasserfall.

Julia warf ihrer Tochter im Auto immer wieder einen zärtlichen Blick von der Seite zu, während diese begeistert erzählte, wie sie Hütten gebaut, Fische gefangen und Feuer ohne Streichhölzer gemacht hatten.

Auf einmal verspürte Julia große Dankbarkeit. Für ihre Kinder, für die Ehe, die sie mit Paul bis vor ein paar Monaten geführt hatte, für ihre Arbeit und dafür, wie gut sie es hatten. Sie wusste nicht, wie es mit Paul weitergehen würde, doch sie fühlte eine starke Zuversicht, dass Gott ihre Herzen wieder verbinden würde. Nie hätte sie es für möglich gehalten, dass der Schöpfer dieses riesigen Universums sich für sie interessierte. Doch er hatte geantwortet, als sie ihn gebeten hatte, ihr einen neuen Blick zu geben für den Mann, den sie einmal geliebt hatte. Verloren geglaubte Gefühle waren neu in ihr erwacht. Bis vor ein paar Tagen wäre sie einer Frau wie Ivy und ihrem unverhohlenen Interesse an Paul mit Gleichgültigkeit begegnet. Ein Strohfeuer der Gefühle reichte gewiss nicht für einen Neuanfang, doch Julia wusste, dass es mehr war als das.

Sie bog die Straße zum Bruderhof ein und parkte vor dem Haus. Sie lieferte Hannah bei Rachel ab und warf ihr an der Tür ein kurzes Lächeln zu. Lilly wollte auf das Abendessen verzichten und direkt in ihr Bett fallen, doch Julia bestand darauf, dass sie sich wenigstens unter die Dusche stellte.

Als sie wenig später noch einmal nach Lilly sah, war sie schon eingeschlafen. Sie lag auf dem Bauch, das feuchte Haar wie ein Fächer auf dem Kopfkissen ausgebreitet. Julia lauschte eine Weile ihren gleichmäßigen Atemzügen, bevor sie Ben am Stall aufgabelte und mit ihm zum Essenssaal hinüberging.

Zwei Stunden später stand sie vor der Tür der Arnolds und rang mit sich, ob sie anklopfen oder lieber nach oben gehen sollte. Sie hob die Faust, als die Tür von innen aufgerissen wurde. Julia wich einen Schritt zurück.

Brian stand vor ihr. Er wirkte nervös. Er schaute sie an, zögerte einen Augenblick.

»Ich wollte zu Rachel«, sagte Julia schließlich.

Brian deutete zur Tür. Dann ging er wortlos an ihr vorbei.

Rachel saß im Halbdunkel in ihrem Schaukelstuhl und hatte die Hand über Mund und Kinn gelegt. Sie bewegte sich nicht, starrte einfach nur zum Fenster und schien nichts um sich herum wahrzunehmen.

»Rachel.« Julia sagte ihren Namen schon zum zweiten Mal.

Rachel sah sie erstaunt an und versuchte zu lächeln. »Julia, schön, dass du da bist.« Dann wurde sie wieder ernst. »Die Polizei hat angerufen. Sie wollen, dass Brian einen Speicheltest macht.«

Julia schluckte. Der Abgleich mit der DNA-Datenbank hatte also keinen Treffer ergeben.

»Sie sagen, der Test sei erst einmal freiwillig. Aber wenn Brian sich weigern sollte, könnte man ihn mit einer richterlichen Anordnung zwingen.«

Langsam ließ Julia sich neben ihr auf einen Stuhl sinken. »Das tut mir leid, Rachel. Auch dass ich dir verschwiegen habe, dass Paul mein Mann ist.« Sie hob bedauernd die Arme. »Und nun ist er derjenige, der …«

Rachel ergriff Julias Hand und drückte sie. »Er macht nur seine Arbeit.«

Julia legte ihre andere Hand auf Rachels. »Und was werdet ihr tun?«

»Wir haben uns vorhin mit den Ältesten besprochen. Brian wird den Test machen. Er sagt, dann ist die Sache ein für alle Mal geklärt, und die Polizei lässt uns endlich in Ruhe. Trotzdem wühlt ihn das alles sehr auf.«

»Wo ist er jetzt?«

»Drüben in der Werkstatt am Basteln.«

Julia nickte langsam. Auf dem Bruderhof war es anscheinend wie überall. Die Frauen redeten miteinander, die Männer trugen ihre inneren Kämpfe für sich aus und zogen sich zurück. Sie wandte den Kopf. »Ich war heute Mittag bei Charlotte.«

Rachel entzog ihr ihre Hand.

»Ich weiß jetzt, dass Grace nicht Brians Tochter ist. Und ich glaube nicht mehr, dass Brian etwas mit dem Tod der beiden Männer zu tun hat. Selbst wenn, ich denke fast, ich hätte Verständnis dafür.«

Rachels heftige Reaktion überraschte sie. »Sag so etwas nicht, Julia! Niemand hat das Recht, einem anderen Menschen das Leben zu nehmen, ganz gleich, was er getan hat. Das steht allein Gott zu. Diese beiden Männer werden sich genau wie ihr Mörder mit ihren Taten einmal vor ihm verantworten müssen. Er wird sie zur Rechenschaft ziehen. An uns ist es, ihnen zu vergeben. Das ist es, was Jesus von uns möchte.«

Julia war damit nicht einverstanden. »Aber so einfach ist das doch nicht.«

Rachel wandte sich ihr ganz zu. Sie konnte in der Dunkelheit ihr Gesicht kaum erkennen, nur die Umrisse, die sich gegen das Licht der Laterne vor dem Fenster abzeichneten. »Vergebung ist nie einfach. Und erst recht nicht, wenn es aus uns selbst heraus geschehen soll.« Ihre Stimme wurde eindringlicher. »Julia, wir reden normalerweise nicht viel über diese Dinge. Wir versuchen einfach zu leben, was wir glauben. Jeder von uns braucht Vergebung. Und durch Jesus bekommen wir sie. Weil mir vergeben wurde, kann ich auch vergeben. Den Rest darf ich getrost Gott überlassen.«

Julia fragte sich, warum sie je in Erwägung gezogen hatte, diese Menschen eines Verbrechens zu verdächtigen.

Nach dem Frühstück ging Brian nicht zur Arbeit in die Werkstatt, sondern fuhr auf das Revier, um einen Abstrich seiner Wangenschleimhaut machen zu lassen. Beim Mittagessen setzte er sich neben Rachel und drückte kurz ihre Hand. Julia saß ein paar Plätze weiter und beobachtete von der Seite, wie Rachel ihren Mann anlächelte. Sie sah müde aus, aber auch erleichtert. Gemeinsam wurde ein Dankgebet gesungen, das Julia mittlerweile gut kannte. Sie konnte jede Zeile voller Überzeugung mitsingen. Heute gab es einen dicken Erbseneintopf mit Speck und Würstchen und dazu Auszüge aus einem Buch von Eberhard Arnold, anschließend Honigmelone.

Julia nahm sich das dritte Stück Melone und nagte das Fruchtfleisch ab. Sie hatte von Paul nichts mehr gehört, seit sie wegen des DNA-Tests miteinander telefoniert hatten. War sie zu optimistisch gewesen, was sie beide anging? Ihre letzten Gespräche hatten nur wenige Augenblicke gedauert und waren alles andere als gut gelaufen.

Was hatte sie zu verlieren, wenn sie es versuchte? Sie legte die Melonenschale zu den anderen in die Schüssel und betete still: »Lieber Gott, ich glaube, dass dir mindestens so viel an unserer Ehe liegt wie mir, und wenn es jemand schaffen kann, dann bist vermutlich du das. Also, ich habe keine Ahnung wie, aber könntest du uns bitte helfen?«

# 18

Paul rief an, als Julia gerade vom Joggen zurückkam. »Er war es«, sagte er nur.

»Wer war was?«

»Brian Arnold.«

»Aber das kann doch nicht …«

»Das Ergebnis ist eindeutig.«

Julia ließ sich auf ihr Bett sinken und schüttelte fassungslos den Kopf.

»Wir sind schon unterwegs.« Paul klang euphorisch.

»Aber … es gab auch schon Verwechslungen. Ich meine, Fehler werden überall gemacht.«

»Die Fakten sprechen für sich. Es gibt keinen Zweifel.«

Julia drückte ihre Finger gegen die Schläfe. In ihrem Kopf hämmerte es und sie hatte Mühe, einen klaren Gedanken zu fassen. »Aber es beweist nur, dass Brian sich mit Foster geprügelt hat. Nicht, dass er ihn auch umgebracht hat.«

»Julia, ich verstehe, dass du eine Beziehung zu diesen Leuten aufgebaut hast und es schwer sein muss zu erkennen, dass du dich in Brian Arnold getäuscht hast. Aber wir müssen den Tatsachen ins Auge sehen. Arnold hat gelogen. Er hat gesagt, dass er in Portsmouth oder Southampton war, als Foster umgebracht wurde. Aber er war hier. Er hat sich mit ihm geprügelt. Und davor oder danach viereinhalb Zigaretten geraucht. So viel steht fest. Und den Rest kriegen wir schon aus ihm raus.«

Julia legte auf und tigerte unruhig im Zimmer umher. Sie hörte Autotüren schlagen und lief zum Fenster. Paul und Ivy und ein Polizist in Uniform kamen auf das Haus zu. Julia zog sich eine Jacke über und ging nach unten. Sie wartete vor dem Haus, bis sie herauskamen.

Sie legte Rachel einen Arm um die Schultern und sah mit ihr dem Auto hinterher, in dem sie Brian wegbrachten.

»Er hat es nicht getan«, schluchzte Rachel.

Langsam führte Julia sie zum Haus zurück. Rachel stolperte, und Julia konnte sie gerade noch festhalten. Sie musste sie stützen.

Ein paar von den Frauen kamen. Die Nachricht hatte sich schon herumgesprochen. Trudie und Hester nahmen die kleineren Kinder, die drinnen waren, erst einmal mit zu sich nach Hause.

Julia kochte Tee und überredete Rachel, sich hinzulegen. Erst war sie in Tränen aufgelöst, dann wurde sie plötzlich still, fast apathisch. Teilnahmslos ließ sie alles geschehen. Julia hatte erwogen, nach einem Arzt vom Bruderhof zu schicken, der ihr ein Beruhigungsmittel geben könnte. Das war nun nicht mehr nötig, so still wie Rachel war. Doch genau das machte ihr nun Sorgen. Sie brachte ihr den Tee an das Bett, fühlte ihre Stirn und setzte sich zu ihr.

Rachel hatte die Augen offen und starrte an die Decke. »Brian könnte so etwas nie tun«, sagte sie mit leiser Stimme.

Julia seufzte. Sie wusste nicht, was sie denken sollte. Die Vorstellung, dass die Polizei Brian den Mord an Foster und Breitenbach vorwarf und ihn wahrscheinlich gerade irgendwo verhörte, war eigentlich völlig absurd. Nicht Brian.

Rachel setzte sich ein wenig auf. Sie schien sich gefasst zu haben. Offenbar hatte sie nun das Bedürfnis, sich mitzuteilen. Mit leiser Stimme erzählte sie Julia von Brian. »Er war damals am Boden zerstört, dass Charlotte ein Kind von einem dieser beiden Männer erwartete. Er war in Selbstmitleid gefangen, als er zu uns kam. Doch dann öffnete Gott ihm die Augen. Brian wurde ein ganz neuer Mensch. Als er sein feiges Verhalten Charlotte gegenüber erkannte, entschloss er sich, auf der Stelle zu ihr zu gehen. Er war bereit, ihr alle Zeit zu geben, die sie brauchte, um sich ihm und anderen Menschen gegenüber wieder zu öffnen.«

Sie blickte Julia an. »Er wollte ihr erzählen, was ihn verändert hatte, und wünschte sich nichts sehnlicher, als dass auch sie Gott kennenlernen und heil werden würde. Er wollte die Verantwortung übernehmen für dieses unschuldige kleine Wesen, das in ihr heranwuchs. Er war sich sicher, er könnte es ohne Vorbehalte lieben.«

Julia beugte sich vor. »Aber Charlotte hatte seinen Bruder geheiratet.«

Rachel nickte. »Ja, und Brian war traurig darüber. Er hatte gedacht, es sei Gottes Plan für ihn, sie zu heiraten und für sie und das Kind zu sorgen. Er kehrte zu uns zurück. Aber anders als die Wochen zuvor versank er nicht wieder in Selbstmitleid. Er war sehr still und in sich zurückgezogen. Doch er akzeptierte, dass es anders gekommen war. Mit Hermann führte er stundenlange Gespräche. Er war auch der Erste, dem er erzählte, dass es da ein Mädchen gebe, das er furchtbar gerne kennenlernen würde.«

Jetzt lächelte Rachel. »Hermann riet ihm, besonnen zu handeln und nichts zu überstürzen. Es dauerte noch Monate, bis er meine Eltern fragte, ob er mir schreiben dürfe. Da lebte er bereits ein Jahr bei uns. Zwei Jahre später haben wir geheiratet. Wir waren Gott so dankbar, wie er alles geführt hatte.« Sie biss sich auf die Lippen. Dann wandte sie den Kopf und schaute Julia fest in die Augen. »Julia, ich kenne keinen mutigeren und verantwortungsvolleren Menschen als Brian. Und feige ist er ganz sicher nicht.« Sie setzte sich aufrecht hin. »Wenn er etwas Unrechtes getan hätte, würde er nicht lügen, um sich selbst zu schützen. Glaub mir, er würde die Verantwortung übernehmen und die Konsequenzen tragen.«

Julia sah sie nachdenklich an. Es berührte sie, wie leidenschaftlich Rachel für ihren Mann kämpfte. Und im Grunde genommen deckte es sich mit dem Bild, das sie selbst von ihm hatte. Das Problem war nur, dass man Brians DNA unter Fosters Fingernägeln gefunden hatte.

»Er hat gestanden.«

»Was?«, fragte Julia ungläubig ins Telefon.

»Ja, Arnold hat gestanden«, bestätigte Paul. »Sonst hat er noch nicht viel gesagt. Aber er hat eindeutig zugegeben, dass er für die Taten verantwortlich ist.«

Sie zog die Tür hinter sich zu und lehnte sich dagegen. Er hatte es tatsächlich getan. Rachels Worte klangen in ihr nach. *Er würde die Verantwortung übernehmen und die Konsequenzen tragen.* Genau das tat er nun offensichtlich.

»Seine Fingerabdrücke und die Fingerabdrücke auf dem Deckel der Flasche, die man unter Fosters Leiche gefunden hat, stimmen zwar nicht überein. Das wäre noch das Tüpfelchen auf dem i gewesen. Aber – und jetzt halte dich fest – ein Haar, das man am Tatort auf der Isle of Wight gefunden hat, gehört auch zu Arnold. Gerade hat das Labor angerufen. Damit ist so gut wie erwiesen, dass er sowohl bei Foster als auch bei Breitenbach am Tatort gewesen sein muss. Die Verbindung zwischen den beiden Fällen ist belegt. Er hatte ein Motiv, er war auf der Isle of Wight, und dass seine DNA an beiden Tatorten gefunden wurde, macht den Fall wasserdicht. Als wir ihm das gesagt haben, ist er eingebrochen.« Paul konnte seine Begeisterung kaum verbergen.

Nach dem Gespräch musste Julia erst einmal tief durchatmen. Es gab nicht mehr den geringsten Zweifel. Brian hatte zwei Menschen auf dem Gewissen. So schwer es zu glauben war, sie musste es akzeptieren. Doch wie sollte sie das Rachel beibringen? Was sollte man den Kindern sagen? Julia rutschte mit dem Rücken an der Tür hinunter und setzte sich auf den Boden. Sie schlang die Arme um ihre Knie und lehnte den Kopf gegen die Tür. Wie sollte man diesen fröhlichen, unschuldigen Kindern erklären, dass ihr Vater etwas Schlimmes getan hatte und ins Gefängnis musste? Eine Welt würde für sie zusammenbrechen. Dazu eine besonders heile Welt, das machte es noch tragischer.

Durfte man so denken? Spielte es eine Rolle, ob sie bereits Schweres erlebt hatten? Sie dachte an ihre eigenen Kinder, denen sie die Trennung von Vater und Mutter zugemutet hatte. Sie hatte deren Welt ins Wanken gebracht. Würden sie den nächsten Tiefschlag deshalb leichter wegstecken, ein erneutes Erdbeben eher überleben? Sicher nicht. Es würde ihnen den Boden unter den Füßen wegziehen.

Julia stützte ihren Kopf in beide Hände. Auch der Gemeinschaft würde dies einen schweren Schlag versetzen. Einer aus ihrer Mitte … undenkbar. Brian hatte alles über Bord geworfen, woran sie glaubten. Es war nur zu hoffen, dass sie daran nicht zerbrachen. Nein, sagte Julia sich, sie würden einander Halt geben. Sie würden sich um Rachel kümmern und die Kinder. Sie würden …

Plötzlich schoss ihr ein Gedanke durch den Kopf, den sie nicht gleich fassen konnte. Sie blickte auf. Irgendetwas hatte sie übersehen. Ein Puzzleteil gehörte an eine andere Stelle. Man musste zu fest drücken, die kleinen Lücken zu sehr ignorieren, als dass es ganz passte. Sie schloss die Augen.

Rachel rief von drinnen nach ihr.

*Jetzt nicht. Ich hab es gleich!* Sie öffnete die Augen. Auf einmal wusste sie, was sie Rachel fragen musste.

Sie riss die Tür zum Schlafzimmer auf, setzte sich Rachel gegenüber und beugte sich nach vorne. »Wann hat Brian mit dem Rauchen aufgehört?«

Völlig verständnislos sah Rachel sie an. »Brian hat nie geraucht«, erwiderte sie kopfschüttelnd.

»Bist du sicher? Auch nicht, bevor ihr euch kennengelernt habt? Vielleicht wenn er nervös war?«

»Er hat ganz sicher zu viel Alkohol getrunken, aber geraucht hat er nie.«

»Aber sein Bruder hat geraucht«, stellte Julia fest.

Rachel zuckte die Schultern. »Keine Ahnung. Ich habe Robin nie getroffen. Ich weiß nicht, ob er …« Sie hielt inne und wich unwillkürlich vor Julias intensivem Blick zurück.

Julia hatte die Unterarme auf die Beine gelegt und die Hände gefaltet. Sie lehnte sich ganz nach vorn und lauerte auf die Antwort, noch bevor sie ihre Frage gestellt hatte. »Brian und Robin sind am selben Tag geboren, richtig?«

»Natürlich, sie sind Zwillinge«, antwortete Rachel.

»Eineiige Zwillinge?«

Rachel nickte, und Julia klopfte sich mit der Hand auf den Oberschenkel. »Das ist es.« Als sie Robin getroffen hatte, war ihr die Ähnlichkeit zu seinem Bruder aufgefallen, und das trotz Robins langen Haaren und der Tatsache, dass Brian einen Vollbart trug.

»Was meinst du?« Rachel wurde ungeduldig.

Julia kräuselte zufrieden die Lippen und schüttelte den Kopf.

Rachel reagierte ungehalten. »Kannst du mir endlich sagen, was das Ganze soll?«, wollte sie wissen. »Brian sitzt in Untersuchungshaft und du hast nichts Besseres zu tun …«

»Genau!«, unterbrach Julia sie. »Ich habe nichts Besseres zu tun, als dafür zu sorgen, dass Brian so schnell wie möglich wieder zu dir nach Hause kommt.« Sie setzte ein zufriedenes Lächeln auf. »Überleg doch mal, eineiige Zwillinge haben dieselbe DNA.« Sie öffnete die Handflächen und überließ Rachel die Schlussfolgerung.

Julia konnte förmlich zusehen, wie bei Rachel der Groschen fiel. »Du meinst, die DNA am Tatort stammt nicht von Brian, sondern von seinem Bruder? Aber das würde bedeuten, dass Robin … in Wahrheit der Täter ist?«

»Bingo.« Julia lehnte sich zurück und verschränkte die Arme. »Ich weiß zwar nicht, was Brian dazu veranlasst hat, zu gestehen …«

»Er hat gestanden?«, fragte Rachel ungläubig.

»Er muss erkannt haben, dass es nur sein Bruder gewesen sein kann. Die einzige Möglichkeit, sich zu entlasten, hätte darin bestanden, der Polizei zu erzählen, dass Robin es wegen der identischen DNA gewesen sein muss.« Julia schüttelte den Kopf. »Aber will er tatsächlich anstelle seines Bruders für zwei Morde ins Gefängnis gehen?«

Rachel war verstummt. Sie saß da mit gerunzelter Stirn und starrte in eine Ecke des Zimmers. Schließlich sagte sie leise: »Es würde zu Brian passen. Robin hat damals die Verantwortung für ihn übernommen, indem er sich um Charlotte gekümmert hat. Es war ja nicht abzusehen, dass Brian zu ihr zurückkehren würde.« Sie knetete ihre Hände. »Der Familie geht es finanziell nicht besonders gut. Victoria sagt, sie können sich gerade so über Wasser halten.«

»Ihr habt Kontakt zu Charlottes Schwester?«

Rachel zuckte die Schultern. »Seit ungefähr zwei Jahren. Sie schreibt uns ab und zu, erzählt, was Grace und ihre Geschwister so machen. Wie sollen sie zurechtkommen, wenn Robin ins Gefängnis muss und nicht mehr für sie sorgen kann? Und Brians Eltern …«

»Was ist mit ihnen?«

»Sie haben den Kontakt zu Brian abgebrochen, weil er sich für dieses Leben hier entschieden hat. Sie haben nur noch Robin. Noch einen Sohn zu verlieren … ich weiß nicht, ob sie das verkraften würden.«

Julia bemerkte, wie Rachels Fingerknöchel weiß wurden, so fest drückte sie abwechselnd ihre Hände. Das Ganze wühlte sie verständlicherweise sehr auf.

Julia stand auf. Es gab keine Zeit zu verlieren. »Ich werde Paul anrufen«, sagte sie und deutete zur Tür.

»Warte!« Rachels Augen wanderten unruhig umher, als ringe sie innerlich mit sich. »Ich möchte mit Brian reden. Wenn er sich dazu entschlossen hat, diesen Weg zu gehen … vielleicht habe ich kein Recht …« Sie holte tief Luft. »Vielleicht muss ich seine Entscheidung respektieren.«

»Bist du verrückt geworden?« Julia schlug sich an die Stirn. Sie konnte nicht fassen, was Rachel gerade gesagt hatte. Sie schüttelte den Kopf und lief nach draußen. Julia für ihren Teil hatte ganz sicher nicht vor, Brians Entscheidung zu akzeptieren.

»Der KaDeWe-Fall«, sagte Paul, und Julia verstand im ersten Moment nicht, wovon er redete. Dann dämmerte es ihr. Es war schon ein paar Jahre her, doch der Fall war groß durch die Presse gegangen, und zu Hause hatten sie auch darüber diskutiert. Warum war sie nicht selbst darauf gekommen?

Julia stieß sich von der Hauswand ab und versuchte sich die Einzelheiten ins Gedächtnis zu rufen. Was noch fehlte, ergänzte Paul. Im Januar 2009 hatten Diebe im KaDeWe eingebrochen und wertvollen Schmuck gestohlen. Am Tatort hatte man einen Handschuh mit einem Schweißfleck gefunden und die DNA zuordnen können. Allerdings waren zwei Personen ermittelt worden, nämlich eineiige Zwillinge. Die beiden mussten nichts weiter tun, als zu schweigen und abzuwarten, bis sie schließlich freigelassen wurden. Zwar konnte man mit Sicherheit sagen, dass zumindest einer der beiden am Tatort gewesen war, doch da der Täter nicht eindeutig zu ermitteln war, musste man letztendlich beide freilassen.

»Aber Arnold hat gestanden«, stellte Paul fest.

»Aber das hat er nur, um seinen Bruder zu schützen«, warf Julia ein. Sie versuchte Paul davon zu überzeugen, dass es Brian nicht gewesen sein konnte. »Du willst sicher keinen Unschuldigen ins Gefängnis bringen, nur damit der Fall gelöst ist, oder?«

Paul erwiderte, dass jeder Anwalt sowieso als Erstes dazu raten würde, die Aussage zurückzuziehen. »Bisher hat er nämlich nur gesagt, dass er es gewesen sei, mehr nicht.« Er stöhnte. »Ich will aber auch keinen Schuldigen einfach laufen lassen.«

Robin Collins rutschte auf dem Stuhl hin und her und knetete nervös seine Fingerknöchel. Paul hatte sich entschieden, ihn aufs Polizeirevier zu bitten und ihn dort mit den Vorwürfen zu konfrontieren. Dass er etwas zu verbergen hatte, war offensichtlich. Ob er reden würde, fraglich.

Paul bot ihm eine Zigarette an und gab ihm Feuer. Er legte das Zigarettenpäckchen mit dem Feuerzeug auf den Tisch und stellte einen Aschenbecher daneben. Dann ging er mit Ivy nach draußen. Nach ein paar Minuten kehrten sie zurück, Paul mit einem Plastiktütchen in der Hand. Er setzte sich Collins gegenüber, dessen Augen unruhig umherwanderten und an der Tüte hängen blieben.

Paul warf die Tüte auf den Tisch und verschränkte die Arme. Collins starrte auf die eingeschweißte Zigarettenkippe, die neben dem Aschenbecher lag, wo seine gerade ausgedrückte noch leicht qualmte. Er blickte Paul in die Augen.

Paul legte Daumen und Zeigefinger ans Kinn, neigte den Kopf ein wenig und wartete. Er war zuversichtlich, dass die Befragung sich nun beschleunigen würde. Als Collins nichts sagte, deutete er auf die Plastiktüte. »Das ist eine der Zigarettenkippen, die die Polizei vor neunzehn Jahren nur ein paar Meter entfernt von Vincent Fosters Leiche gefunden hat.« Er beugte sich vor und legte die Fingerspitzen aneinander. »Mr Collins, wenn wir die DNA-Spuren, die wir darauf gefunden haben, mit den DNA-Spuren auf dieser hier vergleichen«, er zeigte auf den Aschenbecher, »was glauben Sie, was wir finden werden?«

Robin Collins sog geräuschvoll die Luft ein und legte die Hände an die Stirn.

Paul wartete, bis Collins endlich nickte. »Ja, ich war da.« Er schluckte, bevor er weitersprach. »Ich habe ihn abgepasst, und wir haben uns geprügelt wegen der Sache mit Charlotte.« Er sah Paul direkt an. »Aber umgebracht habe ich ihn nicht. Das müssen Sie mir glauben!« Er rieb sich wieder die Fingerknöchel. »Beinahe hätte ich es getan, das gebe ich zu. Zumindest kann ich nicht ausschließen, dass ich es getan hätte, wenn ich das Messer mitgenommen hätte. Aber ich habe es im Auto liegen lassen. Wegen so einem Kerl wollte ich nicht ins Gefängnis wandern. Ich hatte schließlich Charlotte und das Kind zu versorgen.«

Paul legte den Kopf schief. »Sie wollen damit sagen, Sie haben sich mit Foster geprügelt, sind anschließend in Ihr Auto gestiegen und nach Hause gefahren, und das war alles?«

»Ja.« Er druckste herum. »Am nächsten Morgen bin ich noch mal hingefahren, weil ich meinen Haustürschlüssel nicht gefunden habe. Ich dachte, er wäre mir vielleicht bei der Schlägerei aus der Tasche gefallen.«

»Und?«

»War er nicht. Meine Schwägerin hat ihn mir am nächsten Tag gebracht. Als ich zum See kam, war Foster tot. Das sah ich sofort, so wie er dagelegen hat. Und es stank fürchterlich. Er lag in seinem Erbrochenen.«

»Wenn Sie ihn nicht umgebracht haben, warum haben Sie dann nicht die Polizei gerufen, Mr Collins?«

»Der Kerl hatte ein blaues Auge von mir, weil er meine Freundin vergewaltigt hatte. Was glauben Sie wohl, was die Polizei gedacht hätte?« Er zuckte mit den Schultern. »Darüber nachgedacht hab ich. Ich hab eine ganze Weile hinter einem Busch gehockt und überlegt, was ich tun sollte. Als die Kinder kamen, bin ich abgehauen.«

»Sie meinen die Kinder vom Bruderhof?«

Collins warf hilflos die Arme in die Luft. »Ja, Mann. Heute mache ich mir Vorwürfe. Haben Sie Kinder, *Inspector*?«

Paul hob abwehrend die Hand. Sein Privatleben tat nichts zur Sache.

Collins schüttelte den Kopf. »Die Kinder hätten das nicht sehen sollen.«

Paul blickte zu Ivy und bedeutete ihr, mit nach draußen zu kommen. »Und, glaubst du ihm?«, fragte er und setzte sich auf die Tischkante seines Schreibtischs.

Ivy lehnte sich an die Wand. Sie wiegte den Kopf und zählte auf, was ihr einfiel. »Er hat die Schlägerei von sich aus zugegeben, ohne dass wir ihm etwas von den DNA-Spuren unter Fosters Fingernägeln erzählt haben. Er gibt zu, darüber nachgedacht zu haben, Foster mit einem Messer zu attackieren. Er macht sich Gedanken um die Kinder. Um Foster scheint es ihm nicht leidzutun, was auch nachvollziehbar ist.« Ivy fand, dass es schlüssig war, was er erzählte. Das Problem war nur, wenn er die Wahrheit sagte, war dann am Ende doch Arnold der Mörder gewesen?

Sheila Watts streckte den Kopf zur Tür herein. »Der Anwalt von Mr Collins ist da.«

Paul schlug mit der flachen Hand auf den Schreibtisch und erhob sich. »Das war es dann wohl. Wir werden beide laufen lassen müssen. Der eine hat sein Geständnis zurückgezogen, der andere gibt nur die Schlägerei zu, und die DNA-Zuordnung stößt an ihre Grenzen«, stellte er missmutig fest.

»In ein paar Jahren vielleicht«, versuchte Ivy ihn aufzumuntern. Dann wäre die Wissenschaft vielleicht so weit, die minimalen DNA-Unterschiede bei eineiigen Zwillingen zu entschlüsseln.

# 19

Die Luft roch nach Meer und Motoren, als die Fähre ablegte. Möwen kreischten und kamen ganz nah an die Reling heran, wo Passagiere in Papiertüten kramten und ihnen Brotbrocken zuwarfen. Mit ausgebreiteten Flügeln schwebten sie fast bewegungslos an derselben Stelle und sperrten ihre Schnäbel weit auf.

»Darf ich sie auch füttern? Bitte, Mama!« Ben zog seine Mutter an der Hand.

Julias Antwort wurde von einer Lautsprecherdurchsage übertönt und Ben steckte sich die Finger in die Ohren. Lilly und Paul, die ein paar Meter entfernt auf Liegestühlen saßen und sich die Stöpsel von Lillys iPod teilten, blickten kurz auf und zwinkerten ihr zu.

Julia lächelte. Der erste gemeinsame Familienausflug seit Monaten. Und er war schön gewesen.

Paul hatte vorgeschlagen, die Isle of Wight zu besuchen. Er meinte, die Insel habe mehr zu bieten als dubiose Fälle. Und er hatte recht gehabt.

Julia und Lilly wollten unbedingt Osborne House besichtigen, wo Queen Victoria und ihr deutscher Prinzgemahl gern privat residiert hatten. Anschließend begaben sie sich bereitwillig mit Paul und Ben auf Entdeckertour an die Südwestküste, wo Höhlen und versteckte Buchten Schmuggler seit dem Mittelalter angezogen hatten. Von der Freshwater Bay aus gingen sie zu Fuß zu den berühmten Kalkklippen *The Needles*. Lilly meinte, sie sähen aus wie ins Meer hineingekleckst. Ben, der sich den halben Weg hatte huckepack tragen lassen, gefiel der oft bemühte Vergleich mit dem Rückenpanzer eines Stegosaurus eindeutig besser.

Sie verließen das Schiff und fuhren gemeinsam zurück auf den Bruderhof. Ben schlief sofort ein, Lilly zwanzig Minuten später. Julia warf einen Blick über die Schulter und wandte sich an Paul. »Ich habe mir überlegt, Ben bei den Pfadfindern anzumelden. Er ist so glücklich draußen in der freien Natur, und er braucht feste Aufgaben. Etwas, wofür er verantwortlich ist. Vielleicht einen Hund.«

Paul warf ihr einen erstaunten Blick zu. »Du wolltest nie einen Hund haben.«

Julia zuckte die Schultern. »Ich habe meine Meinung geändert. Und es gibt da durchaus noch mehr Punkte, über die ich nachgedacht habe.«

»Ach«, sagte Paul.

Sie holte tief Luft. »Ich wollte dich fragen, ob du dir vorstellen kannst …« Sie brach ab und nahm einen neuen Anlauf. »Paul, könntest du dir vorstellen, wieder bei uns einzuziehen?«

Julia biss sich auf die Lippen und hielt die Luft an, während Paul reglos geradeaus auf die Straße schaute. »Keine Angst mehr wegen der Kinder? Ich meine, wenn es doch nicht klappen sollte mit uns beiden? Du hast selbst gesagt, noch mehr Hin und Her würden sie schlecht verkraften.«

»Ich will kein Hin und Her, Paul«, sagte Julia leise. »Ich will, dass Trennung keine Option mehr ist. Nichts, was ich auch nur im Ansatz in Erwägung ziehen möchte, wenn es gerade nicht gut läuft. Das soll nicht heißen, dass ich eine schlechte Ehe in Kauf nehmen will.« Sie blickte Paul an und sagte mit fester Stimme: »Im Gegenteil, ich will alles daransetzen, dass unsere Ehe immer stärker wird.«

»Julia, ich …«

»Nein, warte, ich bin noch nicht fertig. Unsere Ehe war nicht schlecht.« Julia fuhr sich nervös durch die Haare. Sie hatte einen dicken Kloß im Hals. Es kostete sie Überwindung, all das auszusprechen, aber Paul hatte es verdient, dass sie ihre Fehler eingestand. »Ich habe Erwartungen an dich gestellt, die du nicht erfüllen konntest. Keiner könnte das. Ich habe etwas bei dir gesucht, das kein Mensch einem anderen dauerhaft geben kann. Irgendwie habe ich geglaubt, deine Aufgabe sei es, mich glücklich zu machen, mich auf Händen zu tragen, mir die Sterne vom Himmel zu holen. Aber wozu habe ich zwei gesunde Beine? Und den Himmel auf Erden kriegt man nicht durch so ein paar dumme Sterne.«

Paul warf ihr einen irritierten Blick zu.

»Ich glaube, ich rede gerade Blödsinn. Was ich eigentlich sagen will, ist, den Himmel bekommen wir eben erst im Himmel und nicht schon auf der Erde.«

»Aber hin und wieder dürfen wir uns einen kleinen Vorgeschmack holen«, sagte Paul mit warmer Stimme und ergriff ihre Hand. »Mir ist auch einiges klar geworden. Zu einer Ehe gehören ja schließlich zwei. Ich sollte vielleicht in Zukunft ...«

»Unbedingt!«, schnitt ihm Julia das Wort ab. »Glaub bloß nicht, dass ich deswegen plötzlich mit allem einverstanden bin.« Ein verschmitztes Lächeln zuckte um ihre Lippen. »Da fällt mir spontan eine ganze Latte von Punkten ein. Also, als Erstes solltest du ...«

Paul trat auf die Bremse und brachte sie mit einem Kuss zum Schweigen.

Keiner hupte. In England wartete man geduldig, bis es weiterging.

Als Julia ihren Kopf wandte, hatte Lilly zwar die Augen geschlossen, aber sie lächelte selig.

Paul bog zum Bruderhof ab, und Julia bat ihn, noch mit hereinzukommen, bevor er wieder nach Portsmouth fuhr. Paul war sich nicht sicher, ob das wegen Brian eine so gute Idee war, aber er stimmte zu.

Lilly und Ben rannten schon vor, Julia und Paul gingen Hand in Hand die Treppe hoch. Rachel und Brian saßen gemeinsam auf der Veranda. Brian hatte den Arm um seine Frau gelegt.

Julia begrüßte die beiden und sagte unbefangen: »Irgendwie habt ihr euch ja schon kennengelernt, aber darf ich euch Paul, meinen Ehemann, vorstellen?«

Paul streckte Brian die Hand hin. »Es tut mir leid, dass wir uns unter diesen Umständen ...«

»Sie haben nur Ihre Arbeit gemacht, Paul«, erwiderte er mit festem Händedruck.

Julia wollte wissen, wo die Kinder alle seien, und Rachel antwortete, sie seien in der Küche bei Victoria.

Julia hob erstaunt die Augenbrauen. »Charlottes Schwester? Was tut sie hier?«

Rachel erklärte, Victoria habe sie unbedingt besuchen wollen nach all der Aufregung. »Sie hat darauf bestanden, dass ich aus der Küche verschwinde und es mir hier draußen mit Brian gemütlich mache, während sie mit den Kindern gemeinsam einen *Apple Crumble* backt.«

Paul sah auf die Uhr und sagte, dass er los müsse. Er verschwand kurz in der Küche, um sich von Ben und Lilly zu verabschieden, und winkte Rachel und Brian zu. Julia begleitete ihn zum Auto und erinnerte ihn an die Bruderhof-Hochzeit am nächsten Tag. »Wäre schön, wenn du auch dabei sein könntest«, sagte sie und schlang die Arme um seinen Nacken. Paul versprach, es zu versuchen.

Langsam schlenderte Julia zum Haus zurück. Auf der Veranda lehnte sie sich ans Geländer und sah zu, wie die Sonne hinter den Bäumen versank.

»Robin hat sich gemeldet«, sagte Rachel hinter ihr.

Julia drehte sich um.

»Um sich zu bedanken. Sie haben ihm erzählt, dass Brian die Taten zugegeben hatte.«

Julia sagte kopfschüttelnd zu Brian: »Was hast du dir nur dabei gedacht? Hattest du wirklich vor, deine Familie alleinzulassen und für deinen Bruder ins Gefängnis zu gehen?«

Brian warf seiner Frau einen liebevollen Blick zu. »Wahrscheinlich nicht«, sagte er und erklärte zum wiederholten Male, dass er seine Unschuld nicht auf Kosten seines Bruders hatte beweisen wollen. Hätte Robin ins Gefängnis gemusst, hätte Charlotte allein dagestanden, Rachel und die Kinder hingegen wären von der Gemeinschaft versorgt worden.

»Charlotte hätte immerhin noch ihren Vater gehabt. Und Robins und Brians Eltern. Und natürlich Victoria.« Ob Robin die beiden tatsächlich auf dem Gewissen hatte oder nicht, würden sie wohl nie erfahren.

Julia stieß sich vom Geländer ab und ging ins Haus. Victoria war gerade dabei, den *Apple Crumble* in kleine Schälchen zu verteilen. Die Kinder saßen um den Tisch und Lilly und Hannah halfen, Vanillesoße darüberzugießen. Victoria schien erfreut, Julia zu sehen. Sie hatte noch Teig an den Händen und bat Julia, Rachel und Brian zwei Schälchen nach draußen zu bringen. Julia ließ sich Vanillesoße geben und ging zur Tür.

Auf einmal beschlich sie ein merkwürdiges Gefühl. Ein schrecklicher Verdacht kroch in ihr hoch. Es war die Art, wie Victoria ihr hinterhergeblickt hatte. Sie hatte es aus dem Augenwinkel registriert. Die Tatsache, dass Victoria hier war und dass sie sich nicht von der Überzeugung abbringen ließ, dass Brian der Vater von Charlottes Tochter war. Julia hörte, wie sie mit den Kindern scherzte. Langsam drehte Julia sich um.

Victorias Lächeln erstarrte, als sie ihren Gesichtsausdruck bemerkte. Ihre Augen blickten kalt.

»Legt sofort die Löffel hin, Kinder«, sagte Julia bestimmt. Ihr Herz pochte bis zum Hals, und sie hoffte, die Kinder würden ihrer Aufforderung Folge leisten. Sie hatte keine Ahnung, was sie als Nächstes tun sollte.

Die Tür wurde aufgerissen. Paul stürzte herein. Er blieb stehen, versuchte die Situation innerhalb einer Millisekunde zu erfassen. Victoria stand regungslos da. Nur ihre geballten Fäuste verrieten ihre Anspannung. Julia hielt in jeder Hand ein Glasschälchen mit *Apple Crumble*. Die Kinder blickten Paul erstaunt an.

Er deutete auf den Nachtisch. »Hat jemand davon gegessen?«

Julia schüttelte den Kopf.

»Hört zu, Kinder«, sagte Paul in ruhigem Ton, »ich fürchte, der Nachtisch würde euch nicht guttun. Wenn ihr aber langsam und leise aufsteht und nach draußen geht, spendiere ich nachher ein Eis.« Mit einer beschwichtigenden Geste ging Paul auf Victoria zu und dirigierte sie an die Seite, um die Kinder vorbeizulassen, die die Anspannung im Raum zu spüren schienen. Ohne ein Wort zu sagen, rutschten sie nacheinander von der Eckbank, die Großen schoben die Kleinen zur Tür.

Victoria schlug die Augen nieder und schüttelte den Kopf. »Ich habe nicht … nicht die Kinder. Sie können beruhigt sein.« Sie hob ihren Blick und sah auf einmal sehr müde aus. Sie seufzte. »Es ist genug. Gehen wir, *Inspector.*« Sie bückte sich und griff nach ihrer Tasche, die neben dem Buffetschrank in der Ecke lag.

Paul behielt sie genau im Auge.

Langsam richtete Victoria sich auf. Sie blickte erst zu Julia, dann zu Paul. »Aber Foster und Breitenbach«, sagte sie, und ihre Stimme klang sanft, »die beiden hatten es verdient.« Offensichtlich hatte Victoria bereits aufgegeben. Nichts deutete darauf hin, dass sie sich herausreden oder Widerstand leisten wollte.

Sie wies zur Tür, doch Paul sagte: »Nicht so schnell, Ms Egerton. Ein paar Fragen hätte ich noch.« Er war schon beim Auto gewesen. Er hatte den Schlüssel im Schloss gedreht, als ihm plötzlich aufgegangen war, wie verdächtig Victoria war. Die Kollegen, die er auf der Stelle angefordert hatte, waren noch nicht eingetroffen. »Wenn Sie so lange Platz nehmen würden.«

Julia verschwand für ein paar Sekunden, um Rachel und Brian in knappen Worten mitzuteilen, was drinnen vor sich ging. Als sie zurückkehrte, saß Victoria auf dem Stuhl am Kopfende des Tisches, die Hände über der Tasche auf ihrem Schoß gefaltet. Victoria wartete, bis auch Paul sich einen Stuhl herangezogen hatte. Aufmerksam studierte sie seinen Gesichtsausdruck, als sie fragte: »Wie sind Sie auf mich gekommen, *Inspector*?«

»Der Schlüssel Ihres Schwagers. Sie haben den Schlüssel, den Robin am Amberley-See verloren hatte, am nächsten Morgen zurückgebracht.«

»Der Schlüssel also«, seufzte Victoria.

Eigentlich war es nur ein Verdacht gewesen, etwas, das Paul plötzlich ins Auge gesprungen war zusammen mit dem Bild von Victoria Egerton, wie sie im Kreis der Arnold-Familie lächelnd Nachtisch ausgab. Er hatte keine Wahl gehabt, als schnell zu handeln, auch auf die Gefahr hin, dass er mit seiner Vermutung danebenlag. »Sie sagten Robin zwar, Sie hätten den Schlüssel vor der Haustür gefunden, doch ich fragte mich, ob Sie ihn nicht vielleicht entdeckt haben, als Sie vergeblich nach dem Verschluss der Wodkaflasche gesucht haben – am Amberley-See.«

Victoria hob anerkennend eine Augenbraue. »Er war tatsächlich noch da, oder?«

Paul nickte. »Vincent Foster hat darauf gelegen.«

Ihre Tasche fest umklammert, ließ Victoria ihren Blick in die Ferne schweifen. »Das mit Foster war ein Unfall, schätze ich. Ich wollte ihm einen Denkzettel verpassen, ihn bestrafen für das, was er Charlotte angetan hatte. Ich war schon früh da an dem Abend, um am See auf ihn zu warten. Dann tauchte Robin plötzlich auf. Ich konnte mich gerade noch verstecken. Er stellte Vincent zur Rede, vermöbelte ihn kräftig und verschwand. Foster fluchte und blutete ein bisschen, doch ich fand, das reichte irgendwie nicht.« Sie sah Paul an und zuckte gleichmütig die Achseln. »Es war ganz leicht. Ich habe mich zu ihm gesetzt und habe ihm die Flasche hingehalten. Er hat seine Hand danach ausgestreckt. Und dann hat er getrunken. Ich musste nur warten.«

Für Paul wurde es Zeit, Victoria Egerton mitzuteilen, dass er sie festnehmen müsse, und sie auf ihre Rechte hinzuweisen, doch sie redete, anstatt zu schweigen.

»Auf Breitenbach habe ich lange warten müssen«, sagte sie, und ein zufriedenes Lächeln umspielte ihren Mund. »Einmal war ich schon beinahe an ihn herangekommen, aber er war so gut wie nie allein.« Sie nickte und kräuselte die Lippen, bevor sie einen verächtlichen Laut ausstieß. »Am Toilettenhäuschen hat er mich angesprochen, ob ich sein Bier halten könne, bis er fertig sei. Und dann könnten wir ja weitersehen.« Victoria klopfte auf ihre Tasche, bedachte sie mit einem fast zärtlichen Blick. »Das haben wir getan. Ich sagte ihm, mit mir müsse er schon etwas Richtiges trinken, und es war ihm förmlich anzusehen, was er sich davon versprach. Ohne zu überlegen, warf er seine Bierflasche ins Gebüsch und empfing, was er verdiente.«

Paul runzelte die Stirn. *Wie war das Haar an den Tatort gelangt, das Brian dazu gebracht hatte zu gestehen?* Wenn Robin nicht der Täter war, dann hatte sein Haar vermutlich an Victorias Kleidung gehaftet. Paul erinnerte sich an die erste Begegnung in Charlottes Haus und wie Victoria ihre Jacke an die Garderobe gehängt hatte.

»Hat Ihre Schwester von alldem etwas gewusst, oder Robin?« Julia ließ die Türklinke los, an der sie sich die ganze Zeit schweigend festgehalten hatte, und näherte sich ein paar Schritte.

Keiner habe etwas gewusst, gab Victoria zur Antwort. Sie sagte es leise und ihre Hände lagen entspannt aufeinander, als bemühe sie sich, äußerlich ruhig und gefasst zu wirken, aber an ihrem Hals quoll eine dicke Ader hervor. »Ich war zwölf, als unsere Mutter uns verließ. Ich musste ihr versprechen, mich um Charlotte zu kümmern und auf sie aufzupassen.«

Sie erzählte, wie Charlotte von Albträumen geplagt nachts schreiend aufgewacht sei. »Jede Nacht habe ich meine Matratze vor ihr Bett gelegt, um alle Monster von ihr fernzuhalten, die ihr Angst machten. Doch vor Foster und Breitenbach habe ich sie nicht beschützen können.« Victoria hob resigniert die Arme. Für einen Moment kämpfte sie mit den Tränen, dann nahm ihr Gesicht harte Züge an. »Ich habe Großmutter Eleanor anvertraut, was Charlotte und Reese passiert ist. Sie hielt es für das Beste, nichts zu unternehmen. Aber irgendjemand musste etwas unternehmen!« Victoria blickte zu Julia, als erwarte sie ihre Zustimmung.

Julia beschäftigte ein anderer Gedanke. »Weshalb wollten Sie Brian da mit hineinziehen?«

»Sie meinen die Visitenkarte?«

Julia nickte.

»Ich wollte, dass er sich seiner Vergangenheit stellt und der Verantwortung für seine Tochter.«

»Aber Brian ist nicht der Vater«, warf Julia ein, doch Victoria schien sie nicht zu hören.

»Er hat hier gelebt, als sei nichts geschehen, im trauten Heim mit seiner Frau und seinen Kindern, während Charlotte seine Briefe hütete wie einen Schatz. Und für seine Tochter hat er sich nie interessiert.«

*Fromme Heuchler.* Wie von selbst erschien das rote Graffiti vor Julias innerem Auge. Sie hörte, wie ein Auto auf den Hof fuhr und Türen zugeschlagen wurden.

Victoria beugte sich ein Stück nach vorne. »Wissen Sie, ich habe Robin schon verehrt, als Charlotte und Brian sich noch gar nicht kannten. Als er endlich Notiz von mir nahm, waren die beiden schon ein Paar, und Robin und ich waren auf einem guten Weg dorthin. Aber Brian hat alles kaputt gemacht. Klar, dass Robin sich nur noch um Charlotte kümmerte und keine Augen mehr für mich hatte. Ich meine, Sie haben sie gesehen …«

Es klopfte. Ein uniformierter Polizist steckte den Kopf zur Tür herein.

Victoria erhob sich. Sie war bereit.

»Ms Egerton, Ihre Tasche, bitte.« Paul streckte abwartend die Hand aus.

Victoria zögerte einen Augenblick. Sie übergab Paul die Tasche und ließ sich nach draußen führen.

# 20

Still war es geworden im Haus, die Kinder schliefen bereits. Nur draußen im Flur brannte noch Licht. Charlotte saß im Halbdunkel vor dem Spiegel der Kommode und löste die Spange. Ihr langes Haar fiel schwer auf ihre Schultern.

*Was Victoria wohl gerade macht?* Charlotte war immer noch schockiert darüber, wozu sie fähig war. Um ein Haar hätte sie sich sogar an Brian gerächt. Am meisten schmerzte es Charlotte, dass Victoria es ihretwegen getan hatte. Victoria hatte geglaubt, diese Tat würde ihr helfen, endlich über die Vergangenheit hinwegzukommen. Zum ersten Mal fühlte Charlotte sich als die Stärkere. Fühlte die Verantwortung, die auf ihr lastete, weil sie sich um ihre große Schwester sorgte, anstatt sich von ihr bemuttern zu lassen.

Sie vermisste ihre Schwester. Sie bekam eine Ahnung davon, welch gewaltigem Druck Victoria ausgesetzt gewesen war, seit ihre Mutter ihr quasi über Nacht eine Rolle aufgebürdet hatte, der sie selbst nicht gewachsen war. Nun war es an Charlotte, Verantwortung zu übernehmen und sich um ihre Schwester zu kümmern. Es war Zeit, erwachsen zu werden.

Leise zog sie die Schublade mit den Briefen auf. Sie hatte das Bedürfnis, sie zu berühren, doch sie widerstand der inneren Stimme, die ihr einflüstern wollte, dass nichts dabei sei. Es waren nur Worte. Geschriebene Worte. Doch Charlotte wusste, dass sie viel mehr waren. Jedes Wort war ein Stein der Mauer, die sie Nacht für Nacht zwischen sich und dem Mann errichtete, der sie liebte. Der mit seiner Liebe still und unermüdlich ankämpfte gegen die verklärende Erinnerung, die aus seinem Bruder einen Helden hatte werden lassen.

Irgendwann würde sie stark genug sein, sich von den Briefen zu trennen. Sie würde sie nehmen, das ganze Bündel, und es verbrennen. Charlotte streckte ihre Hand aus. Sie betastete das raue Holz. Ihre Finger umschlossen den Knauf, spürten das kalte Metall und wollten zurückzucken. Sie zögerte, musste all ihre Willenskraft aufbieten. Sie öffnete die Handfläche und drückte die Schublade entschlossen zu. Als sie sich erhob, war es, als sei eine schwere Bürde von ihr abgefallen.

Charlotte wusste, dass Robin sie beobachtete. Und sie wusste, dass ihm gefiel, was er sah. Leichtfüßig schwebte sie zur Tür und löschte das Licht, bevor sie sich zu ihrem Bett tastete. Zum ersten Mal seit zwei Jahrzehnten schlief sie ohne die vertraute Fessel der Vergangenheit unter ihrem Kopfkissen, doch mit der Zuversicht, dass die Gegenwart genügte.

Das Tor öffnete sich. Ivy fuhr zügig den Weg durch die gepflegte Parkanlage, die sich zu beiden Seiten der niedrigen Hecke erstreckte. Man konnte sich der Schönheit des Anwesens kaum entziehen. Die raffinierte Farbkomposition üppiger Stauden und prächtiger Blumenrabatten, der verspielt romantische Rosenpavillon, alles erweckte den Eindruck perfekter Idylle. *Wie sehr der äußere Schein doch täuschen kann,* dachte Ivy. Schon von Weitem sah sie Mrs Foster höchstpersönlich im Eingangsportal stehen.

Ivy warf die Autotür zu, ging mit festem Tritt und geradem Rücken die Stufen nach oben. Mrs Foster begrüßte sie überschwänglich wie eine alte Bekannte und wollte sie ins Haus hineinziehen, doch Ivy lehnte ab. Sie lächelte kühl und erklärte, sie wolle nur kurz bleiben. Mrs Foster war die Enttäuschung anzusehen, doch was Ivy ihr zu sagen hatte, würde nicht lange dauern. Sie kramte in ihrer Tasche und zog die Plastikhülle mit der Fotografie hervor. Sie hatte nicht widerstehen können. Mit spitzen Fingern hielt sie Mrs Foster die Hülle mit dem Foto ihres Sohnes wie ein Beweisstück unter die Nase. »Das gehört Ihnen.«

Mrs Foster schaute irritiert. Zögernd griff sie danach. Sie nahm das Foto heraus und betrachtete es mit liebevollem Blick. Sie blinzelte ein paarmal. Dann sah sie Ivy an. »Sie können sich gar nicht vorstellen, wie glücklich wir sind, Sergeant Fergusson. Sie haben Wort gehalten. Endlich ist der Gerechtigkeit Genüge getan.« Sie trat einen Schritt vor und wollte nach Ivys Hand greifen, doch Ivy wich zurück.

Sie wusste, was kommen würde, und hatte nicht vor, sich noch einmal anzuhören, was für ein guter Junge Vincent gewesen sei.

Ivy straffte ihre Schultern und warf den Kopf zurück. »Mrs Foster, Sie können sich nicht vorstellen, wie wütend ich war, als ich in den Akten gelesen habe, dass Sie Ihrem Sohn und seinem sauberen Freund ein Alibi gegeben haben in jener Nacht, als die beiden zwei Mädchen erst betäubt und dann vergewaltigt haben.«

Erst war Mrs Foster zu perplex, um zu protestieren, doch sie fing sich schnell. »Wie können Sie es wagen!«

Ivy stieß einen verächtlichen Laut aus und baute sich vor Mrs Foster auf. »Und wie können Sie es wagen, von Gerechtigkeit zu reden! Nicht, dass es Ihres fürsorglichen Einschreitens überhaupt bedurft hätte. Reese Hancock hatte von vornherein keine Chance. Ihr Sohn hatte ein Mittel gewählt, das innerhalb weniger Stunden nicht mehr nachgewiesen werden kann.«

Mrs Foster wollte etwas entgegnen, doch Ivy gebot ihr mit einem scharfen Blick Einhalt. »Ich bin nicht hier, um über Ihren Sohn zu reden, Mrs Foster.« Sie hob beschwichtigend die Hände, um sich selbst zu bremsen. Ivy zog einen Umschlag aus der Tasche. Sie holte tief Luft und sagte: »Ich bin nicht in erster Linie wegen Ihres Sohnes hier, sondern wegen Ihrer Enkeltochter.«

Mrs Fosters Augenbrauen zuckten. Offenbar fragte sie sich, worauf das hinauslaufen sollte. »Reese Hancock hat …«

»Nein, nicht Reese Hancock. Das Kind ist von ihrer Freundin, die keine Anzeige erstattet hat. Ehrlicherweise muss ich zugeben, dass ich nicht genau weiß, ob Vincent tatsächlich der Vater des Kindes ist oder vielleicht doch Alexander Breitenbach. Da geht es mir wie der Mutter, die neun Monate nach der Vergewaltigung ein Kind entbunden hat. Vielleicht werden wir das auch nie erfahren, schon allein deshalb, weil sie sich zum Schutz ihres Kindes dafür entschieden hat, ihm die Wahrheit zu ersparen.« Sie zuckte die Schultern und seufzte resigniert. »Wer weiß, wie lange sie das noch kann.« Schließlich hatte Victoria Egerton sich bald in einem Prozess für ihre Taten zu verantworten, und Grace würde auf diese Weise vieles erfahren. »Die junge Frau ist gerade volljährig geworden. Sie wird Fragen stellen.«

Ivy drehte den Umschlag in den Händen. »Und sie würde gerne Musik studieren. Mrs Foster, Sie können nichts ungeschehen machen und letztendlich ist es allein Ihre Sache, aber die Familie lebt in sehr bescheidenen Verhältnissen. Es würde sicher manches erleichtern, wenn Sie … also, dass wir uns da nicht falsch verstehen, es soll nicht darum gehen, sich freizukaufen von Schuld. Die Familie würde ganz sicher kein Geld annehmen, wenn sie wüsste, dass es von Ihnen stammt.« Sie tippte auf den Umschlag. »Jedenfalls habe ich Ihnen eine Kontonummer aufgeschrieben.« Ivy erklärte unaufgefordert, wie das Geld von dort anonym an die Familie weitergeleitet werden würde. Sie hatte keine Ahnung, was in ihrem Gegenüber vorging. Paul hatte zu Ivy gesagt, er finde es gewagt, doch es passe zu ihr.

Die beiden Frauen standen da und sahen sich in die Augen, ohne eine Gefühlsregung erkennen zu lassen.

Schließlich streckte Mrs Foster die Hand aus.

Ivy gab ihr den Umschlag.

»Das Mädchen.« Mrs Foster räusperte sich. »Können Sie mir ihren Namen sagen?«

Zum ersten Mal zeigte sich ein warmes Lächeln auf Ivys Gesicht. »Grace. Ihr Name ist Grace.«

Alt und Jung, alle waren sie gekommen, um die beiden zu verabschieden. Der Weg war gesäumt von lachenden Gesichtern und winkenden Händen. Die Mädchen und Frauen, sogar die ganz alten, hatten sich bunte Blumenkränze aufgesetzt.

Lilly war ein wenig enttäuscht, als sie die Braut das erste Mal gesehen hatte. »Warum hat Rhoda kein Hochzeitskleid an?«, hatte sie ihrer Mutter zugeflüstert.

Rhoda trug ihre normale Tracht. Sie hatte wie die anderen Frauen einen Blumenkranz auf ihrem gepunkteten Kopftuch. Rein von der Kleidung her unterschied sie nichts von ihnen. Julia hatte die Schultern gezuckt und erklärt, dass es bei den Hutterern so Sitte sei, aber schade fand sie es trotzdem. Simon trug ein blaues Hemd und den üblichen schwarzen Sonntagsanzug. Er kam dem Bild eines Bräutigams, wie Julia es gewohnt war, deutlich näher. Sie hätte sich für diesen besonderen Tag im Leben auch ein besonderes Kleid für die Braut gewünscht. Andererseits hätte sie aus dem Stegreif mehrere Hochzeiten aufzählen können, die inklusive bezauberndem Brautkleid traumhaft angefangen und im Albtraum geendet hatten. Vermutlich wollte man hier gleich zu Beginn näher am Alltag und an der Realität bleiben.

Von Julias Gedanken ahnte Rhoda gewiss nichts. Sie saß dicht neben ihrem frisch angetrauten Simon auf dem Pferdewagen. Er hielt die Zügel in der Hand und sie schob ihre Hand in seine. Lilly und Ben standen vorne bei den anderen, um nichts zu verpassen. Julia hatte schon ein paar Fotos geschossen und beobachtete lieber aus dem Hintergrund. Rhoda und Simon winkten und nickten den Gratulanten zu, doch die meiste Zeit strahlten die beiden sich an, als könnten sie ihr Glück, einander nun ganz zu gehören, kaum fassen.

»Genau wie wir damals«, raunte ihr eine warme Stimme ins Ohr.

»Paul!«

Zärtlich umfasste er Julias Taille.

Sie überkreuzte ihre Arme und schloss die Augen, während sie sich mit dem Rücken an ihn lehnte. Für einen Moment vergaß sie den Trubel um sich herum. Es gab nur sie beide. Sie schmiegte ihre Wange an seinen Hals.

Paul beugte sich zu ihr hinab.

Julia seufzte. »Ja, genau wie wir damals.«

»Nur dass wir keinen Pferdewagen für die Flitterwochen hatten, sondern ein Cabrio.« Er lachte leise. »Und – würdest du die Zeit gern zurückdrehen?«

Julia befreite sich aus seiner Umarmung. Sie drehte sich um, fasste seine Hände und sah Paul in die Augen. »Nein, ich möchte die Zeit nicht zurückdrehen, Paul. Es würde bedeuten, das Leben auszuklammern, das uns beide verbindet. Nicht zu vergessen Lilly und Ben.«

Sie blickten gemeinsam in die Richtung, wo die Kinder standen. Erinnerungen blitzten auf, die Julia lächeln ließen. Erinnerungen, die sie hüten wollte wie einen Schatz. Wie Edelsteine, die man ab und an hervorholt, um sich an ihrem Glanz und ihrer Schönheit zu erfreuen. Die hineinstrahlten in die Gegenwart und sie nicht ausspielten. Die einem einzigen wunderbaren Zweck dienten: sich bewusst zu machen, wie reich man war.

Julia trat einen Schritt zurück. »Was wird aus Charlottes Schwester?«, fragte sie.

Paul seufzte. »Ich fürchte, es wird noch ein Weilchen dauern, bis ein verlässliches Urteil darüber gefällt wird, ob Victoria besser in einer Strafanstalt aufgehoben ist oder ob sie ärztliche Hilfe braucht. Sie scheint jedenfalls ganz zufrieden zu sein. Von ihrem Standpunkt aus betrachtet ist ihre Mission erfüllt. Seit ein paar Jahren ist sie mit den Tropfen im Gepäck auf die Isle of Wight gefahren, bereit, Alexander Breitenbach in einem passenden Moment zu erwischen.«

»Mit dem Tod in der Tasche«, sagte Julia. »Gruselig.«

Die Kinder kamen angerannt und begrüßten ihren Vater.

»Wir haben eine Überraschung für euch«, sagte Paul.

»Ihr habt euch wieder lieb. Das wissen wir schon«, meinte Ben unbeeindruckt.

Paul lächelte Julia zu. »Das auch, aber wir wollten euch noch etwas anderes sagen.«

Lilly und Ben sahen gespannt von einem zum anderen.

»Wir ziehen um«, verkündete Julia, worauf Lilly sofort heftig protestierte. Julia bremste sie mit einer beschwichtigenden Geste und erklärte, dass ihre Redaktion ab sofort im Industriegebiet untergebracht sei. »Das heißt, Volker hat mir gestern mitgeteilt, dass es ein paar Verzögerungen gibt und ich frühestens in einer Woche mein neues Büro beziehen kann.« Sie warf Paul einen verschwörerischen Blick zu. »Papa und ich haben uns gedacht, wir nutzen die Zeit als Familie und hängen ein paar Tage Urlaub dran. London, Stonehenge, Brighton – was immer ihr wollt.«

Die Kinder jubelten, aber es gab noch eine weitere Überraschung. Julia hatte am Morgen mit ihren Eltern telefoniert. Als diese ihr eröffneten, dass sie nun tatsächlich Nägel mit Köpfen machten und es schon mehrere Interessenten für das Haus gebe, wollte Julia sichergehen, dass sie nicht nur aus Sorge um ihre Tochter handelten. Das sei nämlich nicht mehr nötig. Die Nachricht, dass Paul und sie einen Neuanfang wagen wollten, rief große Erleichterung hervor und änderte glücklicherweise nichts an ihrem Entschluss.

Paul sagte: »Wenn wir wieder zu Hause sind, gibt es noch jemanden, der umzieht: Oma und Opa wohnen bald in unserer Nähe.«

Lilly strahlte und umarmte ihre Eltern.

»Dann können wir sie bestimmt ganz oft sehen!«, rief Ben.

Julia nickte und strich ihm über den Kopf. Abgesehen davon, dass sie sich darauf freute, mehr Zeit mit ihren Eltern zu verbringen, würde die Betreuung der Kinder sicher leichter zu bewerkstelligen sein als bisher.

Lilly schob Ben zu den aufgebauten Ständen unter dem Pavillon, wo es Popcorn und Kinderpunsch gab. Julia wollte ihnen folgen, doch Paul hielt sie zurück. »Einen Augenblick noch. So leicht kommst du mir nicht davon.«

Verwundert sah Julia ihn an.

Paul vergewisserte sich mit einem Blick auf das fröhliche Treiben um die reich gedeckten Tische, dass sie am Rand der feiernden Gesellschaft ungestört waren. In einer Mischung aus Übermut und Nervosität zog er Julia hinter den blauen Hibiskusstrauch. Er nahm auch Julias andere Hand und sah ihr fest in die Augen. »Zwei Wochen nachdem ich damals ausgezogen bin, habe ich das hier in einem Schaufenster entdeckt.« Er zog etwas aus seiner Hosentasche hervor und öffnete die Hand. »Ich wollte sie so lange aufbewahren, bis wir wieder zueinandergefunden hätten.«

Bei Pauls Worten und dem Anblick der feingliedrigen Kette verschlug es Julia die Sprache. Der rechteckige silberne Anhänger war von matten und glänzenden Linien durchzogen und von so schlichter Schönheit, wie Julia es mochte. Auf der Rückseite waren ihre Namen eingraviert und der Tag, an dem sie geheiratet hatten.

Julia schluckte und fühlte Tränen in sich aufsteigen. »Du hast immer an uns geglaubt?«

»Das zu behaupten, wäre gelogen«, sagte Paul lächelnd. »Aber ich wollte an uns glauben. Ich stellte mir vor, wie du sie eines Tages tragen würdest.«

»Danke«, brachte Julia hervor und wollte Paul an sich ziehen, doch er drückte sanft ihre Arme nach unten.

»Etwas fehlt noch«, sagte er und räusperte sich. »Ich weiß zwar nicht, was die Zukunft bringen wird, doch eines weiß ich, dass ich sie Seite an Seite mit dir verbringen will. Vor ziemlich genau fünfzehn Jahren habe ich diese Frage so ähnlich gestellt, und heute möchte ich dich noch einmal fragen.« Dann holte er tief Luft und ging vor ihr auf die Knie. »Julia, willst du meine Frau sein und bleiben, was immer auch geschieht?«

Julias Stimme bebte, aber in ihrem Inneren war sie fest. »Ja, Paul, das will ich.« Sie sank hinab in seine Arme und ließ sich nacheinander jede einzelne Freudenträne wegküssen. »Und wie ich das will«, flüsterte sie. Sie spürte das Gras unter sich, doch der Himmel schien so nah wie nie zuvor.

# Nachwort

Im Sommer 1984 besuchte ich mit meiner Familie den Bruderhof Darvell in Südengland. Meine Mutter arbeitete in der Wäscherei mit, mein Vater in der Holzwerkstatt, und wir vier Schwestern verbrachten die meiste Zeit gemeinsam mit den Bruderhof-Kindern und einem bunten Programm: baden im hofeigenen See, Obst und Gemüse ernten und verkaufen, Stockbrot am Lagerfeuer rösten und dazwischen viel Sport und Spiel.

Von Darvell haben wir ein ebenso simples wie spannendes Spiel mit nach Hause gebracht, das in unserer Straße nur »Spiel um die Garagen« genannt wurde. Über Jahre hinweg haben wir es fast täglich mit einer Schar von Nachbarskindern gespielt.

Das alte Nachtwächterlied und die Tatsache, dass ein echter Nachtwächter uns Stunde um Stunde im Dunkeln zusang, dass Gott uns beschützt, hat bei uns Kindern, wie vieles andere auch, einen tiefen Eindruck hinterlassen. Um es mit den Worten meiner Eltern zu sagen: »Für Kinder und Alte ist Darvell das Paradies.«

Die Bruderhöfer gehören seit 1995 nicht mehr zu den Hutterern und tragen deshalb auch keine einheitliche Tracht mehr. Gemeinschaften gibt es derzeit in den Vereinigten Staaten, Paraguay, Australien, England und Deutschland, wo sie 2002 an ihren Ursprungsort im hessischen Sannerz zurückgekehrt sind.

Beim Schreiben habe ich an Darvell gedacht, doch sind Personen und Handlung der Geschichte natürlich frei erfunden.

Dorothée Heck

## Eine Villa in Bella Colina

Paperback, 13,5 x 20,5 cm, 240 S.
Nr. 395.241, ISBN 978-3-7751-5241-9

Pia und Daniel leben in einer wunderschönen Villa auf Mallorca. Doch ihre Welt gerät aus den Fugen, als Pia unerwartet schwanger wird. Daniel will kein Kind und sie muss sich entscheiden. Dann ist da dieses dunkle Geheimnis, von dem Pia noch nie jemandem erzählt hat.

Beth Wiseman

## Ein Zuhause für das Glück

Paperback, 13,5 x 20,5 cm, 336 S.
Nr. 395.506, ISBN 978-3-7751-5506-9

Brooke hat ihren verstorbenen Ehemann geliebt. Eine neue Liebe ist das Letzte, woran sie denkt. Als aber ein Fremder einen alten geheimnisvollen Familiensitz kauft, wird sie neugierig. Kann das geheimnisvolle Haus den beiden eine neue Chance für die Liebe schaffen?

*Bitte fragen Sie in Ihrer Buchhandlung nach diesen Büchern!*
*Oder schreiben Sie an: SCM Hänssler, D-71087 Holzgerlingen;*
*E-Mail: info@scm-haenssler.de; Internet: www.scm-haenssler.de*

Carol Cox

**Wirbel um Mary-Lou**

Paperback, 13,5 x 20,5 cm, 320 S.
Nr. 395.531, ISBN 978-3-7751-5531-1

Nach ihrer Entlassung bleibt Mary-Lou nur eine Perspektive: das Ladengeschäft in Arizona, das sie geerbt hat. Caleb, der zweite Erbe, ist überzeugt, dass das Geschäft ihm zusteht. Doch jemand möchte dem Geschäft schaden. Werden Mary-Lou und Caleb das gemeinsam verhindern?

Carol Cox

**Detektivin aus Leidenschaft**

Paperback, 13,5 x 20,5 cm, 352 S.
Nr. 395.452, ISBN 978-3-7751-5452-9

Detektivin Ellie hat ihren ersten Auftrag: Verkleidet als ältere Witwe Lavinia reist sie nach Arizona, um einen Silberdiebstahl aufzuklären. Vor Ort muss sie noch eine weitere Rolle spielen: die der umwerfenden Jessie. Und die verdreht Minenbesitzer Steven gehörig den Kopf.

*Bitte fragen Sie in Ihrer Buchhandlung nach diesen Büchern!*
*Oder schreiben Sie an: SCM Hänssler, D-71087 Holzgerlingen;*
*E-Mail: info@scm-haenssler.de; Internet: www.scm-haenssler.de*